# 中國語言文字研究輯刊

十 二 編

許 錟 輝 主編

第2冊

楊樹達文字訓詁學研究（上）

王 安 碩 著

花木蘭文化出版社

國家圖書館出版品預行編目資料

楊樹達文字訓詁學研究（上）／王安碩 著 -- 初版 -- 新北市：
花木蘭文化出版社，2017〔民 106〕
目 2+152 面；21×29.7 公分
（中國語言文字研究輯刊 十二編；第 2 冊）
ISBN 978-986-404-976-9（精裝）
1. 中國文字 2. 訓詁學
802.08                                        106001500

中國語言文字研究輯刊
十二編　　第 二 冊　　　　ISBN：978-986-404-976-9

# 楊樹達文字訓詁學研究（上）

作　　者　王安碩
主　　編　許錟輝
總 編 輯　杜潔祥
副總編輯　楊嘉樂
編　　輯　許郁翎
出　　版　花木蘭文化出版社
社　　長　高小娟
聯絡地址　235 新北市中和區中安街七二號十三樓
　　　　　電話：02-2923-1455／傳真：02-2923-1452
網　　址　http://www.huamulan.tw 信箱 hml810518@gmail.com
印　　刷　普羅文化出版廣告事業
初　　版　2017 年 3 月
全書字數　329986 字
定　　價　十二編 12 冊（精裝）　台幣 30,000 元

# 楊樹達文字訓詁學研究（上）

王安碩 著

**作者簡介**

王安碩，字仲偉，西元 1979 年生，臺灣臺北人。天主教輔仁大學中國文學系、私立東海大學中國文學系碩士班、博士班畢業。目前於私立東海大學中國文學系、私立亞洲大學任兼任助理教授。現爲東海大學中國文學系兼任講師。喜治訓詁，尤好先秦之學，常感學海無涯，期許自己百尺竿頭，勤學不倦。

**提　要**

　　楊樹達爲民國早期重要文字訓詁學家，其學術成就表現於文字、詞彙、語音、文獻等方面，且於各領域均鑽研甚深，考據精細，於我國文字訓詁學之研究貢獻卓著，價值斐然。然相較於二十世紀同時期諸多文字訓詁名家，楊氏之學雖於當代學界上享有盛名，但晚近於楊氏學術研究之著作卻寥若晨星，數量與其聲望不成正比，令人惋惜。本文以楊樹達文字訓詁學之研究與成果爲研究範疇，詳述體例，考鏡源流，深究楊氏於我國訓詁學之研究成果，疏證其說；並於肯定其研究成果之餘，同時對楊氏文字考釋、經典詮解有失之處提出商榷與修正，以昭示楊氏於文字訓詁學之成就與價值。

　　本文對楊氏文字訓詁學之探討主要分爲八章：

　　首章緒論簡要論述研究楊氏文字訓詁學之動機與相關研究文獻回顧，並分述研究總綱與各章凡例，及預期成果。

　　第二章概述楊氏生平與治學途徑，表列楊氏生平著作及概述與本文議題相關著作，其後並探後世學人對楊氏文字訓詁之評價，以見楊氏文字訓詁學之優劣得失。

　　第三章論楊氏詞類研究著作《詞詮》，以楊氏虛詞研究爲範疇，檢視其虛詞研究之成就、貢獻、侷限與不足，並舉實例與之商榷，以期一窺楊氏虛詞研究之全貌。

　　第四章著重於楊氏金文研究，主以《積微居金文說》、《積微居金文餘說》爲對象，首先概論楊氏金文研究之體例與途徑，復採楊氏釋器善者疏證其說，提出旁證，以見楊氏金文研究之成果與貢獻；其後考異楊氏金文研究可商榷之處，並總括論述其金文研究之缺失與不足，以探楊氏金文研究之全貌。

　　第五章以楊氏甲骨文研究爲論題，以楊氏所著甲骨文相關研究爲主，分述楊氏甲骨文考釋之方法與特色，同時爲楊氏疏證、補充其論點，闡發楊氏甲骨文研究之成果；其後則舉楊氏甲骨文研究有誤之例，與之商榷；最後亦總結性論述楊氏甲骨文研究之缺失與不足。

　　第六章探究楊氏文字考釋專論，以《積微居小學金石論叢》、《積微居小學述林》二書文字考釋之專論爲主，首論楊氏文字考釋專論所採之體例與考字理論；其後列舉楊氏文字考釋專論中有誤字例，逐一與之商榷，並於末節總結楊氏文字考釋理論之侷限與缺失。

　　第七章爲楊氏古籍訓解之研究，以《積微居小學金石論叢》、《積微居小學述林》二書所載古籍訓解條目爲範疇。楊氏長於考據，且深入精細，於古籍文獻訓解時有創見，極具價值。本章首論楊氏古籍訓解之方法，復舉楊氏說義善者爲其疏證、補充，以見楊氏古籍訓解精要之處；其後亦列舉楊氏古籍訓解不當之例駁議、修正其說，並總結楊氏古籍訓解之侷限與不足，以見其得失。

　　第八章結論，總結前列數章研究成果，簡要論述楊氏文字訓詁之優劣得失，並條列楊氏於文字訓詁之優、缺點數條，以見楊氏文字訓詁研究之全貌。

# 致　謝

　　終於，完成學生生涯最後的作品。回想當初，開始撰寫博士論文的時候，我的野心並不大。事實上，在現今學術界行之有年的學術架構之下，想把這本論文提升到具有時代性、代表性的層面，恐怕是極為可笑的。故自下筆那一刻起，就是保持著再平常不過的心情，建構一本研究傳統又強調傳統的論文，反正前人之「典型在夙昔」，跟著走就是了，何需大驚小怪？然而，愈深入研究，就愈覺得傳統有時候是一種迷思，前人往往食古不化，眼睛是往後，不是向前看的，著實令人畏懼：而有趣的是，研究中也偶會遇上這種現象：哪位學者要是在某個領域有著重大貢獻，就會成為該領域進步的障礙，而且與他所做出的貢獻成正比。然而相反的，所謂的創新與創見，又是一大哉問，很多時候，新穎的創見不過是迂迴前進，也未必可喜，反而帶來許多窒礙。最終，完成這本《楊樹達文字訓詁學研究》。雖然還是免不了有許多不完善之處，但人世間豈能有完美之作品？人人有其觀點，雖然結果未必盡如人意？但求無愧於心罷了！不論你認同與否，喜不喜歡，至少希望你在翻閱的時候，有什麼讓你思考一下，這就值得。期望，一切的狀況與變數終會過去，我從未期望自己成為名聲響亮的大學者，因此，若是這本論文，能偶而帶些靈光閃動的驚喜，給後來研究的人一點點畫龍點睛的驚喜，也就算了！

　　本論文歷經 5 個寒暑之後，仍然「如期」完成，不能不感謝很多人的支持

與幫助：感謝親愛的父、母親，給予無限的支持與包容，使我在親情與金錢上不虞匱乏，得以專心完成學業；感謝辛苦指導我的呂珍玉老師，這些年來容忍我在論文寫作上的胡思亂想，還能把我導回正途，辛苦您了！謝謝在輔仁大學為我打下良好基礎的老師們，你們為我開啓了走向學術殿堂的大門；感謝我的研究對象——楊樹達，留下許多研究的空白讓我填補，而我的批評往往有失公道，早已過世的您無法反駁，我深深感謝，也歉意滿滿；感謝各地而來，辛勞為我口試的老師們，對於我的殷切關愛與教誨，使我獲益良多；謝謝很多在一路上支持、鼓勵我的好友們：從高中就是死黨的劉董、陳董、世禹、大炳；大學同學濰憶、榮州、苑芬；博士班同學增文、千惠、維盈、唯眞；還有許多這些年來教學相長，與我一同進步，並且青出於藍的眾多學生們。感謝各位在論文寫作、最後修改期間給予支持鼓勵，不僅在精神上給予我莫大支持，亦時常給予實際的援助與關懷，著實成為支持我不斷前進的動力！

　　由大學、碩士到博士畢業，這一路走來，著實受到許多師長與朋友的愛護與提攜，要感謝的人很多，實在無法一一列舉，但我對所有曾幫助支持我的大家有滿心感激！希望日後我也能將這種無私與用心的精神用在對待我自己的學生，讓這種良好的教育精神能夠繼續延續下去！

王安碩謹誌於

東海大學中國文學系

中華民國 104 年 6 月

目
次

# 第一章　緒　論

## 第一節　研究動機

　　訓詁者，即以今語釋古語，其以漢語文獻文字、詞義、章句爲主要對象，內容廣博，取材繁複；舉凡音韻文字、名物制度、史學曆算、金石考異、版本校勘等學科，均爲研究範疇，爲漢語研究之綜合性學科〔註1〕。自漢儒以經學爲核心，乃至於清末、民國漸脫經學，轉向詞義、修辭、語法等廣泛面相，其間

---

〔註 1〕筆者案：今人於訓詁學之範疇至今尚無定論，主要有狹義、廣義二大類分別；狹義之訓詁學主要以傳統訓詁學範疇過大爲病，缺乏系統與科學性，故須獨立於傳統各學門以外，以科學性、系統性研究爲主，以王力、陸宗達等人爲主要提倡者，主張以「語義」之角度探究古代文獻，於傳統訓詁學另闢蹊徑。廣義之訓詁學則以訓詁學爲研究漢語古籍文獻爲主，主要以漢語古籍作品爲範疇，以今語釋古語，有效、正確理解古籍文獻之語言、章法等爲要求，故舉凡詞義句讀、音韻文字、語法修辭、名物制度、金石考異、版本校勘等均爲其研究對象，範圍包羅萬象，較爲冗雜。然筆者以爲，訓詁學之研究即以訓解古籍爲首要，自然無法與古籍博雜之內容切割、隔絕。廣義之訓詁學雖範圍博雜，無所不包，然吾人若能以現代研究成果之科學性與系統性觀點加以檢視、詮釋，則可更有效發揮訓詁學於古籍研究之功能。是以筆者以爲廣義訓詁學之研究範疇較狹義訓詁學專主語義之研究較爲全面，更能多方觀照古籍文獻之詮釋與研究，故言訓詁學爲漢語研究之綜合性學科。

名家鴻儒輩出，成果豐碩，於吾國古籍之傳播、整理研究有莫大貢獻。然亦由於訓詁學涉及範疇廣大，研究片面零碎之故，晚清以降，西學東漸，致學界研究漸趨多元，西方新學與舊學衝突之下，晚近學人研究紛紛轉投西學，致使訓詁考據之學日漸衰頹。及至今日，吾輩學人莫不視訓詁考據之學爲畏途，以爲守舊落後，不知訓詁考據實爲研治文學之本，是故輕古籍而崇西學，現代文學、西洋文論研究一時蔚爲大宗，於傳統文字訓詁之學棄之不顧；偶有涉獵古籍、文字考釋，亦膚泛不切，空虛浮濫，猶宋明空論重現於世，無法一窺經典深義，詞章句讀之妙，徒有經典而不能讀，令人惋惜。有鑑於今人大多不明訓詁之重要，於古籍經典詮釋流於表面，以致研究本恉泛濫無歸，漫無體例，吾國經典精華日漸不彰，爲吾國學術一大憾事。故筆者欲以訓詁考據之學爲題，深入研究探析，標示訓詁考據學風於吾國文學典籍研究之重要，期對我國訓詁考據之學研究有所助益。

楊樹達爲民國早期重要文字訓詁學家，少承乾嘉學派遺風，復又以西方新學結合會通，於文字、詞彙、語音、文獻各方均有涉獵，用力甚深，考據精細，於我國文字訓詁之研究貢獻卓著，備受當代學人重視。然相較於同時期諸多文字訓詁名家，楊氏雖於當代學界上享有盛名，晚近於楊氏學術研究之著作卻寥若晨星，數量與其聲望不成正比；且楊氏雖精於訓詁，考據精湛，大有超越前人之處，然細審其說，仍有未逮之處，而前人論述時有所略，避重就輕，故仍具有相當研究空間與價值，是本文以著名訓詁學者楊樹達文字訓詁學研究爲題，期能藉由深入研究、探析，一窺楊氏文字訓詁學之優劣得失，同時闡釋楊氏於當代文字訓詁學之貢獻，期對有心深究楊氏學術之同好有所啓發。

## 第二節　前人相關研究回顧

楊氏爲民國時期文字訓詁研究之佼佼者，其眾多文字訓詁著作如《積微居小學金石論叢》、《積微居小學述林》、《積微居金文說》、《積微居甲文說》等均爲備受重視之文字訓詁著作。然前已言及，楊氏爲學雖於當代頗受重視，其後學人對楊氏治學相關研究卻甚闕如，令人費解；自楊氏 1956 年辭世以來，兩岸三地於其文字訓詁學相關之學位論文僅有五篇，分爲：

| 年度 | 撰者 | 題 名 | 學位別 | 學 校 |
|------|------|-------|--------|-------|
| 2006 | 周孟樺 | 楊樹達文字形義理論初探 | 碩士 | 臺灣中央大學 |
| 2006 | 黃青 | 楊樹達先生語源學研究的成就 | 碩士 | 湖南師範大學 |
| 2009 | 葛學港 | 楊樹達古文字研究 | 碩士 | 山東師範大學 |
| 2009 | 劉祖瑋 | 楊樹達之語源學研究 | 碩士 | 臺灣世新大學 |
| 2010 | 劉金紅 | 積微居金文說研究 | 碩士 | 曲阜師範大學 |

　　有關楊氏治學之學位論文，目前可見者，僅上表所列數篇，且均為近十年內之著作，可見楊氏學術研究於現在學界之缺乏。上述論文，或就楊氏文字理論考辨，或就楊氏語源學、古文字學探析，內容多為楊氏治學方法與體例上之探究，講述偏重理論，少有實例析論與駁議；雖主題明確，論證清晰，敘述精要，然尚未深入審視、討論楊氏訓詁實踐之問題，雖貢獻良多，然猶有未足，仍待補闕。又有關楊氏學術之單篇著作亦為數不多，自上世紀五〇年代迄今，與楊氏文字訓詁學有關之論如下：

| 年度 | 撰者 | 題 名 | 刊 物 |
|------|------|-------|-------|
| 1958 | 龍宇純 | 〈造字時有通借證〉辨惑 | 《幼獅學報》第 1 卷第 1 期 |
| 1985 | 管燮初 | 《積微居金文說》的識字方法 | 《楊樹達誕辰百週年紀念集》 |
| 1985 | 許嘉璐 | 蒼史功臣　叔重諍友——《說文》楊氏學述略 | 《楊樹達誕辰百週年紀念集》 |
| 1985 | 張芷 | 楊樹達和漢語語源學 | 《楊樹達誕辰百週年紀念集》 |
| 1985 | 雷敢 | 遇夫先生治小學之成就 | 《楊樹達誕辰百週年紀念集》 |
| 1985 | 何澤翰 | 積微先生與語源學 | 《楊樹達誕辰百週年紀念集》 |
| 1985 | 楊德豫 | 《文字形義學》概況 | 《楊樹達誕辰百週年紀念集》 |
| 1985 | 李維綺 | 〈字義同緣於語源同〉略說 | 《楊樹達誕辰百週年紀念集》 |
| 1985 | 湯可敬 | 《詞詮》評述 | 《楊樹達誕辰百週年紀念集》 |
| 1985 | 李建國 | 遇夫先生語源學簡說 | 《楊樹達誕辰百週年紀念集》 |
| 1985 | 孫雍長 | 遇夫先生研究《說文》的態度 | 《楊樹達誕辰百週年紀念集》 |
| 1999 | 楊榮祥 | 楊樹達先生學術成就述略 | 《荊州師專學報》1999 年第 1 期 |
| 2001 | 曾昭聰 | 楊樹達先生有關「形聲字聲中有義」之研究述評 | 《中國語文通訊》第 58 期 |
| 2001 | 黃婉寧 | 楊樹達先生金文研究之理論與方法初探 | 《中國學術年刊》第 23 期 |
| 2001 | 張曉東 | 《詞詮》的缺失 | 《衡陽師範學院學報》第 23 卷第 1 期 |

| 2002 | 侯占虎 | 考語源、求字義——楊樹達先生學術研究特點 | 《聊城大學學報》2002 年第 3 期 |
|---|---|---|---|
| 2002 | 楊文全 | 古漢語虛詞研究的奠基之作——《詞詮》平議 | 《青海民族學院學報》第 23 卷第 3 期 |
| 2004 | 王月婷 | 《積微居小學述林·造字時有通借證》商榷 | 《山東教育學院學報》2004 年第 4 期 |
| 2005 | 徐靜 | 評《高等國文法》、《詞詮》對副詞的分類——與《馬氏文通·狀字》比較 | 《語文學刊》2005 年第 9 期 |
| 2005 | 趙誠 | 楊樹達的甲骨文研究 | 《古漢語研究》2005 年第 1 期 |
| 2006 | 范忠程 范群 | 楊樹達與國學 | 《湖南大學學報》第 20 卷第 5 期 |
| 2007 | 許威漢 | 試論楊樹達力作《詞詮》 | 《中國語文通訊》第 81、82 期合刊 |
| 2008 | 卞仁海 | 楊樹達假借觀箋識 | 《遵義師範學院學報》第 10 卷第 4 期 |
| 2008 | 卞仁海 | 楊樹達語義觀箋識 | 《船山學刊》2008 年第 3 期 |
| 2008 | 卞仁海 | 楊樹達的語法觀及其在訓詁中的應用 | 《語言知識》2008 年第 3 期 |
| 2008 | 卞仁海 | 楊樹達文字訓詁商榷（六則） | 《信陽師範學院學報》2008 年第 4 期 |
| 2009 | 姚徽 | 《詞詮》「伊」、「疇」「助詞無義」項商榷 | 《語文學刊》2009 年第 7 期 |
| 2011 | 凌瑜、秦樺林 | 楊樹達先生的《詩經》研究 | 《古漢語研究》2011 年第 1 期 |
| 2011 | 卞仁海 | 楊樹達訓詁札記六則之商榷 | 《深圳大學學報》第 28 卷第 3 期 |
| 2012 | 符嵐 | 國學大師楊樹達 | 《書屋講壇》2012 年卷第 6 期 |
| 2012 | 陳金木 | 以史證經：楊樹達《論語疏證》析論 | 《中國學術年刊》第 34 期 |
| 2014 | 卞仁海 | 楊樹達詞匯訓詁商榷三則 | 《河南教育學院學報》第 33 卷第 3 期 |
| 2014 | 卞仁海 | 楊樹達音譯關係理論箋識 | 《五邑大學學報》第 16 卷第 4 期 |

與楊氏文字訓詁有關之單篇學術論著大致如上，凡三十又三篇，近半集中於《楊樹達誕辰百週年紀念集》中。其中除龍宇純〈造字時有通借證辨惑〉直陳楊氏謬誤；曾昭聰〈楊樹達先生有關「形聲字聲中有義」之研究述評〉、黃婉寧〈楊樹達先生金文研究之理論與方法初探〉、趙誠〈楊樹達的甲骨文研

究〉、王月婷〈《積微居小學述林・造字時有通借證》商榷〉、卞仁海〈楊樹達假借觀箋識〉、〈楊樹達文字訓詁商榷（六則）〉、〈楊樹達詞匯訓詁商榷三則〉、姚徽〈《詞詮》「伊」、「疇」「助詞無義」項商榷〉等篇稍有論及楊氏疵謬以外，其餘文章均以肯定、論述楊說為主，於楊氏文字訓詁學之缺失少有評論；又《楊樹達誕辰百週年紀念集》所收則俱為楊氏後學盛讚之作，出於尊崇紀念，所論多以楊氏正面評價為主，詳論不足，參考價值相對較低，難以反映楊氏文字訓詁學之全貌。綜上所述，吾人可見楊氏文字訓詁學雖於二十世紀早期頗受重視，享有盛名，於現今學界卻仍屬小宗，少有研究論述，顯然未受重視，研究仍不全面；而上述三十餘篇著作，出自中華民國者，僅龍宇純〈造字時有通借證辨惑〉、曾昭聰〈楊樹達先生有關「形聲字聲中有義」之研究述評〉、黃婉寧〈楊樹達先生金文研究之理論與方法初探〉、陳金木〈以史證經：楊樹達《論語疏證》析論〉四篇，亦反映兩岸於楊氏文字訓詁研究之落差。是筆者以為楊氏文字訓詁學仍有值得探究與駁議之空間，雖資質駑鈍，學力尚淺，然於楊氏文字訓詁學之研讀亦略有心得，撰此文以述己意，同時期能於日漸衰頹之訓詁學門略盡棉薄之力，標示訓詁考據於我國傳統學術之重要性，以資吾輩同好學人參照。

## 第三節 研究方法、凡例與預期成果

### （一）研究方法

　　為學首重方法，空有思維而無方法，必有心無力，不得其門而入。余於大學、碩士班進學期間，先後從林宜君、張端穗二位師長修習讀書指導、治學方法等學科，略窺為學門徑；後蒙呂珍玉師指導撰寫碩士、博士論文，深入瞭解論學之法、治學之要，得以初涉訓詁學門，窺其精妙。訓詁一科，以今語釋古語，範疇博大，舉凡音韻文字、名物制度、史學曆算、金石考異、版本校勘，無所不包。經典載籍距今往往千年之遙，資料蒐羅不易，文獻資料真偽難辨、文字隔閡不通，欲完整掌握、詮釋上古文字、典籍、制度等問題，實屬不易。所幸，經前人研究、開創，近代訓詁學之研究方法、途徑已漸有規範，加以近代大量出土之古文物與古文字資料，得以彌補上古材料短缺之憾，於傳統考據學另開門徑，使訓詁考據學之方法大為進步。

自清末甲骨文出土可與金文、典籍互勘以來，王國維倡「二重證據法」，於各方材料多所運用，相互驗證，建立訓詁學新式考據方法，以求立論客觀可信。楊氏訓詁實踐時採此法，獲益良多，且於訓詁實踐中修正、完善此法之運用，於後人多所啓發，值得學習。是本文亦於「二重證據法」多所運用、比對，以相同研究方法審視楊氏文字訓詁學之研究成果，或爲其疏證，或陳述駁議其失，務求於文字考釋、詞義串講多方掌握，以求立論之客觀、科學。

其次，今日訓詁學之要求非僅限於文字考釋一端，一味偏執文字考據，以字義爲要研讀經典，易有忽略詞義、詞彙、語境等望文生義之弊，必然所得有限，難以通解古籍，探究經典本恉。故本文除以大量古文字材料驗證楊說以外，尚以詞義、文義、語境、音韻、思維邏輯等方面詳加審視，舉凡楊氏訓詁未周、論證粗略、穿鑿臆斷等問題，均蒐羅研讀，多方考量，並參研眾說，細加考辨，定其是非，務求文字考釋客觀，經典文義會通，以達到文字訓詁學考據之最大效用。

## （二）凡　例

以上簡要論述本文研究方法，茲將各章凡例部分，依章節討論次序，條列於下：

1、第二章論述楊氏生平與爲學途徑。前人論學，首重師法，欲論楊氏文字訓詁研究，師法源流，不可不詳。楊氏幼承家學，及長留學日本，其文字訓詁雖多承自乾嘉學風，然其學仍多爲自修而得，較同時期學人略有不同，故先論楊氏生平與治學經歷，復探後世眾人於楊氏學術之評價，以觀其與當代學人研究方法與觀點之異同、論述其得失。

2、第三至第七章爲本文主要論述要點。而楊氏文字訓詁著作，取材豐富、論述詳盡，然均以筆記形式爲文，內容博雜；故各章文例討論之前，皆先條列楊氏原說於前，以見楊氏著作體例。體例既明，則綱舉目張，復驗證於古籍原典，以求討論經典原文無誤，降低誤訓機率。各章討論楊氏文字訓詁成果，首述研究之體例，復舉實例深入討論其訓詁之立論、過程與結論，依所論內容，分疏證與駁議兩項論之，最後提出總結，以見楊氏於該研究範疇之失誤所在。

3、第三章爲楊氏虛詞著作《詞詮》研究，檢視楊氏詞類研究，雖以詞類爲

主要研究對象，然若涉及文例、語境或文字考辨之範疇，則亦詳證之，以求詞義訓解之完善。

4、第四章爲楊氏金文研究。舉例所論銅器名稱以楊氏《積微居金文說》、《積微居金文餘說》所錄器名爲主，若器有別稱、或楊氏命名有誤者，一律以註解方式註明。其餘銅器名稱、例證則參照《殷周金文集成》一書所錄，簡稱《集成》，並附器號，以利檢索參照。若需特別檢視拓片，則以隨文附圖方式呈現，圖片來源以《殷周金文集成》一書爲主。

5、第五章楊氏甲骨文研究，所舉甲骨辭例、拓片、釋文等資料，均參考自《小屯南地甲骨》、《甲骨文合集》、《殷墟花園莊東地甲骨》與《殷墟甲骨刻辭類纂》等著作，然或於審視拓片後於文字字形楷定偶有修改，其後以上述各書之片號註明，其格式爲：《合集》片號，以利檢索。若需引錄拓片，亦採隨文附圖形式呈現，圖片來源亦取自上述甲骨著作。

6、第六章探討文字考釋專論部分。首列楊氏考釋文字所採之方法與文字理論，復舉楊氏文字考釋實例加以驗證、商榷，於後總結楊氏文字考釋於《說文解字》之態度與釋字理論之缺失。又楊氏考字所論正確之例與前人所訓大抵相同，且於今日多爲定論，故該章僅以楊氏文字考釋專論有誤之例爲討論內容。

7、第七章討論楊氏古籍訓解。無論楊氏訓解正例、誤例，於所論傳世載籍本恉，引用、論述俱不盡從傳、注或各家之說，務求訓解由文本出發，不爲成說所限，以求所論客觀、詳實。

8、上述各章文字考釋部分，本義、通叚本字判定，原則上依《說文解字》所錄本義爲據，然不以《說文》爲尊，並以相關古文字材料驗證。於楊氏爲《說文》誤導之失，亦一一註明，降低爲《說文》制約之弊，確保客觀。

9、楊氏原文偶有書寫古字或別字之情形，徵引楊說便依原文如是，非筆者打字錯誤之故。僅於此處標明，爲免干擾閱讀，引用楊氏原文若遇此例，除非必要，則不再加註。

10、本論文於文字擬音之標準如下：聲母以黃侃古音十九紐爲主；韻母則以據陳新雄古韻三十二部爲準。

11、本論文引用前輩、師長高論，參考資料繁多，或未及一一詳述引用，若

遇疏漏，尚祈不吝指正。又文中除直接師門關係以外，一律不加尊稱，乃為行文簡潔之故，未有不敬之意。

## （三）預期成果

本論文旨在探討民國時期學者楊樹達於文字訓詁學之研究與成果，詳述體例，考鏡源流，疏證或商榷其文字考釋、經典詮解之優劣得失，以昭示楊氏於文字訓詁學之成就與價值。又楊氏身處爲晚清民國交替之際，通過對其學術之研究，亦可一窺傳統文字訓詁學於西方新學接觸之轉變與發展。由以上研究方法撰寫本文，仔細檢視、比對，慎重下筆，期本文完成時達到以下目標：

1、詳論楊樹達之訓詁著作與學術成就，並深入研究其文字訓詁學，以明楊氏於文字訓詁領域之成就與價值，並修正、商榷其說有誤之處，給予公允評價。

2、考辨、檢視楊樹達於漢語詞義、古文字考釋、古籍訓解之得失，並探討訓詁實踐時所應注意之方法與觀點，避免訓詁實踐時過度詮釋，誤導讀者。

3、經由楊氏文字訓詁學之探究，明白古文字材料於訓詁實踐之重要性，形訓、音訓、義訓等條例於古文字考釋之運用與原則，並審視其侷限。

4、標示文字訓詁學之重要性，期能使今世學人重新審視訓詁考據之功能，重視訓詁考據，改善研究風氣。

# 第二章　楊樹達生平、著作與學術成就

## 第一節　楊樹達生平事略

　　楊樹達（1885～1956），字遇夫，號積微，晚號耐林。清光緒十一年生於湖南長沙，歿於民國四十五年，年七十二。楊氏爲我國著名文字、訓詁學家，熟讀經史，勤學著書，耄而不倦，於我國近代語言學、文字訓詁研究成就、貢獻卓著。楊氏長於書香門第，幼承家學，少稟義方，初由祖父楊炳南教其識字，後從其父楊孝秩爲學，於史傳、古文均有涉獵〔註1〕，初窺訓詁門徑。及長，其父授以郝氏《爾雅義疏》、王氏《廣雅疏證》等訓詁典籍，楊氏嘗謂：「予年十四五，家大人授以郝氏《爾雅》、王氏《廣雅》二疏，始有志於訓詁之學。」〔註2〕是知楊氏於幼年時期，便已立下深厚國學基礎，其後廣涉經史典籍，畢生治學以訓詁考據爲要，自是始於此時，可謂家學淵源，學有所承。

　　甲午戰後，清代士人力圖振興，「中學爲體，西學爲用」之實學於焉興起，

---

〔註1〕楊氏嘗於《回憶錄》言及其父：「喜讀《史記》、《資治通鑑》、唐宋八家古文。」楊樹達，《積微翁回憶錄》（北京：北京大學出版社，2007年5月），頁1。又云：「家大人喜讀史，少時侍坐，竊見治司馬氏《通鑑》，日有定程。余兄弟幼承訓誨，故亦皆好史籍。」楊樹達，〈漢書補注補正自序〉，《積微居小學金石論叢》（上海：上海古籍出版社，2013年9月），頁384。

〔註2〕楊樹達，《積微居小學金石論叢・自序》，頁21。

湖南巡撫陳寶箴於新學方酣之時，會同熊希齡、譚嗣同等人合辦時務學堂，楊氏時年十三，以優異成績考入時務學堂就學，旋因病輟學；1900 年，戊戌維新事罷，時務學堂亦告解散，楊氏入求實書院續讀，於研治經史百家之餘，兼以算學、英文等科爲業，越二年，1903 年求實書院改爲大學堂，楊氏無意科場之事，故退而家居，其間仍勤學自勵，讀阮元《詩書古訓》，頗以爲是，乃因其體例仿作《周易古義》。楊氏此時治經，頗有心得，時清廷學使吳子修發佈觀風課題，楊氏屬文以應，嘗得吳氏讚爲「鎔鑄經史，卓爾不羣」〔註3〕，可見其治經已有相當程度，頗有過人之處，故獲學使賞識，旋入校經堂進學。1905 年，湖南巡撫端方擬擇派生員赴日留學，楊氏本欲以經史訓詁爲其志業，然以時中國積弱不振，有心救亡圖存，復爲友人勸說，決心赴日〔註4〕，遂與其兄楊樹穀經上海負笈東瀛，於東京就學。

旅日期間，楊氏先於 1905 年入東京弘文中學大塚分校，以日語爲主課，兼習英語，後因弘文中學以日語教習爲主，英語授課緩慢，楊氏復另拜師若月岩吉，以求英語精進。1907 弘文中學畢業，1908 年入正則英語學校，隨即應試東京第一高等學校豫科，得錄取，1909 年入京都第三高等學校。楊氏留日期間，所習科目除日語外，尚有英語及數學等雜學，其間楊氏以爲收穫最大者，當爲以英語爲主之歐洲語言學，楊氏嘗回憶云：「弱冠遊日，喜治歐西文字，於其文法，頗究心焉。」〔註5〕又云：「我研究文字學的方法，是受了歐洲文字語源學 Eymology 的影響的。」〔註6〕由此敘述，則知楊氏當時於英文及其文法有深刻之認識與鑽研，其後數十年間研究文字、語法、修辭無不以此時之西學經驗爲基準，足見旅日數年修習西方語言之經驗與作用，爲楊氏日後治學產生莫大助益。1911 年辛亥革命爆發，清廷自顧不暇，停發留學生員公費，楊氏是以離日返國，於同年應湖南新政府教育司之聘，任圖書科科長一職。

1912 年，楊氏改任湖南圖書編譯局編譯，兼任楚怡工業學校英文教員，

---

〔註3〕楊樹達，《積微翁回憶錄》，頁5。

〔註4〕楊氏於《積微居小學金石論叢・自序》嘗謂：「即冠，激於國難，廢業出遊，居倭京，日治歐洲語言及諸雜學。」楊樹達，《積微居小學金石論叢・自序》，頁21。

〔註5〕楊樹達，《詞詮・例序》（上海：上海古籍出版社，2008 年 3 月），頁 1。

〔註6〕楊樹達，《積微居小學述林・自序》（上海：上海古籍出版社，2013 年 9 月），頁 1。

旋入湖南高等師範學校任教務長一職，此爲楊氏投身杏林之始，此後歷任湖南第四高等師範學校國文教員、湖南省立第一女子師範教師，直至 1919 年初入北京爲止。返居長沙，楊氏於 1913 年湖南第四高等師範學校教授國文之時，應教學需要，始於國文文法有所研究，適時初閱我國文法名著《馬氏文通》，有感於《馬氏文通》雖爲我國首部援引歐洲語言窺探我國文法之鉅作，然開創有餘，精細不足，言：「馬氏之卓絕者在是，其書之無不遺恨者亦在是。余自一九一二年始讀《文通》，頗持異議。」〔註 7〕楊氏有意識之進行文法、修辭之研究、創作即始自此一期間，欲取前人精華，棄其糟粕，以收匡正吾國文法之效，然以庶務繁雜，人事多舛，故暫時擱置，至 1919 年方始撰寫。1918 年楊氏尚有《老子古義》成書，其說乃因南北戰爭爆發，兵戎禍國，楊氏感念《老子》所謂「兵者，不祥之器」而作，可謂感時恤民，頗有士人憂國情懷。1919 年，五四運動興起，湖南學界受其感召，成立建學會響應學潮，楊氏亦入會，於同年受湖南學界推舉，赴北京請願，以求驅逐湖南軍閥張敬堯，即留京數月，至隔年張敬堯離湘出走，方返長沙。

楊氏秉好讀書，性耽著述，然自日返國以來，任教中學，案牘勞形，事務紛雜，每於閱讀心有所會，皆無暇深究，頗以爲苦，急欲另謀良職，其自言曰：「歷年在湘任教國文，以改作文卷爲苦役。敷衍了事，則恐誤人子弟，於心不安；細心評致，耗費時間至多，而於己絕無進益。居京數月，見諸任教大學者每週授課不過八九時，自修時間綽有餘裕，每心羨之。」〔註 8〕有鑑於此，楊氏萌生入京求職之思，欲謀得良職，以遂己身精進問學、命筆著述之志。時幼年時務學堂同窗范源濂（1876～1927）任教育部長，楊氏遂因此進京，入教務部任國語統一籌備會委員，並兼授國文於北京師範學校、日文於北京法政專門學校，展開十餘年之北京生涯。

楊氏 1920 年抵京後，除初任教於北京師範學校、北京法政專門學校之外，尚先後任北京女子高等師範學校附屬女子補習學校及北京高等師範學校等職。1924 年范源濂任北京師範大學校長，楊氏應其邀請，任北京師範大學國文系代理主任，至 1926 年，應清華大學之聘任教國文系，適時與朱自清、

---

〔註 7〕楊樹達，《馬氏文通刊誤・自序》（上海：上海古籍出版社，2007 年 4 月），頁 3。
〔註 8〕楊樹達，《積微翁回憶錄》，頁 9。

王國維互有往來。直至 1936 年，其父楊孝秩罹病，遂返長沙省親，並以其父病情沉重，無意北返，復應湖南大學校長皮宗石（1887～1967）之請，任湖南大學中文系教授，後兼系主任、文學院院長，至此始結束十餘年之北京之遊。客居京十餘年間，楊氏生活安定，任教之餘，閒則讀書，心有所獲，則命筆成篇，為其一生著作最豐之時期。1925 年仿清儒俞樾《古書疑義舉例》作《古書疑義舉例續補》補充前人未及古文文例；1928 年出版《詞詮》，是書以《高等國文法》講義為主，專釋文言虛詞，以文法訓講虛詞，可謂當時首創；1930 年出版《高等國文法》，以古書虛詞與句讀串講我國古代語法，期能以西方語法為借鏡，創建專屬我國語文之語法；1931 年出版《馬氏文通刊誤》，以早年閱讀《馬氏文通》所記馬氏書中語法謬誤之處加以辨析、校勘，亦有可觀之處；1933 年出版《中國修辭學》，以豐富材料與例證，由語音、語法、詞彙等方面探討經籍古書之修辭方法，體例創新、實用。楊氏於上述諸多著作之要點即在語法一端，可視為北京時期之主要學術研究成果，其自云：「少年時代留學日本，學外國文字，知道他們有所謂語源學。偶然翻檢他們的大字典，每一個字，語源都說得明明白白，心竊羨之。」〔註9〕由楊氏此言，則知楊氏自遊日時期便已有創建我國文法著作之思，惜過往事務繁多，無暇顧及，而於此時配合教學需要，因以成篇，可謂用心良苦。是時楊氏於清華大學除講授文法之外，尚開設《漢書》課程，教學研究之中接觸秦漢金石材料甚多；1933 年《中國修辭學》出版後，楊氏以為文法、修辭建制一事大致完成，乃將研究重心置於金石文字之上，言：「一九三零年，文法三書〔註10〕成，乃專力於文字之學。」〔註11〕數年間成篇者眾，1936 年成書，命為《積微居小學金石論叢》為其致力文字訓詁之首部專作，於後一年 1937 年出版。

　　1936 年楊氏應聘於湖南大學，隔年蘆溝橋事變後，抗日戰爭全面展開，時長沙屢遭日軍轟炸，楊氏及其家眷飽受戰火侵擾之苦，1938 年湖南大學避遷辰谿，楊氏遂舉家西遷。楊氏憤慨日軍侵華，乃開設《春秋》課程，授以諸生攘夷之義，並以授課講義增補而成《春秋大義述》一書，1943 年出版。

---

〔註 9〕楊樹達，《積微居小學述林・自序》，頁 1。

〔註10〕筆者案：楊氏所謂「文法三書」分指《詞詮》、《高等國文法》、《馬氏文通刊誤》。

〔註11〕楊樹達，《積微居小學金石論叢・自序》，頁 21。

1945 年抗戰勝利，楊氏隨湖南大學返回長沙，1947 年獲選中研院院士，1948 年應王力之邀往中山大學，講學廣州，隔年國共內戰告終，大陸淪陷，楊氏以廣州時局動盪，非可久留之處，乃別廣州北回長沙。1950 年楊氏受聘中國科學院，任語言研究所學術委員，1953 年改任湖南省文史研究館館長，1956 年因病逝世，享年七十二歲。楊氏晚年學術成就主要以文字考據一端為主，旁及經史疏證，1934 年於北京時期便已開始研治甲文，惜未深入鑽研，1940 年後方以金文為主要研究對象。1944 年寫定《文字形義學》一書初稿，此為楊氏《積微居小學金石論叢》一書後至抗戰勝利期間楊氏集文字教學研究之大成，為其文字學理論之作；1952 年《積微居金文說》問世，所錄為楊氏自 1942 年以來十年間金文研究之成果，楊氏充分運用其長年語言研究之專長，配合深厚訓詁學養，補充、修正前人金文研究，考證頗為詳實，於我國金文研究領域甚有價值。1954 年出版《積微居小學述林》，是書與《積微居小學金石論叢》同為訓詁考據之作，於文字、音韻、文獻訓詁均有所觸，為楊氏以語源學考證我國文字、訓詁學之得意之作。同年楊氏甲骨文研究著作《積微居甲文說》、《耐林廎甲文說》、《卜辭瑣記》、《卜辭求義》相繼出版，以文字、語源研究精要考釋甲文，突破前人傳統考釋窠臼，屢創新說，為甲骨文研究必讀之參考書籍。1955 年則有《漢書窺管》成書，是書為楊氏多年研治《漢書》之精華與校勘之作，於前人注解基礎上後出轉精，糾正、校勘前人誤訓之處，於《漢書》之研究，貢獻卓著。

　　楊氏一生勤學不倦，著書等身，可謂以讀書著述為一生職志，其《積微居回憶錄‧自序》嘗言：「余性樸魯，於讀書外別無所好。斗室中日手一編，偶有所得，輒搖筆記之，不能自己。」〔註12〕可見楊氏畢生以讀書為樂，浸淫書海，怡然自得，故為學左右逢源，無處不得創發，復學貫中西，承先啟後，故能成一家之言，後世譽為當代大師，自非偶然。吾人研究楊氏之學，觀其治學廣博，成就精深之餘，於其治學態度，當亦有所取，引為自勵。

## 第二節　楊樹達著作概述

　　楊氏自遊日返國從事教職之始，或因教學需要，或因己身閱讀而有所得，

〔註12〕楊樹達，《積微居小學金石論叢‧增訂本自序》，頁7。

著述不輟，數十年間著作等身，且爲學廣博，凡語法、修辭、文字、訓詁、校勘等領域均有著述，甚爲難得，今茲先就其所著專書表列於下〔註13〕，再行論述：

| 書　　名 | 出版年 | 出　版　社 |
|---|---|---|
| 《中國語法綱要》 | 1920 | 上海商務印書館 |
| 《老子古義》 | 1922 | 北京中華書局 |
| | 1991 | 上海古籍出版社 |
| | 2013 | |
| 《漢書補注補正》 | 1925 | 上海商務印書館 |
| 《詞詮》 | 1928 | 上海商務印書館 |
| | 1954 | 北京中華書局 |
| | 1986 | 上海古籍出版社 |
| | 2013 | |
| 《古書之句讀》 | 1928 | 北京文化學社 |
| 《高等國文法》 | 1930 | 上海商務印書館 |
| | 1986 | 上海古籍出版社 |
| | 2013 | |
| 《周易古義》 | 1930 | 上海商務印書館 |
| | 1991 | 上海古籍出版社 |
| | 2013 | |
| 《馬氏文通刊誤》 | 1931 | 上海商務印書館 |
| | 1991 | 上海古籍出版社 |
| | 2013 | |
| 《積微居文錄》 | 1931 | 上海商務印書館 |
| 《中國修辭學》（《漢文文言修辭學》） | 1933 | 北京世界書局 |
| | 1954 | 北京科學出版社 |
| | 1969 | 臺灣世界書局 |
| | 1980 | 北京中華書局 |
| | 1983 | 上海古籍出版社 |
| | 2013 | |

〔註13〕本表據劉夢溪主編之《中國現代學術經典‧楊樹達卷》所錄〈楊樹達先生著述要目〉參考製作，並新增晚近出版資料，著作排列順序依首次出版年先後排列。劉夢溪主編，《中國現代學術經典‧楊樹達卷》（石家莊：河北教育出版社，1996年10月），頁823～825。

| 《古聲韻討論集》 | 1933 | 北京好望書店 |
|---|---|---|
| 《漢代婚喪禮俗考》 | 1933 | 上海商務印書館 |
| | 1986 | 上海古籍出版社 |
| | 2013 | |
| 《群書檢目》 | 1934 | 北京好望書店 |
| 《論語古義》 | 1934 | 上海商務印書館 |
| 《古書句讀釋例》 | 1934 | 上海商務印書館 |
| | 1954 | 北京中華書局 |
| | 1991 | 上海古籍出版社 |
| | 2013 | |
| 《積微居小學金石論叢》 | 1937 | 上海商務印書館 |
| | 1955 | 北京科學出版社 |
| | 1983 | 北京中華書局 |
| | 1986 | 上海古籍出版社 |
| | 2013 | |
| 《春秋大義述》 | 1943 | 重慶商務印書館 |
| | 1986 | |
| | 2013 | 上海古籍出版社 |
| 《積微居金文說》 | 1952 | 中國科學院考古所 |
| | 1959 | 北京科學出版社 |
| | 1986 | 上海古籍出版社 |
| | 2013 | |
| 《淮南子證聞》 | 1953 | 北京中國科學院 |
| | 1985 | 上海古籍出版社 |
| | 2013 | |
| 《積微居小學述林》 | 1954 | 北京中國科學院 |
| | 1983 | 北京中華書局 |
| | 1986 | 上海古籍出版社 |
| | 2013 | |
| 《積微居甲文說》《卜辭瑣記》（合刊） | 1954 | 北京中國科學院 |
| | 1986 | 上海古籍出版社 |
| | 2013 | |
| 《耐林廎甲文說》《卜辭求義》（合刊） | 1954 | 上海群聯出版社 |
| | 1986 | 上海古籍出版社 |
| | 2013 | |
| 《論語疏證》 | 1955 | 北京科學出版社 |
| | 1986 | 上海古籍出版社 |
| | 2013 | |

| | | |
|---|---|---|
| 《漢書窺管》 | 1955 | 北京科學出版社 |
| | 1984 | 上海古籍出版社 |
| | 2013 | |
| 《古書疑義舉例續補》 | 1956 | 北京中華書局 |
| | 1991 | 上海古籍出版社 |
| | 2013 | |
| 《鹽鐵論要釋》 | 1957 | 北京科學出版社 |
| | 1963 1985 | 北京中華書局 |
| | 2013 | 上海古籍出版社 |
| 《積微居讀書記》 | 1960 | 北京科學出版社 |
| | 1962 | 北京中華書局 |
| | 1986 | 上海古籍出版社 |
| | 2013 | |
| 《積微翁回憶錄》 | 1986 2013 | 上海古籍出版社 |
| | 2007 | 北京大學出版社 |
| 《積微居詩文鈔》 | 1986 | 上海古籍出版社 |
| | 2013 | |
| 《中國文字學概要》 《文字形義學》（合刊） | 1988 | 上海古籍出版社 |
| | 2013 | |

　　楊氏一生著作與出版資料已如上表所述，吾人可見由二十世紀 1920 年代起，楊氏便大量從事語言、修辭、文法、訓詁及古籍校勘研究，命筆著述，傳之後學，於我國文字訓詁學之研究，貢獻卓著。有關楊氏生平著作概況，前人已多有論及，如：楊榮祥〈楊樹達先生學術成就述略〉〔註 14〕、周孟樺《楊樹達文字形義理論初探》〔註 15〕、范忠程、范群〈楊樹達與國學〉〔註 16〕、劉祖瑋《楊樹達之語源學研究》〔註 17〕、符嵐〈國學大師楊樹達〉〔註 18〕等，各家

---

〔註 14〕楊榮祥，〈楊樹達先生學術成就述略〉，《荊州師專學報》1999 年第 1 期（湖北：荊州師專，1999 年）頁 68～73。

〔註 15〕周孟樺，《楊樹達文字形義理論初探》（中壢：國立中央大學中國文學系碩士論文，2006 年 7 月），頁 19～22。

〔註 16〕范忠程、范群，〈楊樹達與國學〉，《湖南大學學報》，第 20 卷，5 期，（長沙：湖南大學，2006 年 9 月），頁 26～31。

〔註 17〕劉祖瑋，《楊樹達之語源學研究》（臺北：世新大學中國文學系碩士論文，2009 年 6 月），頁 44～60。

對楊氏著述均有詳細介紹，為免繁複，本節擬就與本文論題觸及之相關著述進行概述，其餘與論題無關之著作，便不再贅述。為求主題明確一致，概述將以著作性質排列，不依出版年份，茲舉如下：

## 一、詞義研究〔註19〕

### （一）《詞詮》

《詞詮》1928年由商務印書館出版，全書十卷，收虛詞486字，依注音與部首排列分卷，1986年由上海古籍出版社收入《楊樹達文集》，2013年再版，為目前可見最新版本。本書以治虛詞為主，兼採眾家之說，舉古書常見虛詞配之以文法，《詞詮》之作，與楊氏《高等國文法》一書相輔相成；《高等國文法》意在修正《馬氏文通》缺陷，專論文法。後楊氏自覺「文法自有界域，不能盡暢其意」〔註20〕，乃仿高郵王氏《經傳釋詞》之例，單獨羅列文言虛詞，以便學人檢索，故成《詞詮》一書。《詞詮》體例簡明精要，每舉一詞，先以注音標示，繼而詳列詞類、用法，於後詳釋詞義，並舉古籍例證以資參照，詞類各有所歸，不相襍廁。是書於虛詞闡釋體例新穎，詞類用法、例證豐富詳盡，前有所承，下啟後學，於文言虛詞研究成績斐然，影響深遠。然需指出者，楊氏此作雖於虛詞研究貢獻甚大，然僅就虛詞詞類辨析詞彙意義、舉例比對，尚停留在虛詞詞彙本身之探討，未能探討虛詞之語法意義，以今日角度觀之，仍尚未進入語法之範疇，較為可惜。然以當時之時代背景而言，仍為極具系統性歸納虛詞且材料、例證豐富之虛詞重要著作。

### （二）《高等國文法》

《高等國文法》為楊氏整理任教北京師範大學之授課講義整理而成，1930由商務印書館出版，1986年由上海古籍出版社收入《楊樹達文集》，2013年再

---

〔註18〕 符嵐，〈國學大師楊樹達〉，《書屋論壇》，2012卷，6期，（2012年6月），頁4～9。

〔註19〕 筆者案：詞義類所論三部著作過往諸家均視作楊氏語法學作品，然細審三部著作內容不論明虛詞，辨詞類或刊誤《馬氏文通》各方面，僅初步觸及詞類分辨與義例說明，仍停留在詞義、詞類本身，並未真正進入語法之範疇，將其稱為「語法」著作，則嫌名不符實，筆者以為諸作不宜以語法作品稱之，故以詞義研究作品名之。

〔註20〕 楊樹達，《詞詮·序例》，頁1。

版。《高等國文法》與《詞詮》互爲表裡，所不同者，《詞詮》專論虛詞，本書則專講詞類。《高等國文法》全書共分十卷，第一章爲總論，二至十章則專論名詞、代名詞、動詞、形容詞、副詞等古漢語常見詞類，其目的在用以糾正《馬氏文通》生搬硬套西洋語法之謬誤〔註21〕，進一步期望以西洋文法爲輔，創建專屬漢語之詞類體系，觀念新穎。《高等國文法》材料豐沛，例證詳實，以此爲據，於古漢語詞類之辨明、說解亦至爲精當，可見楊氏編撰此書之用心，期以能對於後學古漢語學習、閱讀有所助益，可謂用心良苦，於當時評價甚高。然以今日觀點論之，《高等國文法》一書雖以「文法」爲名，然該書重點乃在古漢語詞類之辨明、舉例，偏重詞性討論與句讀識讀，與所謂「文法」實無相涉，欲以此建立漢語語法體系，仍有困難。然以其爲學子修習古書詞類、句讀之書，仍深具價值與貢獻，故於當代頗受重視。

### （三）《馬氏文通刊誤》

《馬氏文通刊誤》爲楊氏修訂馬建忠《馬氏文通》之作，初作於 1919 年，1931 年由商務印書館出版，1991 年上海古籍出版社收入《楊樹達文集》，並於 2013 年再版。楊氏站在肯定《馬氏文通》之立場寫作此書，其自言：「自馬氏著《文通》而吾國始有文法書，蓋近四十年來應用歐洲科學於吾國之第一部著作也。其功之偉大，不俟論矣。」〔註22〕然楊氏於馬氏書中，亦見頗多謬誤之處，尤以馬氏由拉丁文硬套漢語之作法，深感不以爲然：「蓋馬氏必以他國文法填入中文，不免削足適履，失卻中文之本來面目，於是陋者乃肆口極詆文法在中國爲不必要矣。嗚呼！此吾書之所以不能不作也！」〔註23〕楊氏此書共列舉馬氏不當處十端：不明理論、理論未確，詞類與組織動搖不定、以外國文法強解中文、不知古人省略、詞類強分無當、不識古文錯綜變化、誤認組織、誤定詞類、不明音韻故訓、誤讀古書。據此十類謬誤，楊氏詳加引證，據實例以駁馬氏訓解詞類之謬誤之處，同時針對馬氏引用文獻之疏漏之處亦詳加修正、校定，大多信而有據，對《馬氏文通》之訓詁體系方面多所改正，貢獻良多。馬氏之國學根柢遠不如楊氏深厚，復受拉丁語法之影響，

---

〔註21〕楊樹達，《馬氏文通刊誤·自序》，頁3。

〔註22〕同上註。

〔註23〕同上註，頁83。

於傳統古籍引用多所謬誤，楊氏一一校正，爲其成功之處；然於語法理論，楊氏《馬氏文通刊誤》則仍有未逮之處，王力嘗論楊氏此書曰：「至於涉及語法理論，楊氏就不一定比馬氏高明，而且以英語語法糾正拉丁語語法也是牛頭不對馬嘴的。總的來說，楊氏在語法體系上沒有什麼可取之處。凡是他與馬建忠違異的地方，往往也就是執著英語語法的地方。」〔註24〕楊氏時言馬氏以外國語文強解中文，然其自身亦往往受限於英語文法而不自覺，爲其疏忽之處；且英語、拉丁語爲不同語族之語言，彼此語彙、語法存在之差異亦不容忽視，王氏之批評十分中肯。

## 二、文字學、訓詁學

### （一）《積微居小學金石論叢》

《積微居小學金石論叢》1931 年由商務印書館出版，1955 年楊氏復將早期所作《積微居文錄》加以刪汰，擇其精要併入文稿，增訂《積微居小學金石論叢》，由北京科學出版社出版，1983 年北京中華書局再版，1986 年上海古籍出版社收入《楊樹達文集》，2013 年再版。《積微居小學金石論叢》全書六卷，收錄楊氏 1930 年至 1936 年間文字、聲韻、訓詁之考證作品凡百四十餘篇；計考釋文字專論六十篇，釋字理論二篇，聲韻論文十篇，經子考證序跋雜文五十九篇，金石考史論文十二篇。本書所錄文字考釋專論大多爲形聲字聲符語源之考釋與探索，可見楊氏一貫探求漢字語源之用心；由經籍考釋訓詁之作，亦可窺探楊氏因聲求義與傳世文獻比對之法，求語源，解經史，其觀點與方法均較清儒進步，有超越前人之處，爲楊氏文字訓詁學之代表著作，一時評價甚高。然而，楊氏此書雖取得超越前人之成就，其考釋文字仍以許氏《說文解字》爲基礎，訓解文字本義往往爲其所限；文字與經籍訓詁偏於因聲求義，未能由形、音、義多方考察，因此文字訓解、訓詁考釋未能盡是者所在多有，爲吾人讚許楊氏訓詁考據精要同時，仍須留意之處。

### （二）《積微居小學述林》

《積微居小學述林》原七卷，1954 年由中國科學院出版，1983 年北京中華書局再版，1986 年上海古籍出版社收入《楊樹達文集》，並將楊氏過往發表

---

之單篇文章擇要收錄爲補編一卷，全書增爲八卷，2013 年再版，爲現刊最新版本。本書所收爲楊氏 1937 年以後至 1954 年間之文字訓詁之作；計文字考釋專論百二十篇，文字通考八篇，故書訓詁考釋四十篇，雜文三十三篇及補編著作三十三篇。《積微居小學述林》與《積微居小學金石論叢》二書作品性質相近，研究方法亦大致相同，一般視爲《積微居小學金石論叢》姐妹篇，楊氏於《積微居小學述林》將因聲求義探求語源之法更加深化，廣泛運用於文字、訓詁之考證之上，同時兼顧詞例與群經典籍間之比對，新說迭出，成果豐碩，可謂楊氏語源學研究集大成之作。然與《積微居小學金石論叢》相同，《積微居小學述林》訓解文字仍因宗守《說文》而有所偏頗；雖欲探求語源，然實際仍停留於文字本身，陷入濫用聲訓之困境；經史訓詁每欲推翻舊注，創新立說，而有穿鑿臆斷之弊，均爲此書若干需細心辨明、修正之處。此書所論雖未必盡是，然瑕不掩瑜，於我國傳統訓詁考據之研究仍有相當程度之貢獻，至今仍爲訓詁考據後學必參之書。

## 三、古文字研究、文字理論著作

### （一）《積微居金文說》

《積微居金文說》全書七卷，1952 年由中國科學院出版，收錄楊氏自 1940 年至 1951 年金文研究成果，1959 年北京科學出版社再版時增楊氏 1951 後金文研究著作《積微居金文餘說》二卷，合以《積微居金文說》出版，1986 年上海古籍出版社收入《楊樹達文集》，2013 年再版。《積微居金文說》七卷，共釋銅器 239 件，釋文 287 篇；《積微居金文餘說》二卷，釋銅器 94 件，釋文 94 篇，《積微居金文說》卷前載〈新識字由來〉一文，說明楊氏考釋金文識字之法，頗具參考價值。楊氏考釋金文，將傳統訓詁之法帶入金文研究之中，其自云：「妄欲用王氏校書之法治彝銘，每釋一器，首求字形之無牾，終期文義之大安，初因文字以求義，繼復因義而定字。義有不合，則活用其字形，借助於文法，乞靈於聲韻，以通叚讀之。」〔註25〕由楊氏此語，可見其金文研究之法，乃以前人訓詁考據之法融於銅器考釋之中，不僅識字考釋，同時兼顧銘文文義與經史載籍之聯繫，於古代制度亦多有考定，故其金文研究

〔註25〕楊樹達，《積微居金文說・自序》，頁 1。

成就超越前人，所論信而有據，卓然可取之論甚多。《積微居金文說》對金文字形、文義、語彙均有獨到見解，雖以金文艱澀、古制難考、時代限制等因素，書中疏漏疵謬在所難免，然於我國金文研究仍具相當價值，爲從事金文研究入門學人必參之書。

### （二）《積微居甲文說》

《積微居甲文說》1954 年由中國科學院與《卜辭瑣記》合刊出版，1986年上海古籍出版社將其收入《楊樹達文集》之中，與《耐林廎甲文說》、《卜辭瑣記》、《卜辭求義》合併刊行，2013 年 9 月再版，爲現行最新版本。全書共收錄楊氏 1944 年至 1953 年間作品共五十三篇，分上、下二卷，共計考釋甲文之作凡五十三篇。楊氏考釋甲文之法，與金文研究之法大致相同，而尤以通讀爲要，其自云研究方法爲：「識其字矣，未必遽通其義也，則通讀爲切要，而古音韻之學尚焉，此治甲骨者必備之初步知識也」、「就其形以識其字，循音以通其讀，然後稽合經傳以明史實，庶幾近之矣。」〔註26〕楊氏將其精熟之訓詁考據之法運用於甲文考釋之上，復立足於前人研究成果，考釋甲文後出轉精，所論〈釋星〉、〈釋追逐〉已爲學界不刊之論，甲文研究深入細微，於甲文及上古語彙研究極具有價值。楊氏《積微居甲文說》問世數十年來均被視爲當代甲骨文研究之重要著作，其間雖難免疏漏，然整體甲骨文研究仍具相當程度價值，爲甲骨文研究之重要入門書籍之一。

### （三）《耐林廎甲文說》

《耐林廎甲文說》於 1954 年由上海羣聯出版社與《卜辭求義》合刊出版，1986 年上海古籍出版社納入《楊樹達文集》，與《積微居甲文說》、《卜辭瑣記》、《卜辭求義》共同刊行，2013 年 9 月再版，爲目前最新版本。《耐林廎甲文說》可視爲《積微居甲文說》之姐妹篇，收錄六篇中國科學院出版《積微居甲文說》時汰去，而楊氏自覺可存之作。因所收文論本爲《積微居甲文說》汰去之稿，故在研究方法、內容形式上均與《積微居甲文說》一致。然其在文字考釋、訓解及文獻引證謬誤甚多，所論大多亦難成定論，故《耐林廎甲文說》一說所錄均非楊氏考釋甲文精要之作，其成就價值均不如《積微居甲文說》。

---

〔註26〕楊樹達，《積微居甲文說‧自序》，頁 1。

### （四）《卜辭瑣記》

《卜辭瑣記》於 1954 年與《積微居甲文說》合刊，由中國科學院出版，後於 1986 年由上海古籍出版社與《積微居甲文說》、《耐林廎甲文說》、《卜辭求義》合併收入《楊樹達文集》出版，並於 2013 年再版。《卜辭求義》為楊氏研治甲文之心得筆記，楊氏整理出版，可作為簡要甲文詞典，有詞義檢索之功能。《卜辭瑣記》雖篇幅短小且形式零散、瑣碎，然於前人考釋之謬誤、疏漏仍多有增補修正；閱讀其書可見楊氏甲文考據精要、細緻之處，具一定程度參考價值，為甲骨文研究中甚有價值之參考書籍。

### （五）《卜辭求義》

《卜辭求義》於 1954 年 9 月由上海羣聯出版社將之與《耐林廎甲文說》合併出版，1986 年上海古籍出版社合《積微居甲文說》、《耐林廎甲文說》、《卜辭瑣記》併入《楊樹達文集》出版，2013 年 9 月再版。《卜辭求義》以古韻分部為綱，共錄甲文單字 217 字。《卜辭求義》形式與《卜辭瑣記》相類，均為形式短小之閱讀筆記，所不同者，《卜辭求義》乃楊氏「讀甲文諸家之書，遇有說義善者，則手錄之，心有所觸，自覺其可存者，亦附記焉」〔註27〕之作，大體述而不作，217 例中有 99 例為此，可見此書與《卜辭瑣記》性質不同之處；雖楊氏多半述而不作，然由其選錄前人考釋之論，亦可一窺楊氏甲文研究之方向與態度，於楊氏甲骨文研究態度之探討，頗有參考價值。

### （六）《中國文字學概要‧文字形義學》

《中國文字學概要》為楊氏 1937 年任教湖南大學期間，應時開「文字學概要」課程需求所編寫之授課講義，全書八章：前二章為漢字總論，由先民結繩記事起論，乃至史籀、篆文、隸書、許氏《說文解字》、金文、龜甲、六書起源、定義、次第、名目等項；後六章則依象形、指事、會意、形聲、轉注、假借之次序專論六書，於各書再細分類別，甚為繁複，可視作楊氏之六書理論。《文字形義學》則為楊氏於 1944 年後，以《中國文字學概要》講義為基礎修改擴充之作，是書將《中國文字學概要》之漢字總論、象形、指事、會意、形聲等章合為〈形篇〉，於會意一書增添「會意兼聲」、「準會意」分項，使其完善；〈義篇〉則取《中國文字學概要》轉注、假借二章與訓詁知識結合

---

〔註27〕楊樹達，《卜辭求義‧自序》，頁 1。

而成，《文字形義學》可謂總結楊氏於文字六書理論之大成，嘗自謂：「此書經營前後十餘年，煞費心思。自信中國文字學之科學基礎，或當由此奠定。」〔註28〕足見楊氏對此書之自信與價值。1944 年後，《文字形義學》又經楊氏多次修訂，至 1952 年方成定稿。1955 年原訂由北京科學出版社出版，後因故作罷，1961 年稿件由北京中國書店收購，然仍未出版，其後幾經輾轉，稿件散佚，至今莫知所蹤〔註29〕。1988 年上海古籍書版社將《中國文字學概要》與《文字形義學》殘稿收入《楊樹達文集》合併爲《中國文字學概要・文字形義學》刊出，2013 年再版。

　　《中國文字學概要・文字形義學》爲楊氏多年研究文字理論之成果，是書收字以許愼《說文解字》爲本，每舉一字，即以許書訓解錄於其下，多數述而不作；如欲修正許說，則以簡要按語附於其後，綱舉目張，條目分名。六書理論原則上依循前人分項、次第，然於六書各項再依文字形構加分細項，甚爲精細繁複〔註30〕，於承繼前人理論精華之餘，復於己身有所創見，頗有價值。今人周秉鈞於《中國文字學概要・文字形義學》一書之〈後記〉總括該書有四大特點，分爲：1、博采了漢字研究的新成果；2、清理了象形和指事的界限；3、細分了漢字結構的類型；4、揭示了漢字發展的一些規律〔註31〕，可爲參考。又今人周孟樺撰《楊樹達文字形義理論初探》一文，即以楊氏《中國文字學概要・文字形義學》爲主要研究對象，詳論楊氏六書理論，於其六

---

〔註28〕楊樹達，《積微翁回憶錄》，頁 151。

〔註29〕楊德豫，〈文字形義學概況〉，《楊樹達誕辰百週年紀念集》，頁 145。

〔註30〕筆者案：楊氏依己身見解將六書精細分類，類別細密繁雜，如象形一書，除傳統大類如：獨體象形、合體象形、變體象形等類外，依文字構件又再細分：以形表物、假形表事、二形相連、全形與偏形、主形與從形等諸多細項，僅象形一書，便有細項二十餘類，甚爲繁複，略嫌冗雜。會意一書更爲繁瑣，除粗分名、動、靜、狀四大類外，各類細項多達三十餘類。楊氏於此頗感得意，自謂：「精心辨析，庶幾文理密察。完此工作，有如克一名城，至爲愉悅。」楊樹達，《積微翁回憶錄》，頁 146。由楊氏於六書理論之精細分項，可見其於文字形構觀察之細緻，見解亦稱獨到，然以教授文字理論之教科書而言，此等分項實過於繁瑣，不利讀者閱讀，較爲遺憾。

〔註31〕周秉鈞，《中國文字學概要・文字形義學・後記》（上海：上海古籍出版社，1988年 9 月），頁 2～6。

書理論指出數項不足之處：1、以「一個物象」作爲區分象形與會意二書的標準有待商榷；2、六書分類標準不一；3、無法擺脫許說的限制〔註32〕。周君該文針對楊氏六書理論有詳盡論述、分析，條理分明，立論詳實，欲詳楊氏《中國文字學概要・文字形義學》一書所論之六書理論者，可參照周文論述。

　　本論文探究楊氏小學經籍訓詁所接觸、探討之著作大致已如上述，由楊氏眾多訓詁著作，吾人可見其博覽群籍，踏實專精，學通中西，精於訓詁之治學特色，雖所論未必俱成定論，然於我國訓詁學新舊交替之際，承先啓後，另闢蹊徑，其研究方法與治學態度，實有難以抹滅之成就與價值，值得吾輩後學敬佩、學習。

## 第三節　後世學人評價

　　楊氏爲我國近代著名文字訓詁學人，其治學涵蓋經史，舉凡詞類、修辭、文字、訓詁、考史諸範疇均有涉獵，故其特色與成就表現於上述領域，較爲多元。雖楊氏之治學廣博，學慣中西，且著作等身，一時頗受重視，然相對同時期文字訓詁學人如章太炎、黃侃諸人，學界歷來對楊氏治學提出精確批評與評述者甚少，與楊氏於上世紀二〇、三〇年代所獲盛名不成比例，反映現當代對楊氏學術研究仍有未足，甚爲遺憾。然而，即便後世學人對楊氏治學成就與優劣評述不多，其中仍有評述精確、信而有據，值得參照者數則，今即擇錄後世學人於楊氏之學之評價，一探楊氏學術之整體價值；此間所錄，俱爲對楊氏提出中肯、精確之贊同或批評之論，他如當代學人與楊氏往來之相互頌揚、楊氏後學錦上添花、言不由衷之種種過譽之辭，因較無參考價值，一概摒棄不取，務求對楊氏學術評價之客觀、準確。

　　楊氏學術之成就之一，在其自言之語源學一端，嘗自謂：「少年時代留學日本，學外國文字，知道他們有所謂語源學。偶然翻檢他們的大字典，每一個字，語源都說得明明白白，心竊羨之。因此我後來治文字學，盡量地尋找語源。」〔註33〕可見楊氏於求取文字語源之重視，每釋一字，必先參照同源之法，考慮其語源，方作定奪，爲其考據特色。近人殷寄明即認爲楊氏求取語

---

〔註32〕周孟樺，《楊樹達文字形義理論初探》，頁158～159。

〔註33〕楊樹達，《積微居小學述林・自序》，頁1。

源之法於語源學頗有貢獻：

> 楊樹達的語源學貢獻，要爲以下二端。第一，考釋了大量的同源詞，
> 並作了「字義同源於語源同」的理論概括。……第二，從語源學角
> 度發明形聲字條例。……楊樹達對「右文」的研究，取得了兩方面
> 突破性的成就。一是關於聲符字的假借用法。……二是關於聲符字
> 的音義關係問題。楊氏凡云某聲有某義皆有根據，理論表述上稱「多
> 含」，糾正了段玉裁以偏概全的弊病。這在「右文說」語源學流派
> 發展史上還是第一次。同時他還提到同一聲符可以表示多個不同意
> 義。綜言之，楊樹達雖尚稱語言文字學爲「小學」，而實際上走的
> 是語源學的路子。〔註34〕

　　殷氏明確指出楊氏探求語源之法，乃以形聲字聲符爲主要研究對象，其
說甚是。楊氏考釋文字、求取語源即以《說文》爲基礎，廣泛以形聲字聲符
爲對象，進而提出「形聲字聲中有義」、「造字時有通借」等文字理論，於觀
念、方法上均較前人先進，故而頗有所成。曾昭聰亦注意到楊氏以形聲字聲
符爲基礎之研究特點，其云：

> 探求詞源時在方法上注意音義貫通，特別注意利用形聲字聲符以求
> 義……可以說，楊氏是自覺而有意識、有系統地通過形聲字聲符去
> 進行漢語詞義考索與語源研究的。……總之，由於能充分注意到古
> 文字形體分析，又注意形音義綜合考慮，且於古文獻能熟練運用，
> 因此他對字義的分析，尤其在通過聲符求義並總結聲符與形聲字義
> 的關係方面，是相當正確的。〔註35〕

由曾氏之說，可見楊氏考釋文字力求由形聲字聲符考證文字初義，進而由此探
索語源之特色，加之其觀點較進步，熟於經史文獻，故所論大多信而有據，成
果詳盡，故獲得超越前人之成就。趙振鐸亦言：

> 由於在觀點、方法和材料上都有了新的內容，楊樹達詞源探索方面

---

〔註34〕殷寄明，《語言學概論》（上海：上海教育出版社，2000年3月），頁87～88。

〔註35〕曾昭聰，《形聲字聲符示源功能論述》（合肥：黃山書社，2002年9月），頁162～
　　　　169。

有所突破。他吸收了「右文說」的合理因素，推求諧聲偏旁所表示
的意義，獲得空前豐碩的成果。〔註36〕

趙氏之說可謂總結楊氏以形聲字偏旁求取語源之研究方法，楊氏於清代古音
昌盛之基礎上以形聲字爲研究對象，且於觀點、方法均較清儒進步，故能避
免清儒濫用聲訓之弊，同時更具系統與實證性，故能取得超越清儒之成績。
然而，究其根底，楊氏所謂「形聲字聲中有義」，實際爲「右文說」與「凡從
某聲皆有某義」之改良，於訓詁實踐上仍舊有其侷限，難以避免產生誤訓，
孟蓬生《上古漢語同源詞語音關係研究》一書云：

> 沈〔註37〕、楊二氏的右文說包含著一個不大爲人察覺的矛盾：對古
> 音的瞭解使他們跳出右文說拘牽形體的圈子，而右文之名的承襲卻
> 使他們最終陷入拘牽形體的泥坑。〔註38〕

孟氏之言確有其理。楊氏以形聲字聲符探求語源，固然有助訓詁釋義，
解決古籍義訓疑難，然隨語言文字演進，時而有形聲字聲符不兼義之情形；
而楊氏因聲求義探求語源，往往忽略形聲字聲符偶有不兼義者，以爲凡形聲
字聲符必定兼義，如此便缺乏歷史觀點，易有望文生義、以偏概全之失，宋
永培亦云：

> 沈兼士、楊樹達在以上諸義的考釋與解說中出現失誤，其主要原
> 因，是未能結合著特定的歷史文化背景對漢語字詞作系統的貫通研
> 究。沈兼士、楊樹達知道要繫聯歷史文化背景，但他們對此沒有充
> 分重視與大力實行。〔註39〕

宋氏之言乃以整體之觀點審視楊氏因聲求義之學，指出楊氏立論所以未能盡
是，其因在楊氏未能由整體詞義系統考量，訓解文字僅於個別字義訓解，未能
建立由形聲字聲符考索詞源之理論；依賴傳統音訓因聲求義，缺乏完整理論依
據，即爲楊氏以聲符考索語源、詞義之不足之處，王力所謂楊氏「長於考據而

---

〔註36〕趙振鐸，《訓詁學史略》（新鄉：中州古籍出版社，1988 年 3 月），頁 329。

〔註37〕筆者案：沈爲沈兼士。

〔註38〕孟蓬生，《上古漢語同源詞語音關係研究》（北京：北京師範大學出版社，2001 年
6 月），頁 72。

〔註39〕宋永培，《說文與上古漢語詞義研究》（成都：巴蜀書社，2001 年 6 月），頁 436。

短於理論，所以他在語法體系上沒有什麼創獲」〔註40〕之批評，即由此而發。要之，楊氏於語源、詞義之探索仍以傳統訓詁方法為之，整體範圍尚未脫離文字訓詁之範疇，雖較清儒泛訓形聲字兼義之情形進步，仍難避免誤訓。何九盈《中國現代語言學史》云：

> 從楊氏自己的表述我們可以看出，他研究語源還沒有超出文字學的範圍。《論叢》中收的近 60 篇探討語源的文章，所釋之字多以《說文》所載該字之聲符或聲訓做為討論的起點。……楊樹達由於諳熟文獻資料，某一理據之設立，不僅聲音可通，而且證據充足。但過份相信《說文》，有些語源理據顯得牽強不可信。〔註41〕

何氏之評論可謂中肯。楊氏所謂之「語源」實際乃以《說文》為基礎，旁及形聲字聲符、甲骨、金文之聲義探討而來，與西方語言學中所謂之語源學——Etymology 仍有差距，據《牛津語源學辭典》於 Etymology 之釋義：

> The study of the historical relation between a word and the earlier form or forms which it has, or has hypothetically developed. 〔註42〕

可知西方語言學所謂之「語源學」乃指探究文字、詞彙之歷史源流及其早期或最初形式與其發展。而楊氏研究尚停留於文字字形、字義之考證，尚未觸及語源學之範疇，故仍有差距；而受限於所依賴之《說文》，往往本義、聲符之義訓解難逃其制約，而有所偏失，均為研究楊氏聲訓之學同時，不可忽視之問題。由上述諸多前輩學人於楊氏之評價，可知楊氏因聲求義以求形聲字聲符與字義之聯繫，其觀點、方法可謂創新，故能取得超越前人之成就；然其終究未能進入語源學之範疇，缺乏歷史語言觀點與完整理論體系，仍為其不足之處。整體而言，楊氏於聲訓之學主要貢獻當在方法與體例方面，雖無足堪代表之理論創見，然就當代而言，自有其價值與成就，故仍備受當代學人所推崇。

楊氏另一學術成就即在文字訓詁一端。楊氏精熟《說文》，熟讀經史，復以

---

〔註40〕王力，《中國語言學史》，頁 211。

〔註41〕何九盈，《中國現代語言學史》（廣州：廣東教育出版社，2000 年 9 月），頁 523～524。

〔註42〕Matthews,P.H.，《牛津語源學辭典》（上海：上海外語教育出版社，2001 年 3 月），頁 119。

詞彙、形聲字聲符考索語音、語義，將西方語言學概念導入傳統文字訓詁研究，並結合甲骨、金文等出土文獻，於文字形體考索之外另闢蹊徑，爲文字訓詁開創新局，屢有創獲。趙振鐸《訓詁學史略》即指楊氏於我國文字訓詁學上之貢獻爲：

> 楊樹達在訓詁學上的一大貢獻是對漢語詞源的研究。他對我國傳統的語言學有深厚的功底，又有歐洲現代語言學的知識，加上他對出土古文字的辛勤鑽研，他寫的一兩百篇釋字的短文令人耳目一新。……清朝以後，古文字的研究有了很大的進展，甲骨文的發現更大大地推動了這項研究。楊樹達對於這些新的材料非常重視，認眞研究，並把它運用到訓詁方面。……楊樹達對訓詁學的另一貢獻就是通過語法分析來解讀文獻。他對漢語語法有深入的理解，因此比一般學者多了一副語法分析的頭腦。〔註43〕

趙氏之言可謂總括楊氏於文字訓詁學之特色與成就。前已言及，楊氏考釋文字每就形聲字聲符音、義入手，由形聲字聲符所兼之義推求文字音、義關係，可探知文字原初之義，有助解決文字義訓疑難，將紛雜之形聲字聲符系統加以歸納，亦有以簡馭繁之效；復以甲骨、金文等出土文獻相互參照、比對，務求所釋文字理明證實，有所依據；熟讀經史文獻，於句讀識讀之外尚能兼顧文例、詞義與相關文獻之聯繫，以進步、整體之觀點訓解文字、典籍，故多所創獲。然而，楊氏於文字訓詁一端雖思路廣闊，視野宏觀，頗有開創新局之勢，在其文字訓詁研究之中，卻仍有若干穿鑿臆斷，迷信《說文》等侷限與偏失，以致所論未能盡是。對此，于省吾亦嘗指出楊氏考字盲點：

> 留存至今的某些古文字的音與義或一時不可確知，然其字形則爲確切不移的客觀存在。因而字形是我們實事求是地進行研究的唯一基礎。有的人卻說：「考釋文字，舍義以就形者，必多窒礙不通，而屈形以就義者，往往犁然有當。」這種方法完全是本末倒置，必然導致主觀、望文生義，削足適履地改易客觀存在的字形以遷就一己之說。這和眞正科學的方法，是完全背道而馳的。〔註44〕

---

〔註43〕趙振鐸，《訓詁學史略》，頁326～329。

〔註44〕于省吾，《甲骨文字釋林・序》（北京：中華書局，1979年6月），頁3～4。

　　于氏所論蓋指楊氏考釋文字「捨形就義」，以義訓為先之法。楊氏此法當承繼於高郵王氏「引申觸類，不限形體」之法〔註45〕，然楊氏引申太過，將義訓視為考釋文字首要，若所釋文字義訓證據不足，一味求義，忽略形、音之源流演變之結果，便易流於主觀臆斷、牽合皮傅，影響文字識讀，此種「義為優先」之法，實為楊氏文字訓詁上之一大侷限。

　　又楊氏其釋字仍未脫離《說文》之範疇與制約，且往往執著因聲求義之聲訓之法，然所持理論與觀點有其侷限與缺失，故往往有所偏失，龍宇純便批評曰：

> 究其根本，蓋所犯錯誤凡三，其誤為何？一曰迷信小篆即原始之形，而許君之說即本初之義。二曰不達語言文字之為二事；又固執其形聲字必兼義之謬見。三曰不解文字有原始造字之義、有語言實際應用之義。〔註46〕

龍氏批評中肯允當。如前述于氏所言，字形乃客觀存在之條件，數千年來文字構形屢有更迭，若如楊氏緊守篆文與《說文》義訓，則考字誤訓實難避免；過度依賴音訓，而尟究字形，捨形就義，便易有望文生義之弊，楊氏於文字訓詁一端，考釋所論往往未足為定論，其故即在於此。

　　經由以上諸家後世學人對楊氏學術成就之論斷與批評，可見楊氏之學深廣博雜，既有深厚傳統之學根基，復能結合運用西方新學，開創新局，承先啟後，具橋樑意義，無論觀點、方法均為後學典範，於我國文字訓詁學頗有貢獻。然不可忽視者，楊氏仍有若干受舊學侷限之處，致使所論多非定論；缺乏完整理論，聲訓、詞義研究未成體系，均為楊氏治學遺憾之處。整體而言，楊氏之學廣博專精，瑜瑕互見，於我國當代文字訓詁學界，仍佔一席之地，貢獻成就對後世學人均有甚大啟發與影響。

---

〔註45〕〔清〕王念孫，《廣雅疏證・自序》（臺北：世界書局，1965年11月），頁2。

〔註46〕龍宇純，《絲竹軒小學論集・造字時有通借證辨惑》（北京：中華書局，2009年2月），頁1。

# 第三章　楊樹達虛詞研究——虛詞專著《詞詮》探析

　　今人研讀古籍文獻，首先要面對者，爲存在於古籍之虛詞。故欲通解古籍，必須就虛詞有明確的認識。虛詞，或稱爲「虛字」、「助詞」或「詞」等等，在我國研究發端甚早，《爾雅》、《毛傳》、《說文》等古籍中便已注意到虛詞的存在。及至後代，又有將虛詞作有意識的收集、整理，集結成專書者，先有元代盧以緯《語助》推其波，後有清代劉淇《助字辨略》、王引之《經傳釋詞》、馬建忠《馬氏文通》等助其瀾，幾經耕耘，虛詞研究一時蔚爲大觀。諸書之中，王引之《經傳釋詞》更充分運用訓詁之方法與經驗闡釋、辨析虛詞；經王氏整理，傳統虛詞研究成果獲得更進一步提升，成果卓越。而馬建忠在 1898 問世之《馬氏文通》則又另闢蹊徑，以西方語法理論結合傳統學術，專論語法與修辭，以更有系統之方式對漢語語法進行討論與研究，開吾國現代漢語語法研究先河，於我國虛詞研究，貢獻極大。

　　繼王氏《經傳釋詞》、馬氏《馬氏文通》之後，近代知名訓詁學者楊樹達於 1928 年出版《詞詮》一書，堪稱是我國首部結合現代詞義觀點與傳統訓詁學討論虛詞之專著。在我國虛詞的研究上，可謂集其大成，有承先啓後之地位與影響，爲歷來研治古代語言文字學之人，必讀之作。楊氏《詞詮》一書收字豐盈，分類適確，闡釋簡潔精要，在詞語、詞義、詞用各方面均有詳盡

條目與例證可資參考，不僅跳脫前人闡釋虛詞隨文釋義的窠臼，更能以現代語法學觀念，做有系統之研究，爲傳統虛詞研究另闢天地，開創出嶄新的面向。本章擬從《詞詮》之體例特色、缺陷與侷限、貢獻與影響等方面做探討，最後列舉楊氏在《詞詮》中詮釋有待商榷之字條加以深入研究，以求虛詞解釋之正詁。

## 第一節　《詞詮》體例與特色

楊樹達《詞詮》之成書，得力於其所著之《高等國文法》一書，《高等國文法》旨在修正馬建忠《馬氏文通》之缺陷，以專論文言文法爲主。後因楊樹達自覺「文法自有界域，不能盡暢其意」〔註1〕，乃仿效高郵王氏《經傳釋詞》之體例，將古代文言虛詞單獨收錄而成《詞詮》一書。《詞詮》以治虛詞爲主，並兼採眾家之說，故解釋更加豐富詳盡，對我國文言虛詞之研究甚有突破與影響，可謂爲近代水準極高之虛詞專著。

《詞詮》1928 年上海由商務印書館出版，全書共分十卷，以注音符號與部首排列分卷〔註2〕，列舉古書中常見之虛詞，兼採部分代名詞與副詞，廣收虛詞計 486 字，並將其分類，再作詳盡說明。《詞詮》編撰體例，據楊樹達所云爲「首別其詞類，次說明其義訓，終舉例以明之。」〔註3〕綱目分明，條例清晰，茲舉數例如下，以見其體例：

並（ㄅ˙ー∠）竝　併　并

（一）表數副詞　劉淇曰：「同時相比之辭。」　◎諸侯並起。《漢書‧高帝紀》　◎高皇帝與諸公並起。又〈賈誼傳〉　◎哀帝之末，俱著名字，爲後進冠，並入公府。又〈陳遵傳〉　◎昭儀及賢與妻旦夕上下，並侍左右。又〈董賢傳〉　◎兄弟並寵。又　◎父子並爲公卿。又

---

〔註1〕楊樹達，《詞詮‧序例》，頁1。

〔註2〕楊樹達在書前序例嘗言：「《經傳釋詞》用唐釋守溫三十六字母爲次，今用注音字母爲次，師王氏之意也。慮有不習字母者，別編部首目錄，詳載卷數葉數，以便尋檢。」《詞詮‧序例》，頁2。

〔註3〕楊樹達，《詞詮‧序例》，頁1。

（二）表數副詞　皆也。　◎朕卜，并吉。《書‧大誥》　◎余並論次，擇其言尤雅者，故著爲本紀。《史記‧五帝紀》

（三）表態副詞　兼也。　◎代孝王參初立爲太原王。四年，代王武徙爲淮陽王，而參徙爲代王，復並得太原，都晉陽如故。《漢書‧文三王傳》

（四）介詞　合也。　◎孫堅說慎曰：「賊城中無穀，當外轉糧食。堅願得萬人斷其運到，將軍以大兵繼後，賊必困乏而不敢戰。若走入羌中，并力討之，則涼州可定也。」《後漢書‧董卓傳》　◎餘羌招同種千餘落并兵晨奔潁軍。又〈段熲傳〉

（五）介詞　與今語「連」「合」義同。　◎元鼎中，徙代王於清河，是爲剛王。並前在代凡立四十年薨。《漢書‧文三王傳》

（六）方所介詞　音傍。與旁字用法同。參閱「旁」字條。　◎文帝從霸陵上，欲西馳峻阪。袁盎騎，並車擥轡。上曰：「將軍怯邪？」《史記‧袁盎傳》　◎自代並陰山下至高闕爲塞。《漢書‧匈奴傳》　◎騫並南山欲從羌中歸，復爲匈奴所得。又〈張騫傳〉。

（七）連詞　且也。　◎殷叛楚，以舒屠六，舉九江兵迎黥布，並行屠城父。《漢書‧高帝紀》　◎見者呼之曰：「薊先生！小住！」並行應之。《後漢書‧薊子訓傳》

迪（ㄉㄧˊ）

（一）語首助詞　無義。　◎迪高后丕乃崇降弗祥。《書‧盤庚》　◎迪爲前人光，施於我沖子。又〈君奭〉

（二）語中助詞　無義。　◎古之人迪惟有夏。《書‧立政》　◎又惟殷之迪諸臣惟工。又〈酒誥〉　◎在昔殷先哲王迪畏天顯小民。又　◎咸建五長，各迪有功。又〈益稷〉　◎亦惟十人迪知上帝命。又〈大誥〉　◎今惟民不靜，未戾厥心，迪屢未同。又〈康誥〉　◎爾乃迪屢不靜。又〈多方〉

況（ㄎㄨㄤˋ）兄

（一）動詞　比也，譬也。　◎無置錐之地，而王公不能與之爭名；在一大夫之位，則一君不能獨畜；一國不能獨容：成名況乎諸侯，莫不願以爲臣；是聖人之不得勢者也。《荀子·非十二子》　按此例作內動詞用。　◎以往況今，甚可悲傷。《漢書·高惠高后文·功臣表序》　按此例作外動詞用。

（二）表態副詞　滋也，益也。　◎每有良朋，況也詠歎。《詩·小雅·常棣》　◎僕夫況瘁。又〈出車〉　◎倉兄塡兮。又〈大雅·桑柔〉　◎職兄斯引。又〈召旻〉　◎職兄斯弘。又　◎眾況厚之。《晉語》　◎今子曰中立，況固有謀，彼有成矣。又　◎遝至乎商王紂，天不享其德，祀用失時，十日雨土於薄，九鼎遷止，婦妖宵出，有鬼宵吟，有女爲男，天雨肉，棘生乎國道，王兄自縱也。《墨子·非攻下》

（三）轉接連詞　矧也。　◎一夫不可狃，況國乎？《左傳》僖十五年　◎困獸猶鬥，況國相乎？又宣十二年　◎思其人猶愛其樹，況用其道而不恤其人乎？又定九年　◎雖得天下，吾不生；兄與我齊國之政也。《管子》　◎由此觀之，君不行仁政而富之，皆棄於孔子者也；況於爲之強戰？《孟子·離婁上》　◎吾未聞枉己而正人者也，況辱己以正天下者乎？又〈萬章上〉　◎王者尚不能行之於臣下，況同列乎？《史記·伍子胥傳》　◎中材以上且羞其行，況王者乎？又〈彭越傳〉　◎必欲致士，先從隗始；況賢於隗者，豈遠千里哉？又〈燕世家〉　◎越王曰：「所求於晉者，不至頓刃接兵，而況於攻城圍邑乎？」又〈越世家〉　◎且先王崩，尚猶遺德垂法，況奪之善人良臣百姓所哀者乎？又〈秦本紀〉　◎蘇秦喟然歎曰：「此一人之身，富貴則親戚畏懼之，貧賤則輕之，況眾人乎？」又〈蘇秦傳〉

胡（ㄏㄨˊ）

（一）名詞　《說文》云：「胡牛頷垂也。」　◎狼跋其胡。《詩·豳風·狼跋》

（二）疑問形容詞　與「何」同。◎其得意若此，則胡禁不止？曷令不行？《漢書·王襃傳》

（三）疑問代名詞　與「何」同。此獨立用，故與前條異。　◎微君之躬，胡爲乎泥中？《詩·邶風·式微》　◎惠帝讓參曰：「與窋胡治乎？」《史記·曹參世家》

（四）疑問副詞　爲「爲何」「何故」之義。　◎胡能有定《詩·邶風·日月》　◎雍姬謂母曰：「父與夫孰親？」其母曰：「人盡夫也，父一而已；胡可比乎？」《左傳》桓十五年　◎誰爲君夫人？余胡弗知？又襄二十六年　◎同始異終，胡可常也？又昭七年　◎子胡不相與尸而祝之，社而稷之乎？《莊子·庚桑楚》　◎苟必信，胡不赴秦軍俱死？《史記·陳餘傳》　◎且軹欲去秦而之楚，王胡不聽乎？又〈陳軹傳〉　◎吾胡愛四千戶封四人，不以尉趙子弟？又〈陳豨傳〉　◎今君胡不多買田地，賤貰貸以自汙；上心乃安！又〈蕭何世家〉　◎楚王叱曰：「胡不下？吾乃與而君言！汝何爲者也？」又〈平原君傳〉　◎胡不用之淮南濟北？勢不可也。《漢書·賈誼傳》　◎自非拜君國之命，胡常扶杖出門乎？《後漢書·鄭玄傳》

　　由上引諸條可見《詞詮》之編排體例爲：每舉一詞，必先以注音符號標示，繼而標明各種詞類用法，復於後方闡釋詞義與用法，最後列舉傳世典籍中之例證，使詞類各有所歸，不相襍廁。此種編排方式不僅跳脫了前人隨文解釋虛詞之窠臼，更以文法結合訓詁學之方法，使讀者一目了然，對虛詞有更深入之瞭解。此外，由前引例中亦可發現，《詞詮》討論虛詞，並不限於虛詞之特殊用法，不論虛詞之特殊義與常義，皆一一條列；楊氏嘗謂：「王氏《經傳釋詞》於詞之通常用法略而不說。此編意在便於初學，不問用法爲常爲偶，一一詳說。」〔註4〕《詞詮》不僅在虛詞闡釋上立下全新之體例，更能在詞類用法與例證上提供豐富詳盡的材料，上與前人研究成果銜接，下以現代語法概念啓發後人，故能在我國虛詞與古漢語研究上有斐然之成績，且有深遠之影響。然而，《詞詮》之成功不僅止於此，本書之所以與眾不同，得到眾多學者高度讚譽，數十年來不斷再版，皆得力於擁有創新之體例與方法，可謂《詞詮》全書特色，茲分別列述如下：

---

〔註4〕同上註。

## 一、條理分明，分類精細

楊樹達在《詞詮》書前的〈序例〉曾經自言全書編撰體例：「首別其詞類，次說明其義訓，終舉例以明之。」〔註5〕將虛詞獨立提出於文學典籍之外，改變前人訓解虛詞隨文釋義之舊法，可謂一大創新。又於每條之下細分其詞類、用法，並援引典籍文例以明各詞類之意涵，綱舉目張，條理明晰，如：

間（ㄐ・一ㄢ）

（一）形容詞　隔也。　◎後間歲，武都氐人反。《漢書·西南夷傳》　◎天子聞而憐之，間歲，遣使者持帷帳錦繡遺焉。又〈西域烏孫傳〉

（二）時間副詞　近也。　◎間歲或不登。《漢書·景帝紀》　◎充國以爲烏桓間數犯塞，今匈奴擊之，於漢便。又〈匈奴傳〉　◎帝間顏色瘦黑。又〈敘傳〉　◎間聞賊眾蟻聚向西境。《吳志·華覈傳》

（三）表態副詞　私也。　◎太公呂后間求漢王，反遇楚軍。《漢書·項籍傳》　◎冒頓縱精兵三十餘萬騎圍高帝於白登，七日，漢兵中外不得相救餉，高帝乃使使間厚遺閼氏。又〈匈奴傳〉　◎左大都尉欲殺單于，使人間告漢。又　按《顏注》云：「私來報。」是間訓私也。　◎於是天子乃令王然于、伯始昌、呂越人等十於輩間出西南夷，指求身毒國。又〈西南夷傳〉

（四）表態副詞　代也，迭也。　◎乃間歌〈魚麗〉。《儀禮·燕禮》　◎四夷間奏，廣德所及，伶侏兜離，罔不具集。班固〈東都賦〉

眾（ㄓ・ㄨㄥ）

（一）名詞　◎汎愛眾，而親仁。《論語·學而》　◎雖違眾，吾從下。又〈子罕〉　◎吾從眾。又　◎馮婦攘臂下車，眾皆悅之。《孟子·盡心下》

（二）數量形容詞　多也。　◎魯之羣室眾於齊之兵車。《左傳》哀十一年

（三）副詞　於眾前也。　◎程李具東西宮衛尉，今眾辱程將軍，

仲孺獨不爲李將軍地乎？《史記·魏其侯傳》 ◎掖庭見親，有加賞賜，屬其人勿衆謝。《漢書·王嘉傳》

由上舉數例，可見楊氏將虛詞之各種用法均做出詳盡詞類判別，與傳統虛詞研究著作所採用方法大相逕庭。由《詞詮》條理分明的論述體例觀之，既突破以往虛詞隨文訓解於讀者之不便，同時爲虛詞研究開展新式方法，故其後研究虛詞之學者，多仿效《詞詮》所訂立之體例而行。〔註6〕此外，《詞詮》討論虛詞除條理分明，脈絡貫通之外，其各字條以下尚依虛詞於古籍中所使用與意義上之不同，做更精細之釐分，如：

道（勹.ㄠ）

（一）介詞 由也，從也。表動作之起點。 ◎故凡治亂之情，皆道上始。《管子·禁藏》 ◎師曠不得已，援琴而鼓。一奏之，有玄鶴二八道南來，集余郎門之塊。《韓非子·十過》 ◎上問曰：「道軍所來，聞鼂錯死，吳楚罷不？」《史記·鼂錯傳》 ◎南越食蒙蜀枸醬。蒙問所從來，曰：「道西北牂柯。」又〈西南夷傳〉 ◎諸使者道長安來，爲妄妖言，言上無男，漢不治，即喜。《漢書·淮南王安傳》 ◎風道北來《山海經·大荒西經》

（二）介詞 由也。表經由，故與前義異。字或作「導」。 ◎楚巫微導裔款以見景公。《晏子春秋·諫上》 ◎孔子道彌子瑕見釐夫人，因也。《呂氏春秋·貴因》

（三）介詞 由也，主表事之原由，故與前二條異。 ◎治者，所道富也；富者，所道強也；強者，所道聖也。《管子·制分》 ◎君何年之少而棄國之蚤？奚道至於此乎？《晏子春秋·雜篇》 ◎若雖知之，奚道知其不爲私？《呂氏春秋·有度》 ◎平公曰：「此奚道出？」師曠曰：「此師延所作與紂，爲靡靡之樂也。」《韓非子·十過》 ◎簡子曰：「此其母賤，翟婢也。奚道貴哉？」《史記·趙世家》

---

〔註6〕 筆者案：由《詞詮》開始，開創了字典形式以論虛詞之體例，後呂淑湘《文言虛字》、楊伯峻《古漢語虛詞》、裴學海《古書虛字集釋》、王叔岷《古籍虛字廣義》等虛詞專著，大體上均不出《詞詮》之體例。

## 良（ㄌㄧㄤ）

（一）表態副詞　信也，果也。　《文選·古詩十九首注》云：「良，信也」　◎諸將皆以爲趙氏孤兒良已死。《史記·趙世家》　◎太史公曰：「吾如淮陰，淮陰人爲余言：『韓信雖爲布衣時，其志與眾異。其母死，貧，無以葬；然乃行營高敞地，令其旁可置萬家。』余視其母冢，良然。」又〈淮陰侯傳〉　◎武帝病，神君言曰：「與我會甘泉！」於是病愈，遂幸甘泉，病良已。又〈孝武紀〉　◎良有不得已，可賜以貨財，不可私以官位。又〈李尋傳〉　◎世祖引見丹等，笑曰：「邯鄲將帥數言我：『發漁陽上谷兵。』吾聊應言然。何意二郡良爲吾來！」《後漢書·景丹傳》　◎古人思秉燭夜遊，良有以也。魏文帝〈與吳質書〉

（二）表態副詞　甚也。　◎季布因進曰：「夫陛下以一人之譽而召臣，一人之毀而去臣，臣恐天下有識聞之，有以闚陛下也。」上默然慚，良久曰：「河東，吾股肱郡，故特召君耳。」《史記·季布傳》　◎盎對曰：「方今計獨斬鼂錯，發使赦吳楚七國，復其故削地，則兵可無血刃而俱罷。」於是上嘿然，良久，曰：「顧誠何如？吾不愛一人以謝天下。」又〈吳王濞傳〉　◎上既聞廉頗李牧爲人，良說。《漢書·馮唐傳》

　　由上引字例中可見，「道」字條所舉同爲介詞，但因在文獻中呈現的語義與用法有所不同，故再將其細分爲三項。「良」字條所舉同爲表態副詞，因其語義表達有所不同，再細分爲兩項，皆因將虛詞依語義與用法之不同，做更精細的分類。此楊氏自言：「凡諸詞義，鰓理務密，暢言無隱。」〔註7〕可見，《詞詮》如此精細、繁複之分類，其目的在於使讀者對虛詞之用法一目了然，且充分掌握虛詞於各種文獻中呈現出之語法功能，不僅超越前代所有討論虛詞專著，更可爲後代虛詞研究者提供許多詞類分項之材料與依據。

## 二、收錄完備，立論詳盡

　　現今討論古代漢語虛詞時，研究者通常依據虛詞在文獻中之句法結構或所

---

〔註7〕楊樹達，《詞詮·序例》，頁1。

呈現之語法意義加以分類、歸納，而發現大多虛詞在使用上都有一定規律，此可謂虛詞之普遍用法；而虛詞之用每隨語言有所變化，於使用時往往亦多有例外，可謂虛詞之特殊用法。如使用否定副詞「不」時；一般會將受詞賓語置於動詞前方，此即其普遍用法，如《莊子・知北遊》：「吾問狂屈，狂屈中欲告我而不我告，非不我告，中欲告而忘之也。」〔註8〕然文獻典籍中，亦有使用「不」表否定，但是卻未將受詞賓語置於動詞前方之例，此即所謂特殊用法，如《左傳・襄公二十八年》云：「有事而不告我，必不捷矣。」〔註9〕由此可見，欲討論古代漢語虛詞，必須兼顧普遍用法與特殊用法，方能有完整全面之認識，準確掌握虛詞在文獻典籍中之使用狀況。

　　然而，傳統之虛詞研究者卻往往將焦點放在虛詞之特殊用法，此或因前儒研治虛詞大多爲出於注解經文、通讀典籍之需，故將虛詞研究依附訓詁之中。爲了通讀古代文獻，對於虛詞之訓解往往十分籠統粗略，所論虛詞亦往往集中於些許難解之特殊用義，即使如虛詞研究高水準作品——王引之《經傳釋詞》，亦難脫此種現象，《經傳釋詞》廣收古代典籍虛詞一百六十餘字，所論虛詞向來解決不少古書訓解疑難，爲古代漢語治虛重要著作。但其論虛詞亦有不足之處，如時常將虛詞之普遍用法略而不論，多半僅以「常語也」帶過，將焦點全集中在虛詞的特殊用法，反而限制《經傳釋詞》於訓解文獻之實際應用。而楊樹達《詞詮》則認爲虛詞的普遍用法亦同樣重要，於是打破前代學者專注於虛詞特殊用法之限制，於討論虛詞時不論普遍與特殊用法，一一詳述。楊氏嘗謂：「王氏《經傳釋詞》於詞之通常用法略而不說。此編意在便於初學，不問用法爲常爲偶，一一詳說。」〔註10〕通讀《詞詮》，書中內容所示確實能做到兼顧普遍用法與特殊用法，如：

于（ㄩ.）

（一）介詞　表方所，在也，與「於」第五條同。　◎于以采蘩？于沼于沚？于彼行潦。《詩・召南・采蘩》　◎及餓死于申亥之家，爲

---

〔註 8〕王叔岷，《莊子校詮》（臺北：中央研究院歷史語言研究所，1994 年 4 月），頁 809。

〔註 9〕〔明〕左丘明傳、〔晉〕杜預注、〔唐〕孔穎達正義，《春秋左傳正義》（北京：北京大學出版社，1999 年 12 月），頁 1079。

〔註10〕楊樹達，《詞詮・序例》，頁 1。

天下笑。《史記‧楚世家》　◎乃斫大樹，白而書之曰：「龐涓死于此樹之下。」又〈孫子傳〉　◎齊桓公許與魯會于柯而盟又〈曹沫傳〉　◎謹斬樊於期之頭，及獻燕都亢之地圖，函封，燕王拜送于庭，使使以聞大王。又〈荊軻傳〉　◎廉頗卒死于壽春。又〈廉頗傳〉　◎高帝曰：「提三尺劍取天下者，朕也。」故太上皇終不得制事，居于櫟陽。又〈韓長孺傳〉

（二）介詞　用同「以」。與「於」第十五條同。　◎舜讓于德，弗嗣。《書‧舜典》　◎歷告爾百姓于朕志。又〈盤庚〉　◎與告汝于難，若射之有志。又　◎今我既羞告爾于朕志。又　◎惟弔茲不于我政人得罪又〈康誥〉　◎聽朕教汝于棐民彝。又〈洛誥〉　◎楚自克庸以來，其君無日不討國人而訓之于「民生之不易，禍至之無日」，戒懼之「不可以怠」；在軍，無日不討軍實而申儆之于「勝之不可保，紂之百克而卒無後」，訓之以「若敖蚡冒篳路藍縷以啟山林。」《左傳》宣十二年　◎迺眷南顧，授漢于京。韋孟〈諷諫詩〉

（三）介詞　用同「為」。與「於」第七條同。　◎惟茲臣庶，汝其于予治。《孟子‧萬章上》　按介詞「於」「于」二字用法全同。「於」字所有介詞諸義，「于」字大率皆有之。茲謹舉最通用及最罕用者三條，餘以「於」字例推可也。

（四）等列連詞　與也。　◎子弗祗服厥父事，大傷厥考心；于父不能字厥子，乃疾厥子；于弟弗念天顯，乃弗克恭厥兄；兄亦不念鞠子哀，大不友于弟。《書‧康誥》　◎告女德之說于罰之行。又　◎四方迪亂未定，于宗禮亦為克敉，公功迪將其後。又〈洛誥〉　按此從王引之讀。　◎時惟爾初，不克敬于和，則無我怨。又〈多方〉　◎號泣于旻天于父母。《孟子‧萬章上》　◎大誥道諸侯王三公列侯于汝卿大夫元士御事。《漢書‧翟義傳》

（五）語首助詞　無義。　◎于疆于理。《詩‧大雅‧江漢》

（六）語中助詞　倒裝用，與「是」字同。　◎赫赫南仲，獫狁于襄。《詩‧小雅‧出車》　◎赫赫南仲，獫狁于夷。又　◎四國于蕃，四

方**于**宣。又〈大雅・崧高〉

（七）語中助詞　無義。　◎黃鳥**于**飛。《詩・周南・葛覃》　◎穀旦**于**差，南方之原。又〈陳風・東門之枌〉　◎穀旦**于**逝，越以鬷邁。又　◎王**于**興師，修我戈矛，與子同仇。又〈秦風・無衣〉　◎王**于**出征，以佐天子。又〈小雅・六月〉

（八）語末助詞　表疑問，用同「乎」。　◎不籍而贍國，爲之有道**于**？《管子・山國軌》　◎然則先生聖**于**？《呂氏春秋・審應》

上舉「于」字一條共列八項，可謂分項詳盡，不論是普遍用法或特殊用法，都能兼顧，一無遺漏，其他更如：「焉」字列十四項；「與」字列十九項；「若」字列二十項；「以」字列二十二項，分項更是繁複。然如此繁複之分項，便使《詞詮》在虛詞詞義掌握上更爲完備，內容更加豐富、詳盡，做爲一本虛詞字典，不僅可爲後出詞書之範例，更進一步可增強虛詞辭典在使用之普遍性與實證性。

## 三、兼顧虛實，不以治虛爲限

古代漢語中，絕大多數的虛詞都是經由實詞虛化所產生。因爲在使用上，虛詞經常處在同樣的句型結構中的某一位置，久而久之，詞的實義便會逐漸消失，而由實詞虛化成虛詞。因此在古代漢語中，許多虛詞往往都兼有實義，如「與」字，在古代漢語中常做連詞、介詞或嘆詞，但「與」字仍然兼具實義，如《老子》七十九章：「天道無親，常與善人」〔註11〕、《論語・先進》：「吾與點也。」〔註12〕、《孟子・離婁》：「可以與，可以無與。」〔註13〕針對古代漢語這種虛實兼有的現象，楊氏撰寫《詞詮》同時，亦同樣注意到此種現象，其云：

習用之詞，亦偶及其實義，如則訓法，乃名詞；如訓往，乃動詞。

---

〔註11〕　朱謙之，《老子校釋》（臺北：漢京文化事業有限公司，1985 年 10 月），頁 306。

〔註12〕　〔魏〕何晏注、〔宋〕邢昺疏，《論語注疏》（北京：北京大學出版社，1999 年 12 月，《十三經注疏》本），頁 154。

〔註13〕　〔漢〕趙歧注、〔宋〕孫奭疏，《孟子注疏》（北京：北京大學出版社，1999 年 12 月，《十三經注疏》本），頁 228。

本書以治虛爲主，而復及此類實義者，蓋欲示學者以詞無定義，虛
實隨其所用，不可執著耳。此類意之所至，偶示一二；不能求備，
自不待言。〔註14〕

正因「詞無定義」、「虛實隨其所用」，虛詞往往兼有實義，而造成虛詞在文獻中
有多種解釋的現象，故《詞詮》在討論這類虛詞時，爲了避免讀者產生混淆，
在討論時不得不兼顧虛詞所兼有之實義，如：

靡（ㄇ．ㄧ）

（一）形容詞　無也，用於名詞之上。　◎靡神不舉。《詩·大雅·雲
漢》　◎或湛樂飲酒，或慘慘畏咎，或出入風議，或靡事不爲。又〈小
雅·北山〉

（二）否定代名詞　「無物」、「無人」之義。　◎物靡不得其所。《史
記·司馬相如傳》　◎四海之內，靡不受獲。又

（三）否定副詞　不也。　◎古布衣之俠，靡得而聞已。《史記·游俠
列傳序》　◎秦以前尚略矣！其詳靡得而記焉。又〈外戚世家〉

近（ㄐ．ㄧㄣ）

（一）形容詞　將也，幾也。　◎適見其鑄此，而已近五百歲矣。《後
漢書·方術傳》　◎王大爲吏部郎，嘗作選草。臨當奏，王僧彌來，
聊出示之。僧彌得便以己意改易，所選者近半。《世說·政事》

（二）副詞　殆也。　◎後太祖親理，得病篤重，使佗專視。佗曰：
「此近難濟。恆事攻治，可延歲月。」《魏志·華陀傳》　◎然預之此
答，觸人所忌，載之紀牒，近爲煩文。《蜀志·宗預傳注》　◎謝萬才
流精通，處廊廟，參諷議，故是後來一器。而今屈其邁往之氣，以
俯順慌餘，近是違才易務矣。《晉書·謝萬傳》引王羲之〈與桓溫箋〉

向（ㄒ．ㄧㄤ）

（一）動詞　近也。　◎餘寇殘盡，將向殄滅。《後漢書·段熲傳》　◎
軍興以來，已向百載。《吳志·華覈傳》　◎池水始浮，庭雪向飛。梁

---

〔註14〕楊樹達，《詞詮·序例》，頁2。

簡文帝〈謝竹火籠啓〉

（二）時間副詞　曩也，先時也。　◎由嘗從人飲，敕御者曰：「酒若三行，便宜嚴駕。」既而趣去。後主人舍有鬭相殺者，人請問：「何以知之？」由曰：「向社中木上有鳩鬭，此兵賊之相也。」《後漢書·方術·楊由傳》　◎南問其遲留之狀。使者曰：「向度宛陵浦里舩，馬踠足，是以不得速。」又〈李南傳〉

（三）方所介詞　◎餘虜走向落川，復相屯結。《後漢書·段熲傳》

（四）假設連詞　與「假若」同。　◎向使能瞻前顧後，援鏡自誡，則何陷於凶患乎？《後漢書·張衡傳》

虛詞兼有實義，因此在使用上不受自身詞義所限，研究討論虛詞時必須兼顧虛詞偶有之實義，才能對虛詞有全面之掌握，否則「一字之失，一句為之蹉跎；一句之誤，通篇為之梗塞」〔註15〕，便會失去研究虛詞之意義。《詞詮》在收羅虛詞及討論其用法的同時，亦能兼顧虛詞兼有之實義，一併收錄討論，此對後學於研究並瞭解虛詞有很大的助益，同時具有實用性與完整性。

## 四、結合訓詁成果，提高引證材料之可信度

楊樹達為我國近代傑出之學人，國學涵養極為深厚，除於對古代漢語之語法、詞彙有所專精，對於文字訓詁方面，更為著力甚深，考據精要，屢有創獲。訓詁之目的在詮釋語言與傳世文獻中難解之問題，判定虛詞詞義對於文獻解讀亦十分重要，此皆必須藉由訓詁工作加以釐清。故楊氏著《詞詮》專論古代漢語虛詞，並將虛詞詞性加以分類，說明其用法，而在訓解方面，楊氏還將訓詁成果與虛詞研究結合，以詞為經，以義為緯，為虛詞研究開展一新方向，因而增強所釋虛詞的可信度。大致而言，楊氏於《詞詮》中結合訓詁以訓釋虛詞的方式約有三端：

### 1、引用古音以指虛詞之同音關係

由於古籍中有許多虛詞具有假借之現象〔註16〕，研讀古籍虛詞時，若不清

---

〔註15〕〔清〕劉淇，《助字辨略·自序》（北京：中華書局，2004年7月），頁1。

〔註16〕古籍中的虛詞往往有假借之情形，如代詞「斯」、「其」、「某」；副詞「鼎」、「翅」、「果」等等，虛詞用法皆與其本義無涉，均屬假借之範疇。

楚虛詞間同音假借的關係，便易產生誤讀；《詞詮》爲避免讀者混淆，有時會在字條分項下方先點明虛詞之同音關係，如：

鼎（ㄉ．ㄧㄥ）

（一）時間副詞　方也，正也。按鼎與正古音同。　◎毋說《詩》！匡鼎來！《漢書‧匡衡傳》　◎天子春秋鼎盛。又〈賈誼傳〉　◎顯鼎貴，上信用之。又〈賈捐之傳〉

期（ㄑㄧ．）

（二）語末助詞　與「其」「居」同。表疑問。　◎實爲何期？《詩‧小雅‧頍弁》　按鄭箋云：「期，辭也。」

用（．ㄩㄥ）

（三）介詞　與「以」同。　按：《一切經音義》七引《倉頡篇》云：「用，以也。」以用一聲之轉，故義同。　◎衛青、霍去病亦以外戚貴幸，然頗用材能自進。《史記‧佞幸傳》　◎永始、元延之間，日蝕地震尤數；吏民多上書言災異之應，譏切王氏專政所致。上懼變異數見，竟頗然之，未有以明見。迺車駕至禹第，辟左右，親問禹以天變，因用吏民所言王氏事示禹。《漢書‧張禹傳》　◎是故身率妻子，戮力耕桑，灌園治產，以給公上。不意當復用此爲譏議也！又〈楊惲傳〉　◎單于既得翕侯，以爲自次王，用其姐妻之。又〈匈奴傳上〉　◎魯人皆以儒教，而朱家用俠聞。又〈朱家傳〉　◎清，寡婦，能守其業，用財自衛。又〈貨殖傳〉　◎先生奚用相濟？《後漢書‧馬援傳》

上舉各字例之虛詞用法均爲假借，爲免讀者混淆，故《詞詮》於詮釋時一併註明古音條件，以明假借之用。如此讀者於研究虛詞時便能不受古音假借之影響，避免誤將虛詞當做有義之實詞解釋，降低誤讀古籍之機會，對古籍文獻之閱讀便大有裨益。

### 2、引用典籍書證或前人結論，以明論點

除了在虛詞分項之下註明音訓條件之外，《詞詮》在訓解虛詞用法時，有時也會以按語的方式，援引訓詁專書或前人研究之結論，以「博采通人」之方法，

加強其論點的可信度，同時爲虛詞的義訓提供更可靠的依據，如：

曼（ㄇㄢ）

（一）同動詞　《小爾雅・廣詁》云：「曼，無也。」　◎空柯無刃，公輸不能以斲；但懸曼繒，蒲且不能以射。《文選》王褒〈四子講德論〉　◎行有之也，病曼之也。《法言・五百》

遞（ㄉ・一）

（一）表態副詞　《爾雅・釋言》云：「遞，迭也。」《小爾雅・廣詁》云：「遞，更也。」按今語言「更遞」。　◎四興遞代八風生。《漢書・禮樂志》　◎肱與二弟仲海、季江友愛天至，常共臥起。及各娶妻，兄弟相戀，不能別寢。以係嗣當立，乃遞往就室。《後漢書・姜肱傳》　◎於是合場遞進。傅毅〈舞賦〉　◎與七盤其遞奏。卞蘭〈許昌宮賦〉

劇（ㄐㄩ・）

（一）表態副詞　《說文》云：「劇，尤甚也。」　◎今日與謝孝劇談一出來。《世說・文學》　按劉淇云：「一出猶云一番。」

適（ㄕ）

（一）副詞　作「啻」字用，僅也。王念孫云：「《說文》適從啻聲。適、啻聲相近，故古以適爲啻。」　◎飲食之人無有失也，則口腹豈適尺寸之膚哉！《孟子・告子上》　◎疑臣者不適三人，臣恐王爲臣之投杼也。《國策・秦策二》

舍（ㄕㄜ）

（一）疑問代名詞　何也。章太炎先生云：「今語『甚麼』之切音爲舍。」　◎且許子何不爲陶冶，舍皆取諸宮中而用之？何爲紛紛然與百工交易？何許子之不憚煩？《孟子・滕文公上》　◎帝既至河陽，爲津吏所止。從者宋典後來，以鞭策帝馬而笑，曰：「舍！長官禁貴人，女亦被拘耶？」《晉書・元帝紀》

以上所舉《詞詮》數例，即爲楊氏分別列舉《爾雅》、《說文》、《小爾雅》

等字書與劉淇、王念孫、章太炎等知名學者之論爲據，廣收前人訓詁結論於虛詞訓解之中，不僅使虛詞詮釋有所依據，更可使讀者對虛詞之用法有更深入、更完整之瞭解。

### 3、用按語補充或修正前人說法，以明詞義確詁

楊樹達於《詞詮》中訓解虛詞，除援引可靠書證與著名學者結論加強證據之外，尚有以按語方式補充他人說法之不足，或發表自身之見解，有時則直接修正前人之結論，如：

**定（ㄉˋ一ㄥ）**

（一）表態副詞　劉淇云：「的辭也。」達按：猶今語云「的確」。◎聞陳王定死，因立楚後懷王孫心爲楚王。《史記‧高祖紀》　◎定聞陸抗表至，成都不守。《吳志‧華覈傳》

**獨（ㄉㄨˊ）**

（一）反詰副詞　反詰時用之。王引之訓爲「寧」。按之《左傳》宣四年、襄二十八年二例，不可通也。◎棄君之命，獨誰受之？《左傳》宣四年　◎子木曰：「夫獨無族姻乎？」又襄二十六年　◎宗不余辟，余獨焉辟之？又襄二十八年　◎且女獨未聞牧野之語乎？《禮記‧樂記》◎今聞荊兵日進而西，將軍雖病，獨忍棄寡人乎？《史記‧王翦傳》　◎君獨不見夫朝趨市者乎？又〈孟嘗君傳〉　◎獨不聞天子之上林乎？又〈司馬相如傳〉　◎上曰：「劍，人之所施易，獨至今乎？」又〈萬石君傳〉　◎公奈何眾辱我？獨無閒處乎？又〈馮唐傳〉

**直（ㄓˊ）**

（一）表態副詞　特也。與口語「特地」同。《史記索隱》引崔浩云：「直猶故也。」王念孫云：「直之言特也。崔浩訓直爲故，望文生義，於古無據。」今按崔言故者，即今言「故意」之故，與王訓「特」義同。王氏非之，偶未審耳。　◎客謂酈生曰：「臣里母相善婦見盜肉，其姑去之，恨而告於里母。里母曰：『安行！今令姑呼女。』即束縕請火去赴之家，曰：『吾犬爭肉相殺，請火治之。』姑乃直使人追去婦還之。」《韓詩外傳》卷七　◎良常閒從容步游下邳圯上，

有一老父衣褐至良所，**直**墮其履圯下，顧謂良曰：「孺子下取履！」

《史記·留侯世家》

啻（·彳）翅

（一）副詞 劉淇云：「啻，僅也，止也，第也，但也。」樹達按：「啻」多與「不」、「奚」連用。《一切經音義》卷三引〈倉頡篇〉云：「不啻，多也。」按「不但」、「不僅」，正多字之義。 ◎爾不啻不有爾土。《書·多士》 ◎厥或告之曰：「小人怨詈汝，則皇自敬德厥愆曰：『朕之愆，允若時。』不啻不敢含怒。」又〈無逸〉 ◎人之彥聖，其心好之，不啻若自其口出。又〈秦誓〉 ◎取食之重者與禮之輕者而比之，奚翅食重！《孟子·告子下》 ◎陰陽於人，不翅於父母。《莊子·大宗師》

如上所述，可知楊氏因在訓詁上有極深之研究，故在訓解虛詞時，能廣收各家說法，以達「博采通人」之功。復於前人說解不明之處申述其意，或直接發表自己之見解，再更進一步指出前人說解有誤之處，並加以修正，為虛詞詞義提出可靠、正確之依據。此楊氏於《詞詮》發揮訓詁所長，且將其與虛詞研究相互結合，使書中虛詞詮釋信而有據，以強化書中所舉大量書證例句之可信度，對傳統文獻中之虛詞研究，有極大貢獻之故。

總而言之，《詞詮》是一部條理分明，分項精確，材料豐富、內容深廣之虛詞辭典，不僅善采前人虛詞研究之精華，且能開後代新式虛詞研究之先河，在虛詞研究史上有著不可撼動的成就與地位，至今仍為研究虛詞學人不可或缺之重要著作。

## 第二節 《詞詮》虛詞釋例考辨

楊樹達《詞詮》為我國近代少見之虛詞研究鉅作之一，是書成功結合傳統訓詁學與西方語法理論，有系統以傳統虛詞為研究範疇，其著作體例嚴謹，條理分明，材料充盈均為其過人之處，於吾國虛詞研究有莫大的影響，至今仍為研治虛詞學人必讀之重要著作。然而，白璧微瑕，在所難免，《詞詮》對虛詞之探討也非全無問題，書中對於若干虛詞義項之討論，仍存有少數可商榷之處。知者，古代虛詞系統十分龐大繁雜，且因年代久遠、異說並陳，古文著作文字

大多簡約等等因素，欲針對虛詞系統加以研究討論，本就是一項艱鉅且浩大之工程，雖擅長訓詁考據者如楊氏，亦難周全，所論盡是，則《詞詮》中存有若干釋義不周之處，實難以避免。本節擬就楊氏闡釋虛詞之若干條例出發，深入討論《詞詮》釋義未周之處，採平議方式逐條舉出，一一討論[註17]，期能以燕石之瑜，補琬琰之瑕，補正《詞詮》治虛之不足，茲舉如下：

## 一、卷一「薄」字條第（二）項

> 語首助詞，無義。《後漢書·李固傳》注引《韓詩·薛君傳》曰：「薄，辭也。」　◎薄汙我私，薄澣我衣。《詩·周南·葛覃》　◎采采芣苢，薄言采之。又〈芣苢〉　◎薄言采芑，于彼新田。又〈小雅·采芑〉　◎薄伐玁狁，至於太原。又〈六月〉　◎薄言震之，莫不震疊。又〈周頌·時邁〉　◎薄言追之，左右綏之。又〈有客〉

案：「薄」在《詩經》中經常出現，舊說多以語詞釋之，楊氏亦主此說。然「薄」於《詩經》之用，實乃具實義之副詞，非楊氏所言無義之「語首助詞」。「薄」《說文》訓為：「林薄」，段玉裁注曰：「林木相迫不可入曰薄，引申凡相迫皆曰薄，如外薄四海、日月薄蝕皆是。」[註18]「薄」本為「林薄」，後引申而有「迫」義，《廣雅》訓為：「薄，迫也。」[註19]正用其引申義。

又「薄」於《詩經》常與「言」字連用，屬副詞結構，即「快快地」之謂。如〈芣苢〉：「薄言采之」、〈采蘩〉、〈出車〉：「薄言還歸」、〈柏舟〉：「薄言往訴」。有時亦單作「薄」字，如〈谷風〉：「薄送我畿」、〈出車〉：「薄伐西戎」、〈六月〉：「薄伐玁狁」等[註20]，各詩「薄」均作副詞結構，可謂《詩經》中「薄」字使用常態，梅廣〈詩三百篇「言」字新議〉言：

> 《詩經》「薄言」凡十三見，是「言」字式出現次數最多的詞語。
> 此外，《詩經》單用「薄」的也有十次以上，遠超過「永」字的使

---

[註17] 此節討論楊氏之說，僅將《詞詮》有問題之例句原文引出，不再全部引述原文。

[註18] 〔清〕段玉裁注，《說文解字注》（臺北：洪業文化事業有限公司，1998年10月），頁41。

[註19] 〔清〕王念孫，《廣雅疏證》（臺北：新興書局，1965年11月），頁99。

[註20] 〔漢〕毛亨傳、〔漢〕鄭玄箋、〔唐〕孔穎達疏，《毛詩正義》（北京：北京大學出版社，1999年12月《十三經注疏》本），頁51、66、602、114、146、601、635。

用。歷來注疏家對於這個字都說它是語詞。但是「薄」是可以出現在「言」字前面的，而我們只要回顧一下前幾小節的例子就知道，出現在「言」字前面的字都是有實義的，沒有一個是所謂的語詞。可見只要稍微注意一下句法環境就能確定「薄」不會是沒有意義的語詞。……「薄」訓急迫，轉為副詞用法，可翻譯為急忙、連忙，亦可解釋成趕快，在短時間內完成的意思。〔註21〕

梅氏所言甚是，「薄」於《詩經》句例中為有實義之副詞結構，非無義語首助詞。楊氏一時不察，將《詩經》中具實際詞彙意義之「薄」納入虛詞討論範圍，造成同一條目之內，虛詞與實詞同時並陳，容易產生誤釋。

## 二、卷一「不」字條下第（六）項

　　語首助詞，無義。與丕第二條同。　◎戎有良翰，不顯申伯。《詩·大雅·崧高》　◎不顯不承，無射於人斯。又〈周頌·清廟〉　◎不顯成康，上帝是皇。又〈執競〉

案：「不顯」屢見傳世文獻與金文，傳世文獻以《詩經》之〈大雅〉、〈周頌〉最為常見；而「不顯」一詞，非僅見於句首，於《詩經》中凡十一見：

　　（一）〈大雅·文王〉：「有周不顯，帝命不時。」

　　（二）〈大雅·文王〉：「凡周之士，不顯亦世。」

　　（三）〈大雅·文王〉：「世之不顯，厥猶翼翼。」

　　（四）〈大雅·大明〉：「造舟為梁，不顯其光。」

　　（五）〈大雅·思齊〉：「不顯亦臨，無射亦保。」

　　（六）〈大雅·崧高〉：「不顯申伯，王之元舅。」

　　（七）〈大雅·韓奕〉：「八鸞鏘鏘，不顯其光。」

　　（八）〈周頌·清廟〉：「不顯不承，無射於人斯。」

　　（九）〈周頌·維天之命〉：「於乎不顯，文王之德之純。」

---

〔註21〕梅廣，〈詩三百篇「言」字新議〉，丁邦新、徐藹芹主編，《漢語史研究：紀念李方桂先生百年冥誕論文集》，（臺北：中央研究院語言學研究所，2005 年 6 月），頁258～259。

（十）〈周頌・烈文〉：「不顯維德，百辟刑之。」

（十一）〈周頌・執競〉：「不顯成康，上帝是皇。」

「不顯」見於金文者，則可見於〈虢叔旅鐘〉：「不顯皇考惠叔」（《集成》238）、〈秦公鐘〉：「不顯朕皇祖」（《集成》263）、〈宗周鐘〉：「不顯祖考先王。」（《集成》160）、〈大盂鼎〉：「不顯玟王」（《集成》2837）等器。

「不顯」一詞，舊說均將「不」訓爲語詞，如《毛傳》注〈文王〉「有周不顯」時云：「不顯，顯也。」〔註22〕又注〈崧高〉詩「不顯申伯」時云：「不顯申伯，顯矣申伯也。」〔註23〕是將「不顯」之「不」訓爲語詞，始於《毛傳》，後朱熹《集傳》：「丕顯，猶言豈不顯也」，以不爲無義語詞〔註24〕、馬瑞辰《毛詩傳箋通釋》：「不爲語詞。」〔註25〕及楊氏《詞詮》「不」字條所釋：「語首助詞，無義。」併承《毛傳》之說而來，以無義語詞視之。則知自漢迄清，乃至於民國，學者多以「不顯」之「不」爲語詞，然諸家均未得其解，所論俱非。

案「不顯」之「不」，甲文作「𠙽」，象鄂足之形，本義爲「柎」，《詩・小雅・常棣》：「常棣之華，鄂不韡韡」，鄭《箋》云：「柎，鄂足也。」〔註26〕自鄭玄以「柎」訓「不」，歷來學者如王國維、郭沫若、李孝定等人均主此說〔註27〕。金文「不」作「𠙽」，丕作「𠀠」，二字同構，金文與文獻作「不顯」者，均假「不」爲「丕」，訓「大」。「丕」，《說文》云：「丕，大也。」〔註28〕「顯」，《爾雅・釋詁》：「顯，光也。」〔註29〕是知「不顯」即「丕顯」，爲偉

〔註22〕〔漢〕毛亨傳、〔漢〕鄭玄箋、〔唐〕孔穎達疏，《毛詩正義》，頁957。

〔註23〕同上註，頁1216。

〔註24〕〔宋〕朱熹，《詩集傳》（臺北：臺灣中華書局股份有限公司，1991年3月），頁175。

〔註25〕〔清〕馬瑞辰，《毛詩傳箋通釋》（北京：中華書局，1999年5月），頁793。

〔註26〕〔漢〕毛亨傳、〔漢〕鄭玄箋、〔唐〕孔穎達疏，《毛詩正義》，頁957。

〔註27〕王國維說見《觀堂集林》卷六。王國維，《觀堂集林》（臺北：臺灣大通書局，1976年7月，《王國維先生全集初編本》），冊1，頁287。郭沫若說見《甲骨文字研究》。郭沫若，《甲骨文字研究》（北京：中華書局，1976年5月），頁49。李孝定說見《甲骨文字集釋》。李孝定，《甲骨文字集釋》（臺北：中央研究院歷史語言研究所，1970年10月），頁3497。

〔註28〕〔漢〕許慎，《說文解字》（臺北：洪業文化事業有限公司，1998年10月），頁1。

〔註29〕〔晉〕郭璞注、〔宋〕邢昺疏，《爾雅注疏》（北京：北京大學出版社，1999年12

大光明之義，凡《詩經》中言「不顯」者，均為「丕顯」之義，為古人習語，表示頌讚之義，用法、意義正與《尚書‧康誥》所言之：「丕顯考文王」〔註30〕、〈文侯之命〉：「丕顯文武」〔註31〕相同，金文「不顯」亦然。是知「不顯」之義，俱非如《毛傳》、朱熹、馬瑞辰、楊樹達等人之說，為無義之助詞。「不顯」即「丕顯」，乃言偉大光明之義，則「不」與「丕」當訓為「大」，為具實義之詞，不得以語詞釋之，楊氏於「不」之訓解未確，其說非是。

## 三、卷二「殆」字條第（一）項

　　　形容詞　《禮記‧檀公注》云：「殆，幾也。」《詩》「無小人殆。」

案：楊氏此引為〈小雅‧節南山〉之章句，以「殆」為「幾」之義，以形容詞釋之，然此句之「殆」乃為動詞，非如楊氏所言為形容詞。「殆」，《說文》訓為：「殆，危也。」〔註32〕俞樾《毛詩平議》曰：

　　無小人殆與上文勿罔君子義同，猶云無殆小人，倒其文以協韻耳。
　　《詩》意蓋謂勿誑罔君子，勿危殆小人也。〔註33〕

　　俞樾之說甚是。「無小人殆」為「無殆小人」之倒裝句式，乃指君子治國當用平正之人，勿使小人欺瞞上位君子，亦勿使小人危其國祚。「殆」於此詩之義，顯為動詞，然楊氏卻以「夫子殆將病也」一句，鄭《注》訓「幾」為據〔註34〕，以形容詞訓之。然「殆」於《禮記‧檀公》之文例，詞義與此詩全然不同，不可一概視之，《詩》「無殆小人」之「殆」，斷無作形容詞之可能，楊氏將「無殆小人」一例置於此條之下，並不適當，其說非是。

　　楊樹達於《詞詮》偶有兼論詞語實義之情形，書前例言曾提到「詞無定義」之概念，其言曰：

　　月《十三經注疏》本），頁26。

〔註30〕〔漢〕孔安國傳、〔唐〕孔穎達疏，《尚書正義》（北京：北京大學出版社，1999年12月《十三經注疏》本），頁359。

〔註31〕同上註，頁556。

〔註32〕〔漢〕許慎，《說文解字》，頁165。

〔註33〕〔清〕俞樾，《毛詩平議》（北京：學苑出版社，2002年12月《詩經要籍集成》本），頁228。

〔註34〕〔漢〕鄭玄注、〔唐〕孔穎達疏，《禮記正義》，頁207。

習用之詞，亦偶及其實義：如則訓法，乃名詞：如訓往乃動詞。本
書以治虛爲主，而復及此類實義者，蓋欲示學者以詞無定義，虛實
隨其所用，不可執著耳。〔註35〕

正因楊氏認爲古籍詞語有「詞無定義，虛實隨其所用」之特性，所以《詞
詮》有別於一般專論虛詞字書，有著兼述名詞、動詞等實詞的特性。然而，《詞
詮》在兼述實詞同時，時有出現審義不確之問題。討論古籍中詞之詞性，最
終仍必須回歸於文本之中，根據上下文義以檢驗所得結論是否正確，若一味
偏執於詞性，而忽略文本原義判讀，所得結論便有所偏失，不足採信。以本
條討論之「無小人殆」一句，楊樹達專注於「殆」之詞性，以其爲形容詞，
忽略「無小人殆」爲「無殆小人」之倒裝，與上文「勿罔君子」對文，則「殆」
於此處當爲動詞，與《禮記・檀公》「夫子殆將病也」詞義全然不同。楊氏未
能就所釋文例之文義加以檢核其說，故而誤判「殆」之詞義，以致理解與上
下詩義不能吻合，產生誤差。

## 四、卷三「況」字條第（二）項

> 表態副詞　滋也，益也。　◎僕夫況瘁。又〈出車〉　◎倉兄塡兮。又
>
> 〈大雅・桑柔〉

案：楊氏於「況」字條第二項所引文獻之「況」字有爲副詞之用，當無問題，
然其所舉《詩經》〈小雅・出車〉「僕夫況瘁」、〈大雅・桑柔〉「倉兄塡兮」二句，
則於詞性歸類上不甚妥當。〈出車〉詩「僕夫況瘁」乃「憔悴」之意，陳奐《詩
毛氏傳疏》言：

> 「況瘁」、「盡瘁」〔註36〕皆二字平列，義同《楚辭・九歎》云：「顧
>
> 僕夫之憔悴」又云：「僕夫慌悴」，竝與《詩》「況悴」同。〔註37〕

陳說是也，「況悴」即「憔悴」之謂，爲形容詞結構之複合詞，不當爲楊氏

---

〔註35〕楊樹達，《詞詮・序例》，頁2。

〔註36〕筆者案：「盡瘁」見《詩・小雅・北山》：「或盡瘁事國。」此句《左傳・昭公七年》
　　　　引作「或憔悴事國。」陳奐之說或本《左傳》引文而來，盡、憔古聲母均在從母，
　　　　二字雙聲，故陳氏言「盡瘁」二字平列。

〔註37〕〔清〕陳奐，《詩毛氏傳疏》，頁421。

所謂之「表態副詞」。又「倉兄塡兮」一句,「倉兄」則爲「愴怳」之通叚,馬瑞辰曰:

> 倉兄疊韻,即滄況之省借。……滄況通作愴怳,劉向〈九辨〉:「愴
> 怳懭恨兮」,王逸《注》:「中情悵恨,意不得也。」又通作倉皇,《書·
> 無逸》「則皇自敬德」,王肅本作皇作況,蔡邕石經作兄。……倉兄
> 蓋愴涼之意,又爲倉皇忽遽之貌。〔註38〕

「倉兄」可作「愴怳」,乃爲聯緜詞字形不定之故,以「倉兄」爲「愴怳」,義爲人之憂傷失意貌,是爲形容人之神情憔悴之爲形容詞,不爲「表態副詞」。楊氏於此二句或忽略文獻中複合詞之現象,或忽略古文通叚之問題,因而在釋義上未能準確判斷,釋義與經典本恉不合,從而影響對虛詞詞性之分類,故於詞性歸類產生偏失,因以致誤。

## 五、卷三「侯」字條第(一)項

> 疑問形容詞　何也。　◎法無限,則庶人田侯田,處侯宅,食侯食,
> 服侯服?《法言·先知》

案:楊樹達此引爲揚雄《法言·先知》篇章句,然楊氏徵引文句並不完整,茲將楊氏所據〈先知〉篇章句引述如下,再作討論:

> 法無限,則庶人田侯田,處侯宅,服侯服,人亦多不足矣。爲國不
> 迪其法而望其效,譬諸算乎?〔註39〕

由上述引文,知楊氏徵引「法無限,則庶人田侯田,處侯宅,服侯服」一句之後,尚有「人亦多不足」一語,楊氏徵引有所遺漏;又《法言·先知》篇於此句之前,爲大段討論「井田制度」之論,此文乃以制度爲例,言明法度於治國之重要,後及於此句,其主要論點乃爲治國之原則與方法;是知此句所論要旨在闡釋治國所應遵循之法度。所謂「法無限,則庶人田侯田,處侯宅,服侯服,人亦多不足」一句,晉李軌注曰:「法無限,則興奢侈,長僭亂。僭亂既興,民多匱竭。」〔註40〕乃謂人性多有不足,若無法令加以限制,則人民便無所規範,

---

〔註38〕〔清〕馬瑞辰,《毛詩傳箋通釋》,頁961。

〔註39〕〔漢〕揚雄,《法言義疏》(臺北:世界書局印行,1981年6月),頁459。

〔註40〕同上註。

則有僭越禮制之虞，而一旦人民僭亂之事增多，則必定造成民間資源匱乏，是以治國者必須重視法度。李氏訓解甚是，則知本句所論乃針對國家法度所發議論，句中「庶人」與「侯」當為相對之詞，則「侯」當指爵位而言，為實詞，並非楊氏訓「何」之「疑問形容詞」。苟從楊氏以「何」訓「侯」，則下句「人亦多不足矣」便無從取義，文義不相貫矣。楊氏誤讀文義，故於該句詞性判斷有失；且引用文例有所遺漏，並未將《法言》原文整句全句徵引，尚遺漏「人亦多不足矣。為國不迪其法而望其效，譬諸算乎」數句，將該篇章句攔腰截斷，亦有斷章取義之失，其結論不足為信。

　　楊氏於本句詞類判斷所以產生錯誤，導因於文義之誤讀而來，以楊氏之博學，有此失誤實屬少見，其或因參考資料非善本，抑或楊氏有意截斷文句，以便將「侯」釋為形容詞，則不得而知。然而，文義理解錯誤，勢必導致詞類辨別之失，此為一體兩面之問題，吾人進行相關研究時，當對文獻材料細加考察，以免誤讀文義，致使結論產生誤差。

## 六、卷四「居」字條第（二）項

　　　　句中助詞　無義。　　◎擇有車馬，以居徂向。又〈小雅・十月之交〉

案：此引〈小雅・十月之交〉第六章末句。楊樹達以「居」作無義之助詞，或本王引之《經傳釋詞》、陳奐《詩毛氏傳疏》訓為助詞而來。然「擇有車馬，以居徂向」一句，乃言皇父自建都城，擇有車馬之民，將所居遷往向。則此句中之「居」當以其常用義為訓，作動詞，高本漢《詩經注釋》便言：

> 本章敘寫一個新城市的建立和皇父用高壓手段強迫人民遷居，居字顯然是用基本意義無疑。不過它不僅是指住，並且還有擇居的意義。如〈雨無正篇〉：「昔爾出居」；〈大雅・皇矣〉：「居岐之陽」；古書常有這樣用的。如此，本篇的「擇有車馬，以居徂向」便是：（他選擇有車馬的人），用以擇居而到向去。〔註41〕

　　高本漢釋「居」為擇居，當動詞解，有其部分道理，然前已言「擇有車馬」，此又言「擇居」，意思重複，未若訓為「所居」，即言所居住家，要比去為無義

〔註41〕高本漢著、董同龢譯，《詩經注釋》（台北：國立編譯館中華叢書編輯委員會，1979年），頁548。

語詞，於詩義來得完整。

　　此句之「居」當訓爲「所居」，爲一有實義之實詞，不當以訓虛詞訓之，呂珍玉師《詩經訓詁研究》一書中提到：

　　　　馬瑞辰、王引之、陳奐等清代訓詁專家及屈先生皆主語詞。淺見以
　　　　爲此句「居」字似乎可作「所居」，「居」作動詞於句中並無不可，
　　　　作不具意義之語詞，雖可說通，但難免濫用之感。〔註42〕

　　呂師所說是也。清代訓詁學者將古籍中不少難解的詞語，以「語詞，無義」帶過，如此便能左右逢源，隨心所欲訓解疑難詞語。然仔細考辨，許多被清儒判定爲虛詞之詞語，其實還是具有實義之實詞，如此擴大虛詞的範圍，難免令人有濫用語詞之感，減低訓詁之功能。

　　以本句爲例，楊樹達承襲王引之與陳奐之語詞說法，但將此句之「居」訓爲「語中助詞」，則使句義極不自然，妨礙整句通讀，且與詩義不合；此句之「居」仍須看做實詞訓爲「所居」較爲適妥。楊氏以「居」看作句中無義助詞之論，實有待商榷。

## 七、卷五「止」字條第（二）項

　　　　語末助詞　表決定　◎亦既見止，亦既覯止。《詩·召南·草蟲》　◎
　　　　既曰歸止，曷又懷止！又〈齊風·南山〉按此例第二句「止」表疑問。
　　　　◎高山仰止，景行行止。又〈小雅·車舝〉

案：楊氏此條所舉云「語末助詞」之「止」，舊釋或以「之」義訓之，以〈車舝〉一詩：「高山仰止，景行行止」一句，孔穎達《正義》便云：「仰止，本或作仰之。」〔註43〕若依舊釋之訓，則此句「高山」與「景行」對文，以「止」訓「之」，則「之」即是代詞，「仰之」之「之」指代「高山」，「行之」之「之」則代「景行」；〈草蟲〉詩「見之」、「覯之」，則俱指前句「未見君子」之「君子」而言；又〈南山〉詩「歸之」之「之」，則指魯桓公而言，均爲代詞，均非楊氏所謂「表決定」、「表疑問」之「語末助詞」，楊說非是。

　　又現今學者或於舊釋訓「止」爲「之」之論點之外另闢蹊徑，漢學家金守

〔註42〕呂珍玉師，《詩經訓詁研究》（台北：文津出版社有限公司，2007年3月），頁24。

〔註43〕〔漢〕毛亨傳、〔漢〕鄭玄箋、〔唐〕孔穎達疏，《毛詩正義》，頁874。

拙首先指出，「止」字作如字讀，以其為「之矣」之合音〔註44〕，以「之」為代詞，以「矣」表示完成，二者合音則為「止」，別有新意。龍宇純亦主此說，並將金氏之論加以擴充，以《詩經》可見「止」字可作「之矣」之例凡二十七條一一加以舉例檢視，以證「止」為「之矣」之合音，其舉例詳盡，舉證嚴密，其說甚為可信〔註45〕。徵之古音，「止」、「之」古音俱在端母之部，「矣」字古音在匣母之部與「止」、「之」疊韻，則「止」為「之矣」合音一說，確具音韻條件，則知金氏、龍氏之論於語音條件吻合，實為確論。以「止」為「之矣」之合音，檢視楊氏援引之例，〈草蟲〉詩：「亦既見止」、「亦既觀止」，即言「既見之矣」、「既觀之矣」；〈南山〉：「既曰歸止」、「曷又懷止」即言「既歸之矣」、「何懷之矣」；〈車舝〉：「高山仰止」、「景行行止」，則謂「仰之矣」、「行之矣」，無不可通讀，是知以「止」為「之矣」之合音，表示指代及完成之義，除於音韻條件相合以外，於文例亦可通讀，其論可信。楊氏此處言「止」為「語末助詞」，復又因所舉《詩》句中有「既」與「曷」字，分別以「表決定」、「表疑問」等語釋之，然不論以舊釋訓為代詞「之」，或以「之矣」合音之說驗證，楊氏將「止」訓為「語末助詞」一說仍有待商榷，其說非是。

## 八、卷五「烝」字條第（一）項

語首助詞　無義。　◎涓涓者蠋〔註46〕，烝在桑野。《詩·豳風·東山》

◎南有嘉魚，烝然罩罩。又〈小雅·南有嘉魚〉

案：「烝」訓為語詞，或始於朱熹，《詩集傳》言：「烝，發語聲。」〔註47〕馬瑞辰亦主此說，其言曰：

> 烝與曾同音，為疊韻，烝當為曾之借字。曾，乃也，凡書言「何曾」，猶何乃也。烝之義亦當為乃。《爾雅》：「烝，君也。」「郡，乃也。」君當讀為羣居之羣，郡當讀「又窘陰雨」之窘，乃與仍

---

〔註44〕 金守拙，〈中國合音詞〉，《美國東方社會雜誌》，第 67 冊第 1 期，1947 年，轉引自龍宇純《絲竹軒詩說》。龍宇純，《絲竹軒詩說》（臺北：五四書店有限公司，2002 年 11 月），頁 94。

〔註45〕 龍宇純，〈析詩經止字用義〉，《絲竹軒詩說》，頁 105～127。

〔註46〕 筆者案：字當作「蜎蜎」，此為楊氏誤引。

〔註47〕 〔宋〕朱熹，《詩集傳》，頁 94。

古通。烝訓眾，又爲羣，與仍之訓重、訓數者，義亦相近，因又

轉爲語詞之乃。……「烝在桑野」猶言乃在桑野也。〔註48〕

馬瑞辰亦將「烝」訓爲無義之語詞，楊氏承馬氏之說而來，將「烝在桑野」、「烝然罩罩」之「烝」當作無義之句首助詞處理。然由《詩經》原文觀之，「烝在桑野」乃言眾多桑蟲在野；「烝然罩罩」乃言魚之眾多，是兩句之「烝」當訓爲「眾」，爲形容詞，不應如朱熹、馬瑞辰、楊樹達等作語詞解釋。呂珍玉師《詩經訓詁研究·《詩經》「烝」字釋義》中言：

> 若「烝」作語詞，在「烝然罩罩」、「烝然汕汕」句，竟然一句四字
> 中有兩字爲無實義之語詞，有些不可思議；雖然在《詩經》中我們
> 無法找到完全相同的句式比對，但從與「然」複合的詞如「宛然左
> 辟」（葛屨）、「賁然來思」（白駒）、「胡然厲矣」（正月）、「居然生
> 子」（生民）皆作狀詞來看，可以確定「烝」不應作語詞。〔註49〕

呂師所言甚是，諸句之「烝」當訓爲「眾」，「烝在桑野」以詩意考量，其不爲助詞審矣，若「烝然罩罩」一句，「烝然」連用，如「烝」爲語首助詞，則「然」字將無所依從，如此解釋將使文義極不自然，句亦不成句矣。

是「烝在桑野」、「烝然罩罩」之「烝」不應作語詞解釋，戴震《毛鄭詩考正》言：「烝，眾也，語之轉耳。」〔註50〕以「烝」與「眾」二字聲母同在端母，韻部分在蒸部與多部，旁轉可通，且〈小雅·常棣〉：「烝也無戎」、〈小雅·南有嘉魚〉：「烝然罩罩」、「烝然汕汕」、〈大雅·棫樸〉：「烝徒楫之」、〈魯頌·閟宮〉：「烝徒增增」諸句依文意判斷，均以訓「眾」爲宜。楊樹達未細審文例，誤將「烝」訓爲語詞。

## 九、卷五「中」字條第（一）項

形容詞　合也。有用在名詞上者，有用在動詞上者。　◎木直中繩，輮以爲輪，其曲中規。《荀子·勸學》　◎及徙豪茂陵也，解貧不中訾。

---

〔註48〕〔清〕馬瑞辰，《毛詩傳箋通釋》，頁479。

〔註49〕呂珍玉師，《詩經訓詁研究》，頁58。

〔註50〕〔清〕戴震，《毛鄭詩考正》（上海：上海古籍出版社，2002年3月《續修四庫全書》本），頁570。

《漢書·郭解傳》　上例用在名詞上。　武帝擇宮人不中用者，斥出歸之。《史記·外戚世家》　◎郭解家貧，不中徙。《漢書·郭解傳》　上例用在動詞上。

案：「中」字條第一項引《荀子·勸學》「木直中繩」、《漢書·郭解傳》「解貧不中貲」二例，「中」置於名詞之前，爲「合乎」之義，猶《管子·四時》篇所謂「不中者死」[註51]之「中」，當爲動詞，非形容詞，楊說非是。又同一條目「中」，楊氏言「用在動詞之上」之二例，〈郭解傳〉所言「不中徙」之「中」，亦訓「合乎」，言郭解不在遷徙茂陵之列，位在動詞之上，此亦爲助動詞功能；〈外戚世家〉言「武帝擇宮人不中用者」之「中」，《廣韻》訓「堪」[註52]，亦助動詞，二者於詞性俱非楊氏所謂之形容詞，楊氏此處分類並不正確。

## 十、卷六「哉」字條第（二）項

語中助詞　《說文》：「哉，言之閒也。」　◎陳錫哉周。《詩·大雅·文王》

案：此引〈大雅·文王〉二章詩句，「陳錫哉周」一句，馬瑞辰以爲「陳錫」即言「申錫」，其云：「申，重也。重錫言賜之多。」[註53]馬氏此說以「陳」字《說文》所錄古文文據，並以文獻資料爲證；且「陳」字從「申」聲，依聲義同源之理，馬氏以「陳錫」爲「申錫」之通假，其說可信。又「陳錫哉周」之「哉」，《毛傳》言：「哉，載。」[註54]《鄭箋》亦言：「哉，始也。乃由能敷恩惠之施，以受命造始周國。」[註55]舊釋如《傳》、《箋》均以此詩「哉」應爲「載」之通叚，以「陳錫哉周」爲「始周」之義，然〈文王〉此章詩句前言「亹亹文王，令聞不已」復云「陳錫哉周，侯文王孫子」，則此處所云之重點乃在「文王」之上，則《傳》、《箋》訓「哉」爲「載」，以「始周」之義

---

[註51] 李勉註譯，《管子今註今譯》（臺北：臺灣商務印書館，1988年7月），頁691。

[註52] 〔宋〕陳彭年，《新校宋本廣韻》（臺北：洪葉文化事業有限公司，2001年9月），頁24。

[註53] 〔清〕馬瑞辰，《毛詩傳箋通釋》，頁796。

[註54] 〔漢〕毛亨傳、〔漢〕鄭玄箋、〔唐〕孔穎達疏，《毛詩正義》，頁958。

[註55] 同上註。

為訓，便於詩義不合，無以為說。于省吾謂此詩之「哉」與「才」、「在」通，應訓為「于」，其《澤螺居詩經新證》言：

> 《禮記・中庸》注「文王初載」之載，《釋文》：「載，本或作哉。」哉、才、在古通，……陳錫載周應讀作陳錫在周。在猶于也，為申錫于周也。〔註56〕

于說是也，考「哉」古音在精母之部，「在」古音在從母之部，聲母同屬齒頭音，之部疊韻，具通轉條件。以「陳錫」為「申錫」，為多賜之義，以「哉」為「在」，訓作「于」，則「陳錫哉周」即「陳錫于周」，言多賜在周之謂，以「哉」通作「于」，訓為「在」，即與《詩・唐風・鴇羽》：「肅肅鴇羽，集于苞栩」〔註57〕、《史記・魏世家》：「敗我于澮」、「魏敗韓于馬陵，敗趙于懷」〔註58〕之「于」同，均以「于」為「在」，此句之「哉」通作「于」，依其詞性，當為介詞，非楊氏所謂之語中助詞。舉上述討論，則知此詩「哉」與「在」通，為一通叚字，訓為「于」，為介詞用法，楊氏偶一疏忽，未留意古籍通叚之理，以「哉」為助詞，其說非是。

## 十一、卷六「鮮」字條第（二）項

> 指示形容詞　此也。讀平聲。　◎鮮民之生，不如死之久矣。《詩・小雅・蓼莪》

案：此引〈小雅・蓼莪〉三章詩句，楊樹達將「鮮」訓為「此」，或由阮元假「斯」為「鮮」之說而來，如此「鮮」可訓「此」，「鮮民」即「斯民」，而將「斯民」作為「此民」之謂，古籍中常見，如：《論語・衛靈公》：「斯民也，三代之所以直道行也。」〔註59〕、《孟子・萬章》下：「天之生斯民也，使先知覺後知，使先覺覺後覺。」〔註60〕此皆古籍中「斯民」之例。

然「斯民」雖可作「此民」，然於本詩卻不可通。將本詩之「鮮民」作「此

---

〔註56〕于省吾，《澤螺居詩經新證》（北京：中華書局1982年11月），頁46。

〔註57〕〔漢〕毛亨傳、〔漢〕鄭玄箋、〔唐〕孔穎達疏，《毛詩正義》，頁395。

〔註58〕〔漢〕司馬遷撰，《史記三家注》（臺北：七畧出版社，1991年9月，清乾隆武英殿刊本），頁733、734。

〔註59〕同上註，頁214。

〔註60〕〔漢〕趙歧注、〔宋〕孫奭疏，《孟子注疏》，頁269。

民」解釋似爲不妥。考此詩「鮮民」若訓爲「斯民」則所指爲複數，然與末章所言「民莫不穀，我獨何害」、「民莫不穀，我獨不卒」則爲單指，若「鮮民」作「斯民」解釋，與末章二句句義不協，無法成文；《詩》既言「我獨何害」、「我獨不卒」，乃以我爲所指，若言「斯民」則非專指我而言，若言眾民皆「不如死之久矣」，明顯無法成文，且與詩意不合。本句之「鮮民」仍當從《毛傳》訓爲「寡」，即孤子之謂，胡承珙曰：

> 《傳》以鮮爲寡者，蓋以鮮民猶言孤子，即下無父母之謂，經傳雖多以孤爲無父之稱，然《管子・輕重》云：「民生而無父母者謂之孤子。」孤、寡義同，此鮮民所以訓寡也。〔註61〕

胡說是也，此詩「鮮民之生」一句之「鮮」，應從《傳》訓「寡」，言孤子較爲適宜。楊樹達將其視爲虛化之指示形容詞，訓「鮮」爲「此」，此說不僅未得詩恉，且無法與文義契合，不足爲信。

## 十二、卷六「雖」字條第（二）項

> 反詰副詞　《廣雅・釋詁》云：「雖，豈也。」　◎雖無予之，路車乘馬。《詩・小雅・采菽》　◎雖微晉而已，天下其誰能當之？〔註62〕《禮記・檀公下》　◎恥大國之士於中原，又殺其君以重之：子思報父之仇，臣思報君之仇，雖微秦國，天下孰不患？《晉語》

案：楊氏認爲「雖」作「反詰副詞」，其說無法成立，其原因有二：其一，文獻徵引方面，楊氏有偷換概念之失。考楊氏所引《廣雅・釋詁》原文，其言曰：「曰、欥、惟、屑、每、雖、兮、者、其、各、而、烏、豈、也、乎、些、只，詞也。」〔註63〕《廣雅》訓釋文字往往數義不嫌同條，由上引原文便可以發現，「雖」與「豈」及其他各詞皆平列遞訓，《廣雅》共訓爲「詞也」，「雖」爲「詞」，「豈」亦爲「詞」，但「雖」與「豈」卻無任何關係，不可將「雖」與「豈」看作同義，楊氏「雖，豈也」之解釋，是爲偷換概念，直接由同義

---

〔註61〕〔清〕胡承珙，《毛詩後箋》（上海：上海古籍出版社，2002 年 3 月《續修四庫全書本》），頁 495。

〔註62〕筆者案：《禮記・檀公》原文作「天下其孰能當之？」楊氏誤引爲「天下其誰能當之。」

〔註63〕〔清〕王念孫疏，《廣雅疏證》，頁 124。

詞概念理解並不正確。知者,「雖」於文獻中有「豈」義,乃因二字古音同屬微部,疊韻而得通叚,非因爲二字於詞義上有所關連。楊氏直接由《廣雅》釋義,有偷換概念之虞,其說可商。

其次,以楊氏所舉之例句觀之,〈小雅・采菽〉「雖無予之,路車乘馬」一句,「雖」字義爲「雖然」,表示對某種事實之確認;而《禮記・檀公》「雖微晉而已,天下其孰能當之?」與〈晉語〉「雖微秦國,天下孰弗患?」二句,並與〈楚語〉「雖微楚國,諸侯莫不譽。」〔註64〕相同,爲「縱使」、「縱然」之義,表示對前一事提出某種假設,進而指出相異之結果。則「雖」在此當爲「連詞」,與副詞「豈」用於表反駁否定之詞性與用法全然不同。楊氏此說之誤乃在誤讀《廣雅》文例,致使詞義判斷有誤,誤連詞爲副詞,其說無法成立。

## 十三、卷七「儀」字條第（一）項

> 語中助詞　無義。　◎人亦有言:「德輶如毛,民鮮克舉之。我儀
> 圖之,維仲山甫舉之。《詩・大雅・烝民》

案:楊氏此引〈大雅・瞻卬〉章句。考「儀」字,《說文》曰:「儀,度也。」〔註65〕「儀」訓「度」則爲「考慮」、「揣度」之義,猶〈抑〉詩:「神之格思,不可度思」、《國語・周語》:「不度神明之義,不儀生物之則」之「度」,皆爲「揣度」之義。〔註66〕馬瑞辰《毛詩傳箋通釋》云:

> 朱子《集傳》:「儀,度也。」瑞辰按:《釋名》:「我義,毛如字,
> 宜也,鄭作儀,匹也。」《正義》釋《箋》云:「鄭讀爲儀。」是
> 《釋文》、《正義》本《經》、《傳》竝作義,鄭始讀爲儀。……《說
> 文》:「義,己之威儀也。」《周官・大司徒》、〈典命注〉竝云:「故
> 書儀爲義。」是義與儀古通用,故《箋》讀義爲儀。然訓儀爲匹,
> 不若《集傳》訓度爲善。《說文》:「儀,度也。」〈周語〉:「儀之
> 於民,而度之於群生。」又曰:「不度民神之義,不儀生物之則。」

---

〔註64〕上海師範大學古籍整理組校點,《國語》(臺北:里仁書局,1981 年 12 月),頁 533。
〔註65〕〔漢〕許慎,《說文解字》頁 379。
〔註66〕上海師範大學古籍整理研究所點校,《國語》,頁 107。

儀猶度也。……儀圖二字同義，皆度也，古人自有複語耳。〔註67〕

馬說是也。《國語》「儀之於民，而度之於群生」、「不度民神之義，不儀生物之則」二句，「儀」、「度」二字互文，此亦爲「儀」可訓「度」之一證。又「圖」訓爲「謀」，亦有「考慮」、「揣度」之義，如《戰國策·秦策》：「韓、魏從，則天下可圖也。」〔註68〕是「儀」、「圖」二字均可訓「度」，有「考慮」、「揣度」之義，連用之則爲一同義複詞，則本詩「我儀圖之」即「我度之」之謂，楊樹達一時不察，忽略古人複語之運用，而將本詩之「儀」當作無義之語中助詞，其說非是。

## 十四、卷九「爰」字條第（四）項

語首助詞　無義。　《集韻》云：「爰，引詞也。」　◎爰居爰處，爰喪其馬《詩·邶風·擊鼓》　◎爰有寒泉，在浚之下。又〈凱風〉　◎樹之榛栗，椅桐梓漆，爰伐琴瑟。又〈定之方中〉　◎逝將去女，適彼樂土。樂土樂土，爰得我所。又〈魏風·碩鼠〉　◎爰居爰處，爰笑爰語。又〈小雅·斯干〉　◎爰及矜人。哀此鰥寡。又〈鴻雁〉　◎樂彼之園，爰有樹檀。又〈鶴鳴〉　◎亂離瘼矣，爰其適歸。又〈四月〉　◎干戈戚揚，爰方啓行。又〈大雅·公劉〉　◎止基迺理，爰眾爰有。又　◎爰始爰謀，爰契我龜。又〈緜〉　◎爰及姜女，聿來胥宇。又　◎文王改制，爰周郅隆。《史記·司馬相如傳》　◎雷電燎，獲白麟，爰五止，顯黃德。《漢書·禮樂志》

案：楊氏將「爰」判定爲「語首助詞」，或承《經傳釋詞》而來，《經傳釋詞》云：

《爾雅》曰：「爰，曰也。」「曰」與「欥」同，字或作「聿」，說見「欥」字下。「聿」、「爰」一聲之轉。〔註69〕

以王氏之說，是以「爰」、「聿」、「曰」音近，音轉可以通叚，作語詞解釋，楊氏從之，故將位於句首之「爰」視爲無義之「語首助詞」。然而，此種

---

〔註67〕〔清〕馬瑞辰，《毛詩傳箋通釋》，頁1002。

〔註68〕張清常、王廷棟注，《戰國策箋注》（天津：南開大學出版社，1994年12月），頁169。

〔註69〕〔清〕王引之，《經傳釋詞》（南京：江蘇古籍出版社，2000年9月），頁16。

理解並不正確；實際上「爰」之虛詞用法，乃由表示方位或時間的「指示代詞」虛化而來。周法高《中國古代語法・稱代篇》曾指出：

> 《經傳釋詞》卷二頁一：「張衡〈思元賦〉舊注曰：『爰，於是也。』」《詩・斯干》曰：『爰居爰處，爰笑爰語。』〈公劉〉曰：『于時處處，于時廬旅，于時語語。』爰即于時也，于時即於是也。或訓爲于，或訓爲於，或訓爲曰，或訓爲於是，其義一也。」案《詞詮》卷五 P.27 列入「語首助詞，無義。」而不列「于是」一義，失之。〔註70〕

周法高所言甚是，「指示代詞」可以介賓形式指代處所或對象，爲介詞功能，如上舉《詩經》「爰居爰處」、「爰喪其馬」、「爰得我所」《史記》「爰周郅隆」諸例；又可用以表示承接關係，訓爲「則」，爲連詞功能，如上舉《詩經》「爰得我所」、「爰方啓行」等句。是知「爰」之虛詞用法由「指示代詞」虛化而來，依據其在文獻中所表達之意義而有「介詞」或「連詞」之功能，在楊氏所舉之文獻資料中，仍然具有詞彙意義，將其列爲無義「語首助詞」之結論似乎無法成立，楊氏在「爰」字第（四）項對詞類之劃分，仍有待商榷。

## 十五、卷九「允」字條第（二）項

> 語首助詞　無義　◎允釐百工。《書・堯典》　◎皋陶曰：「允迪厥德」。又〈皋陶謨〉　◎嗚乎！允蠢鰥寡。又〈大誥〉　◎允執其中。《論語・堯曰篇》引堯語　◎允出茲在茲。《左傳》襄二十一年引《夏書》　◎允王維后。《詩・周頌・時邁》　◎允王保之。又　◎於皇武王，無競惟烈，允文文王，克開厥後。又〈武〉　◎允文允武。又〈魯頌・泮水〉　◎時文思索，允臻其極。《周禮・考工記》

「允」字條第（三）項：

> 語中助詞　無義。　◎庶尹允諧。《書・益稷》　◎謔居允荒。《詩・大雅・公劉》

案：王力《中國語言學史》論及楊氏《詞詮》時曾謂：「楊氏承繼了乾嘉的樸

---

〔註70〕周法高，《中國古代語法・稱代篇》（臺北：中央研究院歷史語言研究所，1959 年 8 月），頁 164。

學，各方面的造詣都頗深。他的語法著作，顯然是從高郵王氏父子那裏繼承了很多東西。《詞詮》等於一部『新經傳釋詞』。」〔註71〕誠如王氏所言，楊氏於虛詞訓解上對《經傳釋詞》多所承襲；將文獻中眾多仍具詞彙義之詞類訓爲「無義」之「語首助詞」、「語中助詞」便爲承自王氏《經傳釋詞》之一。然眾多被訓爲「無義」之虛詞，由於尚未完全虛化，在文獻當中仍保有一定程度之詞彙及語法意義，並非完全「無義」之語助詞，本條所論之「允」字，便是其中之一。

「允」，《說文》曰：「信也。」〔註72〕原爲形容詞，虛化之後有「誠然」、「確實」之義。以楊氏引《書·堯典》、〈皋陶謨〉之「允釐百工」、「允迪厥德」二句來看，若將「允」看做無義之「語首助詞」，則作爲狀語的「允」字意義失落，使語意轉弱，無所承接，整句在全文之中，與上下文義無法連貫，難以通讀。又《左傳·襄公》二十一年所引之〈夏書〉全句爲：「念茲在茲，釋茲在茲，名言茲在茲，允出茲在茲，惟帝念功。」〔註73〕前四句「念茲在茲，釋茲在茲，名言茲在茲，允出茲在茲」句法相同，其目的是希望「惟帝念功」，而「念」、「釋」、「名」與「允」相對，均爲有意義之實詞，則「允」亦不當視作無義之「語首助詞」。其餘楊氏所引之《詩》、《書》諸例，均應解釋爲「誠然」、「確實」之義，文義方能完整表達，則諸句中之「允」當爲副詞，楊氏訓爲「語首助詞」、「語中助詞」之結論，實無法成立。

經由以上所舉《詞詮》釋義不周與歸類欠妥之條例，可看出楊氏討論虛詞時，或不明詞義，導致虛實相雜；或忽略文義的判讀導致結論失準；或忽略上下文義之連繫，以致忽略文獻資料內在因素，使結論與文義不相吻合；或未明通段，而過度執著對虛詞詞性之討論，而有以詞害文之弊。雖然《詞詮》在虛詞研究方面有著高度的成就，然經由楊氏虛詞訓詁可商榷例之初步討論，仍可見其中有諸多值得商榷之空間。本節選取楊氏釋虛詞問題較明確之處加以商榷，期能以高本漢《詩經注釋》所言之：「那些傑出的學者也有他們的缺點，需要我們來補正。」之角度出發，檢視楊說，使虛詞研究更臻完善。至於楊氏《詞詮》其餘體例與侷限等相關問題，則留於下節再行論述。

---

〔註71〕王力，《中國語言學史》，頁210～211。

〔註72〕〔漢〕許慎，《說文解字》，頁409。

〔註73〕〔明〕左丘明傳、〔晉〕杜預注、〔唐〕孔穎達正義，《春秋左傳正義》，頁969。

# 第三節　《詞詮》之缺陷與侷限

　　經由前述所論，吾人可見《詞詮》一書雖廣納前人研究成果，與現代語法理論交融，明確劃分虛詞分類與詞義，爲傳統虛詞研究開啓新路徑，有豐碩之成就。然《詞詮》亦無可避免因其缺陷與侷限而產生誤釋。讀者於推崇《詞詮》高度成就之餘，同時亦需就書中若干不甚完善之處加以檢視，方能於古漢語虛詞之研究更加完備。本節承上節《詞詮》虛詞商榷之例而來，擬就《詞詮》書中存在之若干缺陷與侷限加以論述，分以全書體例、內容探討之：

## 一、全書體例

　　《詞詮》在體例上與前代虛詞作品隨文訓解之方式有別，將虛詞依詞性分類分項，使所論虛詞條理分明，便於讀者檢索，故能超越前人研究，成爲近代虛詞研究之集大成者。然而，在《詞詮》如此周密的體例之下，仍然存有若干美中不足之處，今試就其體例加以討論，指其瑕疵，以求完善。《詞詮》在全書體例方面之缺陷，主要見於以下數項：

### 1、應分類而未分類

　　《詞詮》一書分類至爲繁複，主要乃在楊氏於詞類之劃分有其個人獨特見解，其以爲「詞無定義，虛實隨其所用」，因而時常以虛詞在句子中所處之位置以爲詞類分項標準，這種分類方式，易使詞類概念混淆，自有其盲點存在；首先見於體例上之缺陷便爲某些詞類應更加細別，宜另別爲一類，但楊氏卻未加分類、析出，如：

底（ㄉㄧ）抵

　　（一）介詞　至也。　◎林類**底**春被裘。《列子·天瑞》　按此例用於時間。　◎項梁嘗有櫟陽逮，乃請蘄獄掾曹咎書**抵**櫟陽獄掾司馬欣，以故事得已。《史記·項羽紀》　◎秦昭王囚孟嘗君，謀欲殺之，孟嘗君使人**抵**昭王幸姬求解。又〈孟嘗君傳〉　◎外黃富人女甚美，嫁庸奴，亡其夫去**抵**父客。又〈張耳傳〉　按以上諸例用於方所。

況（ㄎˋ·ㄨㄤ）兄

　　（一）表態副詞　滋也，益也。　◎每有良朋，**況**也永歎。《詩·小雅·

常棣》 ◎僕夫**況**瘁。又〈出車〉 ◎倉**兄**塡兮。又〈大雅·桑柔〉 ◎職
**兄**斯引。又〈召旻〉 ◎職**兄**斯弘。又 ◎眾**況**厚之。〈晉語〉 ◎今子
曰中立，**況**固其謀，彼有成矣。又 ◎遝至乎商王紂，天不享其德，
祀用失時，十日雨土於薄，九鼎遷止，妖婦宵出，有鬼宵吟，有女
爲男，天雨肉，棘生乎國道，王**兄**自縱也。《墨子·非攻下》

## 正（ㄓ·ㄥ）

（一）表態副詞 ◎秦取天下，非行義也；暴也。秦之行暴，**正**告
天下。《史記·蘇秦傳》 按此「正」字爲「公然」、「堂堂正正」之義。
◎御史大夫張湯肯**正**爲天下言。惠阿主意：主意所不欲，因而毀
之；主意所欲，因而譽之。又〈汲黯傳〉 按此「正」字爲今語「正
直地」之意。 ◎時請召賓客，邑居樽下，稱賤子上壽。坐者數
百，皆離席伏。護獨東鄉**正**坐，自謂邑曰：「公子貴如何？」《漢書·
樓護傳》 按此「正」字爲不偏邪之意。

上舉三例均分屬爲不同義項，理應分類卻共爲一條之例。「底」字條中，
「底」作爲介詞時，同時具有引介時間與方所兩種功能，故楊氏在例句後方
以按語指明其用法。然而，《詞詮》一書對介詞之分類十分精細，如介詞，依
其引介對象之不同，而有「時間介詞」與「方所介詞」之分；如於「當」字
條中，「當」作介詞時，楊氏就將其分爲「時間介詞」與「方所介詞」二類〔註
74〕。以此觀之，今楊氏既已將介詞作更細部之分類，若就全書體例而言，上
舉「底」字條亦應再將介詞分爲「時間介詞」與「方所介詞」二類，方爲體
例統一、完整，亦避免造成讀者閱讀時產生困擾。

又「況」字於文獻中有副詞之用自無可疑，其所舉諸例之「況」確有做
爲副詞使用者，然《詩·出車》「僕夫況瘁」、〈桑柔〉「倉兄塡兮」二句，則
不爲副詞，有歸類不妥當之處。〈出車〉所謂「況瘁」即言「憔悴」〔註75〕；
而〈桑柔〉詩之「倉兄」爲「愴怳」，乃是聯緜詞無定字之故，其義不爲副詞
〔註76〕。則「況瘁」即「憔悴」，「倉兄」即「愴怳」，俱爲形容詞，不應置於

---

〔註74〕 楊樹達，《詞詮》，頁 45。

〔註75〕 〔清〕陳奐，《詩毛氏傳疏》（臺北：臺灣學生書局，1968 年 9 月），頁 421。

〔註76〕 〔清〕馬瑞辰，《毛詩傳箋通釋》（北京：中華書局，2005 年 7 月），頁 961。

副詞項內。虛詞詞義訓釋有誤，必然影響分類之正確與否，故《詞詮》在「況」字條下實應另立「形容詞」一類，以免誤導讀者，產生對古籍文獻之誤讀。

而「正」字條中所舉三例，依楊氏在例句後方之按語可知其有「公然」、「正直地」與「不偏邪」三種不同義項，然楊氏卻置於同一分類中，雜揉三有別之義項於一類，如此便與全書體例不符。《詞詮》對詞類分項極其精細，對詞類相同，但義項不同之詞往往另行分類，以指明其相異之處。今虛詞之「正」雖同爲副詞，然「公然」與「正直地」二者義項顯然不同，理應分立爲二項討論；又「不偏邪」之義則當歸爲形容詞一類，非屬副詞範疇，亦當於「正」字條下另立「形容詞」一類，使詞類各有所安，不相褻廁，以求全書體例一致。

### 2、不應分類而分類

相對於以上討論之「應分類而未分類」一項，《詞詮》在體例上所呈現的另一缺陷，即在於某些詞類相同之虛詞分類過細，本不應分類之處，卻又再細分爲數類，致使相同用法之詞一分爲二，重複繁贅，難以適從，造成讀者閱讀判斷之困難，如：

奚（ㄒㄧ）

（一）疑問代名詞　何事也。　◎衛君待子而爲政，子將奚先？《論語·子路》　◎問臧奚事，則挾筴讀書；問穀奚事，則博塞以遊。《莊子·駢拇》　◎奚以知其然也？又〈逍遙遊〉

（二）疑問代名詞　何處也。　◎子露宿於石門，晨門曰：「奚自？」《論語·憲問》　◎水奚自至？《呂氏春秋·貴直》

誠（ㄔㄥˊ）

（一）表態副詞　《廣韻》云：「誠，審也，信也。」按與今語「眞」同。　◎是誠何心哉？《孟子·梁惠王上》　◎良曰：「沛公誠欲倍項羽邪？」《史記·留侯世家》　◎嗟乎！利誠亂之治也。又〈孟子傳〉　◎賢者誠重其死。又〈季布傳〉　◎上嘿然良久，曰：「顧誠何如？吾不愛一人以謝天下」又〈吳王濞傳〉　◎欒布哭彭越，趣湯如歸者，彼誠之所處。又〈欒布傳〉　◎一寸之地，一人之眾，天子無所利焉，

誠以定治而已。《漢書‧賈誼傳》　◎非得漢貴人使，吾不與誠語。又〈匈奴傳〉　◎天下歌之曰：「平城之下亦誠苦，七日不食，不能彀弩」又

（二）副詞　由前義引申，於假設時用之。　◎夷吾曰：「誠得立，請割晉之河西八城與秦。」《史記‧秦本紀》　◎王誠以一郡上太后爲公主湯沐邑，太后必喜。又〈呂后紀〉　◎誠如父言，不敢忘德。又〈高祖紀〉　◎丹之私計愚，以爲誠得天下勇士使於秦，闚以重利，秦王貪，其勢必得所願矣。誠得劫秦王使悉反諸侯侵地，若曹沫之於齊桓公，則大善矣。又〈荊軻傳〉　◎誠聽臣之計，可不攻而降城。又〈張耳傳〉　◎然誠得賢士以共國，以雪先王之恥，孤之願也。又〈燕世家〉　◎上曰：「文成食馬肝死耳，子誠能修其方，我何愛乎？」又〈武帝紀〉　◎臣意家貧，欲爲人治病，誠恐吏以除拘臣意也，故移名數。又〈倉公傳〉　◎大王誠幸而許之一言，則吳王率楚王略函谷關，守滎陽敖倉之粟，距漢兵，治次舍須大王。又〈吳王濞傳〉　◎誠令吳得豪傑，亦且輔王爲義，不反矣。又　◎僕誠已著此書，藏之名山，傳之其人，通邑大都，則僕償前辱之責，雖萬被戮，豈有悔哉！《漢書‧司馬遷傳》

適（ㄕ）

（一）表態副詞　劉淇云：「正也」按此但用於理論，與事實無關，故與第一條微異。　◎其知適足以知人過，而不知其所以過。《莊子‧人間世》　◎審吾之所以適人，適人之所以來我者也。《荀子‧王霸》　◎雖有覆軍殺將係虜單于之功，亦適足以結怨身讎。《史記‧主父偃傳》　◎陛下所以爲愼夫人，適所以禍之。又〈袁盎傳〉　◎此適足以明其不知權變而終惑於大道也。《漢書‧東方朔傳》　◎今聖朝留心典誥，發精於殊語，欲以驗考四方之事，適子雲攡意之秋也。

劉歆〈與揚雄書〉

上舉諸例中，「奚」作爲疑問代詞時可充當句中賓語或狀語，表示對事情、處所、時間等之疑問；「奚」字條第一與第二類，楊氏分別以「何事也」、「何處也」爲訓，將其分爲二類，然「奚」作爲疑問代詞，在第一與第二類之句

型結構完全相同，當屬同一用法，不應分爲二類。而《詞詮》卷三與「奚」用法相同之疑問代詞「何」之第三類下便僅分爲一類，楊氏言：「疑問代名詞，代事，亦代地方。」〔註77〕故「奚」字條中之第一與第二類結構用法均相同，實應合併爲一類，不應強分爲二，使讀者無所適從，增加閱讀之困擾。

「誠」作爲副詞，對謂語之陳述表達肯定意義時，即有「的確」、「誠然」之義，故楊氏在第一類中將其名爲「表態副詞」，確有其理。但「誠」之第二類「由前義引申，於假設時用之」之說法則不甚正確，第二類中所舉之例句用法與第一類完全相同，只是於文獻中表達的情境有所不同，並非爲第一類之引申，楊氏說法並不正確。今若將「誠」字條別爲二類，於詞類便顯模糊不清，理當合併爲一類，方可使詞義明確，便於讀者掌握。

「適」做副詞，可用以表示事情在時間、條件與情況上之相同情況，有「恰巧」、「正好」之義。楊氏在此將「適」之「恰巧」、「正好」用法分爲「副詞」與「表態副詞」兩類，並在第三類下直接註明「此但用於理論，與事實無關，故與第一條微異」，然「適」做副詞時，第一與第三類之意義並無不同，均表示事情在時間、條件、情況等方面之「恰好」與「正好」相同，當合併爲一類，不必別立「表態副詞」一類。又「適」做副詞，用在動詞謂語之前，有「偶然」、「偶爾」之義，如：《韓非子・外儲說右下》：「吾適勢與民相收，若是，吾適不愛，而民因不爲我所用也，故遂絕愛道也。」〔註78〕此之言「偶然」，用法與「偶」、「或」、「時」等副詞相同。《詞詮》未收此義，恐爲一時不察，則「適」字條或可另立副詞「偶然」義一類，以求收詞用法之完備。

### 2、若干助詞分類與實際語言狀況不符

《詞詮》對助詞之分類有：「語首助詞」、「語中助詞」、「語末助詞」等項，然而在其所論之諸多助詞分類之中，有若干助詞之分類有與實際語言狀況不符之情形，如：

只（ㄓ）軹

（一）語中助詞　無義。　◎樂只君子，福履綏之。《詩・周南・樛木》

◎其虛其邪，既亟只且。又〈邶風・北風〉　◎君子陽陽，左執簧，右

---

〔註77〕楊樹達，《詞詮》，頁99。

〔註78〕韓非，《韓非子今註今譯》（臺北：臺灣商務印書館，1986年8月），頁713。

招我由房，其樂只且。又〈王風·君子陽陽〉　◎樂只君子，邦家之基。
又〈小雅·南山有臺〉　◎樂只君子，天子命之。又〈采菽〉

### 疇（彳又．）

（一）語首助詞　發聲，無義。　◎予疇昔之夜，夢坐奠於兩楹之
間。《禮記·檀弓上》　◎疇昔之羊子爲政，今日之事我爲政。《左傳》宣
二年

### 斯（ㄙ）

（一）語末助詞　爲形容詞或副詞之語尾。　◎王赫斯怒。《詩·大
雅·皇矣》　◎二爵而言言斯。《禮記·玉藻》　◎色斯舉矣，翔而後
集。《論語·鄉黨》　按王引之云：「《公羊傳》『色然而駭』，義與此
近。」

以上所舉字例中，「只」字條第一類「語中助詞」共舉四例，便有二例與
實際狀況有所出入；〈北風〉詩「既亟只且」、〈君子陽陽〉「其樂只且」，楊氏
以爲「只」爲無義之「語中助詞」，然若依此解釋，則句中「且」字便不得其
義，無法通讀。「既亟只且」、「其樂只且」二句之「只且」當連讀，爲一複音
虛詞，用法與「矣哉」、「乎哉」等詞同，以加強說話之語氣。今楊氏將「只
且」分訓爲二，以「只」爲「語中助詞」，乃因不明其爲複音虛詞之故〔註79〕，
以單詞解釋複音虛詞，故致使文義不明，與實際語言狀況不符。

「疇」字條楊氏訓爲「語首助詞」，但第一例「予疇昔之夜」，「疇」字位
於語中，並非位於語首。相同情形亦見於「有」字條，其第五項曰「語首助
詞」，共舉二十三條書證，但其中二十二條之「有」均位於語中，並非語首，
楊氏訓爲「語首助詞」，似有疏失〔註80〕。又上舉「斯」之第九項訓「語末助
詞」，但其中二例「斯」並未出現在語末，而位於語中；「如」字第十二項「語
末助詞」共舉九例，亦有八例不在語末，此都與實際語言用法有所出入〔註81〕。

然細考楊氏對助詞之詮釋，便可發現楊氏對助詞之劃分有其特殊的詞義

---

〔註79〕筆者案：《詞詮》一書收字充盈，但主要以單音虛詞爲主，絕少討論到複音虛詞，
　　　此點將在下文進一步討論，此不贅言。

〔註80〕楊樹達，《詞詮》，頁343。

〔註81〕同上註，234。

概念。由其在分項下方之說解，如「有」字條第五項下言：「用在名詞之前」；「斯」字條第九項下言：「爲形容詞或副詞之語尾」；「如」字條第十二項下言：「爲形容詞、副詞之語尾」等等，可以看出楊氏所言「語首助詞」、「語末助詞」之所以與實際語言狀況之差異，乃因楊氏所謂乃言詞語之「詞首」與「詞末」，並非今日一般認爲之「句首」與「句末」。楊氏雖然自有一套詞劃分之觀點，但卻在詞語概念上顯得含混模糊，由於概念表達不甚清晰，復與實際語言狀況有所落差，便易使讀者無所適從，進而產生誤讀，降低訓詁於詞義分析之功能與確切。

　　此外，《詞詮》於典籍文獻之徵引上亦多有疏忽，不甚嚴謹，如「于」字條第一項引《詩‧周南‧采蘩》章句「于以采蘩？于沼于沚；于以采藻？于彼行潦。」〔註82〕此處將〈采蘩〉與〈采蘋〉二首不同詩篇章句拼湊成一句，於訓詁考據文獻書證徵引務求詳實之要求而言，乃甚爲嚴重之失誤。楊氏作《詞詮》於文獻引用上之錯誤與疏忽，今人張在雲於所校勘之作《詞詮校議》中曾指出：

> 據實而言，由於楊氏「對清儒的成就作了過高的估計，對王氏父子更流露出太多的傾倒」（見《詞詮》第二版于祖文《重印説明》），於是不加審核地傳抄了清人書中不少誤例；……由於楊氏摘引的某些例句並非引自善本，而是摘自未經認眞校勘的刻本或有訛誤的手抄本；由於摘引時斷句、擇文不當或誤寫、誤排而未能認眞審校；……就已經過《楊樹達文集》編委會校勘、整理的最新版本（《楊樹達文集》之三，上海古籍出版社1986年版）而言，據我們統計，全書共有6893個正式引例，按今天的要求校勘，就有各種錯誤或不當的引例900多條，佔全書用例的13%左右。〔註83〕

　　張氏之校正頗爲精細，其評斷亦甚允當。楊氏《詞詮》雖收字廣博，審義精準，在虛詞研究上有過人之成績。但引用文獻卻時有錯別字、脫字漏句、文句錯落，甚至有查無出處之引文，凡此疏忽，著實令人遺憾。以《詞詮》一書於虛詞研究之影響力而言，其間錯誤之處若幾經後人轉引、傳抄，產生

---

〔註82〕同上註，頁382。

〔註83〕張在雲、李運啓等校議，《詞詮校議》（昆明：雲南教育出版社，1998年3月），頁2。

之不良影響勢必甚大，故如此疏失與錯誤是值得學人正視，並加以指出與校正。有關《詞詮》在引用文獻上之校勘問題，《詞詮校議》一書已做出極精確可靠之勘定，可供學人在研讀《詞詮》時作為參考，相關問題本文便不再一一贅述。

## 二、內　容

《詞詮》一書可見的缺失與侷限，除見於體例以外，尚可見於其內容之上。楊氏在《詞詮》之內容上雖有一定程度的創新，但仍有些地方並未完全脫離清儒之研究範圍與影響。整體而言，《詞詮》表現在內容上之侷限，大致有以下幾點：

### 1、忽略虛詞之歷時性問題

語言會隨時間不斷轉變，不論語音、文法或詞彙都會與時變化，虛詞亦然，每個虛詞之用法與性質都會隨著不同的時空而有所改變，故在探討虛詞時不應只將虛詞各種用法列出，必須同時將虛詞歷時性之變化、消長等問題，一併納入研究、考量之列，方能於其中考辨虛詞之實際作用。而《詞詮》在編寫時並未將虛詞之歷時性觀點納入，則為其書較為遺憾之處。

《詞詮》討論虛詞，每每將某詞之各種不同用法分項並舉，一一條列。此種作法雖便於讀者閱讀，但此種橫向排列之方式，卻無助於讀者瞭解各虛詞義項始見何時或於何時消亡。如「并」作副詞訓「皆」之用法，先秦時至為常見，但漢代之後便逐漸減少；又「惟」之等立連詞訓「與」之用法，則僅見於先秦典籍。據此，吾人當知虛詞系統千百年來非全無改變，而《詞詮》收錄虛詞材料跨越時代極長，若不考慮其歷時因素，僅將虛詞分項作橫向排列，易使讀者產生漢語之虛詞系統從未演變之錯覺〔註84〕，造成研究之困擾與誤判。

雖然《詞詮》在收錄虛詞時對歷時性問題未多做考慮，然並不表示楊氏

〔註84〕索緒爾《普通語言學教程》亦提及應重視語言演變之問題：「人們常把絕對狀態規定為沒有變化。可是語言無論如何總在發生變化，哪怕是很小的變化，所以研究一種語言的狀態，實際上就等於不管那些不重要的變化，正如數學家在某些運算，比如對數的計算中，不管那些無限小數一樣。」費爾迪南·德·索緒爾，《普通語言學教程》（北京：商務印書館，2004 年 10 月），頁 145。

對漢語發展缺乏歷史概念。事實上，楊氏對漢語語言之歷時性仍有所關注，在其《高等國文法》導論中便曾經提及：

> 歷史研究法，可分做兩層說。第一步，舉例時，當注意每個例發生的時代。每個時代的例排在一處，不可把《論語》的例和歐陽修的例排在一處。第二步，先求每一個時代的通則，然後把各時代的通則互相比較。甲：若各時代的通則是相同的，我們便可合爲一個普遍的通則。乙：若各時代的通則彼此不同，我們便應該進一步研究各時代變遷的歷史，尋出沿革的痕跡和所以沿所以革的原因。〔註85〕

由《高等國文法》所言可知，楊氏對漢語語言系統之歷時性問題有深入且完整之認識。然楊氏何以未將此一觀點應用於《詞詮》之中？或許楊氏認爲《詞詮》僅爲詞典性質著作，提供詞義檢索即可，而談文法便須溯其源流，故在《高等國文法》中才提及所謂「歷史研究法」。然筆者以爲，探討虛詞更需重視歷時性問題，虛詞雖在古漢語中有其穩定性，但隨時間流長，其詞義的演變與消亡，亦十分顯著，而虛詞詞典若只是將個別虛詞獨立起來，置於平面討論，讀者不知其源流與變化，面對龐大繁複的虛詞用法，必然感到茫然且無所適從。故未能以歷時性之角度註明虛詞之演變與消亡，是《詞詮》在編撰時之疏忽與侷限，若是能將楊氏在《高等國文法》中提及之「歷史研究法」一併應用於《詞詮》書中，則勢必增加《詞詮》在實用性上的價值。

### 2、忽略虛詞共時性之方言問題

我國歷史悠久，幅員遼闊，由於地域相隔，交流不易，加上古今制度不同，長久下來，便造成各地語言因時空異世產生差異，進而發展出各地不同之方言。誠如《禮記·王制》所言：「五方之民，言語不通，嗜欲不同。達其志，通其欲，東方曰寄，南方曰象，西方曰狄鞮，北方曰譯。」〔註86〕各地方言在語法、詞彙、詞義上都各有特殊之處，古籍之所以難解，各地方言便是其中一因；而虛詞亦然，在不同的語言環境中，虛詞之用法、詞義也會隨方

---

〔註85〕楊樹達，《高等國文法》（臺北：成偉出版社，1975 年 11 月），頁 46。

〔註86〕〔漢〕鄭玄注、〔唐〕孔穎達疏，《禮記正義》（北京：北京大學出版社，1999 年 12 月，《十三經注疏》本），頁 399。

言有所不同，故欲深入研究虛詞，除了考慮虛詞歷時性的演變以外，尚須注意虛詞因方言所具有共時性之差別。

如上點所論，《詞詮》在收錄虛詞時並未考慮虛詞歷時性之問題，同樣的，《詞詮》對共時性的方言差異，似乎未加關注，如卷四「居」之第三項讀如「姬」，做「語末助詞」時，舉《禮記・檀弓》之語云：「何居，我未之前聞也！」此句鄭玄注云曰：「居，讀爲姬姓之姬，齊魯之間語助也。」〔註87〕楊氏於此例之前已先言「讀如姬」，以其博學，顯然已知鄭玄之語，卻未在條例下註明，可見其並未對虛詞之地區性問題多加關注〔註88〕。又如卷四之「蹇」、「羌」、卷六之「些」做助詞之用例僅見於《楚辭》與後世仿效作品〔註89〕，其虛詞用法應源於楚地方言，而《詞詮》亦未多做解釋。又如卷十「安」、「案」訓「乃」或「則」〔註90〕，做承接連詞使用時，所舉用例多數集中於《荀子》、〈趙策〉與〈魏策〉之中，以「安」、「案」充當承接連詞之用法，亦可能源於趙、魏地區之方言。以上所列虛詞用法，可能均與地區性之方言有所關連，但《詞詮》在釋義時並未多做說明，是較爲遺憾之處。若《詞詮》在詮釋詞義能夠針對虛詞共時性之方言問題加以標示，使讀者能夠清楚辨識虛詞在漢語之通語與方言中之特色與規律，必能使《詞詮》在漢語虛詞之研究上取得更全面之成果。

### 3、忽略虛詞之複音現象

所謂複音虛詞，即指以二個或二個以上之音節所合成之詞，其與單音虛詞一般，用以表達一個概念，並且不可分開訓解。複音虛詞之出現，早在甲骨文、金文中便可見到，如甲骨文中有「弗其」、「不其」；金文中有「亦唯」、「亦既」等詞，而在先秦兩漢之文獻中，複音虛詞之使用也十分頻繁，如「嗚呼」、「噫嘻」、「矧惟」、「其諸」等等，可見在上古漢語中，已有爲數不少之複音虛詞存在。然而，歷來對虛詞研究之專著中，除盧以緯《語助》有收錄部分複音虛詞以外，《助字辨略》、《經傳釋詞》、《詞詮》等書均以單音虛詞爲

---

〔註87〕同上註，頁 167。

〔註88〕楊樹達，《詞詮》，頁 137。

〔註89〕同上註，頁 127、149、289。

〔註90〕同上註，頁 406、407。

主，以〈詞詮〉爲例，全書 486 字全爲單音虛詞，除在闡釋詞義時零星提及「若夫」、「大率」、「何不」、「不啻」等複音虛詞之外，並未再針對複音虛詞有所著墨〔註91〕。此或由於諸書對虛詞討論的角度有所不同，以致造成對複音虛詞的收錄、討論過於零散，無法深入瞭解複音虛詞。然細審傳世文獻，不難發現古代漢語確實存在爲數不少之複音虛詞，若僅將焦點關注在單音虛詞之上，不僅使虛詞研究不能全面，也易使文獻解讀出現理解上的困難。

　　古漢語中構成複音虛詞的方式很多，有的由古人習語中直接成詞，諸如先秦文獻中常見之「嗚呼」、「於乎」、「茲乎」、「噫嘻」、「嗟來」等等；有的則由實詞詞組虛化而來，如「左右」、「長短」、「於是」、「至於」等等〔註92〕；或由單音虛詞組合而成，如「無寧」、「無乃」、「宜若」、「何其」等等。正因複音虛詞有諸多產生途徑，且在語義、語境中僅表示一個意義，若在解讀文獻時以單音虛詞視之，勢必會造成文義理解上與詞性判定上之誤差。如「無寧」一詞，收在《詞詮》卷八「無」字條「語首助詞」一項之例句中，楊氏將「無」、「寧」分開理解，故認爲「無」是無義之語首助詞〔註93〕。事實上「無寧」僅具一義項，爲一完整不可分釋之詞，其意義取決於後方的副詞「寧」。是知「無寧」爲一副詞性質之複音虛詞，而楊氏不察，以單音虛詞角度解讀，進而造成詞性判定上之誤差。又如卷八「惡」字條「疑問代名詞」項例句所收「惡乎」一詞，楊氏言：「『惡乎』之『乎』乃介詞，以『惡』爲疑問詞，故『乎』置於『惡』之下。《公羊》《何注》、《禮記·檀公》《鄭注》並云：『惡乎猶於何也。』其說正合。」〔註94〕楊氏據《公羊》與《禮記》之注本，將「惡

---

〔註91〕「若夫」見《詞詮》「乃」字條第（一一）項說明；「大率」參見「類」字條第二項說明；「何不」見「曷」字條第（四）項說明；「不啻」見「啻」字條第（一）項說明。楊樹達，《詞詮》，頁 64、76、101、187。

〔註92〕「左右」本爲表示方向性的詞語，如《左傳·成公十六年》：「騁而左右，何也？」之「左右」，後詞語虛化，而有「不論」、「總之」之意，如《史記·張儀傳》：「群臣諸讒張儀曰：『無信，左右賣國以取容。』」而「長短」亦然，由表示長度之詞語，進而虛化爲虛詞。「於是」本爲虛實合併之介賓結構語詞，後實詞「是」逐漸虛化，而成爲表示一個概念的複音虛詞；「至於」亦然，本爲虛實組合之詞組，後實詞「至」意義消失，轉變爲表示一個概念之複音虛詞。

〔註93〕楊樹達，《詞詮》，頁 357。

〔註94〕同上註，頁 353。

乎」訓爲「何」，歸類爲「疑問代名詞」，其說非是。案「惡乎」一詞中，代詞「惡」是充當介詞「乎」的賓語，爲介賓形式之複音虛詞；釋義上亦不訓「何」，而訓爲「在何」，表示反詰語氣，楊氏未能在釋義與詞性上做出準確的判斷，恐怕還是因爲沒有考慮到複音虛詞的存在，而導致在詞性歸類與釋義上產生誤差。而我國古籍文獻早已存在不少的複音虛詞，而欲能正確解讀與詮釋文獻資料，複音虛詞的收錄與探討自有其必要；《詞詮》在收錄虛詞時未能察覺且給予複音虛詞必要的關注是其較可惜之處，若能擴大收錄範圍，將複音虛詞一併納入討論，《詞詮》對虛詞的研究必定能更完整。

### 4、受限英文語法與時代，語法系統不甚精確

楊樹達著《詞詮》一書，最爲人稱道的便是他將訓詁考據的成果與現代語言學的觀點相互結合，使傳統訓詁理論可以得到語言學之補充，對於虛詞之詞性與性質，都能有明確的劃分與詮釋，是虛詞研究上的一大進步。然而，楊氏受限於所處之時代，語言學的觀點尚不精確，因此儘管楊氏有一套以英文文法爲主的語法系統，有時仍難免在語法與詞類性質判定上，產生若干瑕疵。首先，是楊氏對於英文文法太過重視，忽略漢語之特殊性與英語之間的差異性，而造成詞性歸類上之誤差。王力《中國語言學史》論及《馬氏文通勘誤》時曾經提到楊氏對英文文法之執著：

> 凡是他與馬建忠違異的地方，往往也就是執著英語語法的地方。例如他把「所」字改稱爲助動詞，實際上就是受了英語被動式須用助動詞的語法的影響。他把「在」、「居」、「適」、「詣」、「之」、「如」、「涉」、「過」等字認爲關係內動詞，不認爲外動詞，正是由於這些詞譯成英語是內動詞。〔註95〕

儘管楊氏在詞義研究未必如王力所言之「沒有什麼可取之處」，但王力所言的確點出楊氏語法體系上之盲點；以西方語言學與文法觀點研究我國古代文獻，固是以科學角度與宏觀視野加以推論，減少許多穿鑿附會與過度詮釋的不實，但仍須考慮到漢語與西方語言分屬不同語系，語言與文法均有差異。若僅使用西方語言與文法規範我國古代文獻，卻又不能依據實際語言狀況做適當調整，致使語法理論與內容分離，如此僅是徒具西方語言學之框架，對

---

〔註95〕王力，《中國語言學史》，頁211。

研究內容而言，並無助益。如《詞詮》一書對虛詞詞性之劃分，僅是在名稱上套用了英語之詞類術語，在詞義的訓解與內容解讀方面仍是以傳統訓詁學為主，與所用詞類名稱並無多大關連，對解析詞語、詞義理論上而言意義不大。因此王力便指出：「楊氏長於考據而短於理論，所以他在語法體系上沒有什麼創獲。」〔註96〕

其次，楊氏之語法系統受限於時代所產生的另一個問題，便是他所提出的「詞無定義」之說。楊氏曾指出：「詞無定義，虛實隨其所用。」〔註97〕亦即詞類之判定是依其在句中所處的位置來決定，以「何」字為例，「何」做疑問代詞，有作借代時間與事物之使用分別，而楊氏則將作賓語的稱做「疑問代名詞」；作定語的稱做「疑問形容詞」；作狀語的稱做「疑問副詞」，葉保民等人在《古代漢語》一書中便指出此為楊氏未將語法結構與詞類區隔所導致：

> 《詞詮》替各個詞確定詞類，完全是依據於各個詞在語法結構中所充當的成分：作主語、賓語用的就叫它名詞，作定語用的就叫它形容詞，作狀語用的就叫它副詞，等等。……同是一個詞，忽而為名詞，忽而為形容詞，忽而為副詞，實際上就是「詞無定類」，其錯誤是十分明顯的。〔註98〕

誠如是書所言，楊氏對虛詞詞類之認定，僅僅只是依照虛詞在句中所處的位置來判定，此種標準不免使立場模糊不清，不僅於詞類確立之理論難以立足，無法自圓其說，同時紛雜繁複之詞類劃分亦徒增讀者之困擾。整體而言，楊氏著《詞詮》時所使用之語法系統之所以不夠精確，且好比附、執著英語語法；以及用意義決定詞類的「詞無定義」之說所產生的問題，皆因受時代限制使然。由於當時的語言學僅在起步階段，學者以西方語法作為典範，比附模仿，或以結構意義決定詞類等缺失，於當時時代與學術條件下，均屬難以避免之時代侷限。

以上分別由體例與內容二方面討論《詞詮》之缺陷與侷限，可發現《詞詮》在體例上雖然有所創新，但由於對字與詞沒有明確且嚴格的區別，致使

---

〔註96〕同上註，頁211。

〔註97〕楊樹達，《詞詮・序例》，頁2。

〔註98〕葉保民、嚴修、楊劍橋等著，《古代漢語》（臺北：洪葉文化事業有限公司，1992年9月），頁300。

體例上時有與全書體例不合之情況；在內容上也有忽略虛詞之歷時性、共時性，未留意複音虛詞之現象，以及語法系統尚不精確等種種不足。然而此皆受楊氏身處之時代與學術水準之限制，吾人對於前人著作當以客觀角度言之，不可忽視其開創性的意義，亦不可過份苛求。平心而論，在我國眾多虛詞研究著作之中，《詞詮》在體例與內容上均有豐碩的成果，有承先啟後之功，不論是在當代與今日，仍然是虛詞研究上的重要著作之一。然本文之論述，僅爲對《詞詮》詞義訓詁之初步探討，一時未能盡窺其詳，或有不甚完備與未周之處，仍待日後深入研讀、整理，以達所論完整詳盡。

# 第四章　楊樹達金文研究

## 第一節　楊樹達金文研究概要

　　傳世之青銅器，有銘文鑄於其上之器，多者字數逾千，少則僅有一字，但均足以考文字之源流、明古制之沿革，亦足考證作器者之姓氏。前人鑄作青銅器，撰寫銘文於器上，其旨在昭顯功業，以便傳之子孫，期望世代相守榮寵，使家族聲威不墜。吾人學習、研究金文，不僅可對傳世典籍之古史資料有更多的瞭解，同時亦可以出土青銅器驗證傳世典籍之記載，更進一步探究、考索文字之本源。

　　楊樹達為民國以來傑出之訓詁學者，於文字、語言、訓詁各方面均有所涉獵，對甲骨、金文等古文字之研究，可謂用力甚深，屢有創獲。楊氏金文研究成果主要見於《積微居金文說》、《積微居金文餘說》二書，楊氏充分運用文字、聲韻、訓詁之深厚學養與專長，並與傳世典籍文獻相映，於前人彝銘考釋補充、修正，成果豐碩，考證詳實，於我國金文研究有鑿空之功，具甚大之貢獻與價值。楊樹達《積微居金文說》、《積微居金文餘說》實為近代金文研究精華著作之一，為後世研治金文學人必參之重要典籍。本章擬以楊氏《積微居金文說》、《積微居金文餘說》二書體例、內容以為發軔，復論其金文研究之法，並於其後數節舉楊氏考釋實例若干加以探討，或為其證補，或為其指瑕，以見楊氏金

文研究之優劣得失。

## 一、楊樹達金文研究要旨

　　傳世銅器，其有銘文者，爲數者眾，或自用而作，或紀功紀事，或受冊誥命，大抵爲光耀先祖，傳之子孫云云，於後世考索文字，明古代制度，多所助益。然彝銘文字，雖不惟六書之屬，其字形繁多，異體紛雜，即以許氏《說文》統整之功，亦難釐定，若一字之不識，則文義愈發艱深隱晦，欲以彝銘銅器考實探制，便不得其法。故楊氏以爲欲以銅器銘文拓展古史，考索載籍，首要之務乃在識字一端，其言曰：「彝銘之學，用在考史，不惟文字，然字有不識，義有不究，而矜言考史，有如築層臺於大漠，幾何其不敗也！」[註1] 故楊氏於《積微居金文說》卷前撰有〈新識字之由來〉一文，詳述識字之方：

> 舉其條目，一曰據《說文》釋字，二曰據甲文釋字，三曰據甲文定偏旁釋字，四曰據彝銘釋字，五曰據形體釋字，六曰據文義釋字，七曰據古禮俗釋字，八曰義近形旁任作，九曰音近聲旁任作，十曰古文形繁，十一曰古文形簡，十二曰古文象形會意加聲旁，十三曰古文位置與篆文不同，十四曰二字形近相混云。[註2]

凡此十四條皆爲楊氏辨識金文之法 [註3]，以此釋字法爲基準，則初步可辨字形、定音義、析偏旁、求聲符，區金文正體與異體之分，進而可由文字之音讀、義訓定字之誼，降低爲字形限制之風險，以達「引申觸類，不限形體」[註4]

---

[註1] 楊樹達，《積微居金文說‧自序》（上海：上海古籍出版社，2013 年 9 月），頁 1。

[註2] 楊樹達，〈新釋字之由來〉，《積微居金文說》，頁 4。

[註3] 筆者案：有關楊氏〈新識字之由來〉一文之詳細條目與精要，可參見近人管燮初〈《積微居金文說》的識字方法〉。管燮初，〈《積微居金文說》的識字方法〉，《楊樹達誕辰百年紀念集》（長沙：湖南教育出版社，1985 年 5 月），頁 39～57；與黃婉寧〈楊樹達先生金文研究之理論與方法初探〉。黃婉寧〈楊樹達先生金文研究之理論與方法初探〉，《中國學術年刊》廿三期（臺北：國立臺灣師範大學國文研究所，2002 年），頁 515～528。管氏、黃氏二位前輩專文已詳述楊氏《積微居金文說》卷前〈新釋字之由來〉一文之梗概與重點，並舉例引證楊氏考字之法，故本文於此僅言楊氏金文研究以識字爲要之概念，並略論其識字之法於金文研究之功用，與訓詁方法之關係，其他問題便不再贅述。

[註4] 〔清〕王念孫，《廣雅疏證‧自序》，頁 2。

之功。由此觀楊氏考字之法，即形訓、音訓、義訓之方爲要，訓詁之法自在其中矣。楊氏以此識字之法爲要，復以其豐富訓詁考據之長用以研治金文，綜合卜辭、彝銘，以求文字正詁，繼而貫攝典籍經傳，詮釋銘文文義，疏通、補正前人訓解之疑難、謬誤，故能時有創新，使金文考釋、解讀更加完備，於近代金文研究有極大的價值與貢獻。

## 二、楊樹達金文研究方法

　　金文之艱澀難讀，除字形尚未有統一規範，一字數義、一字多形甚爲普遍外，尚以銘文少則僅有一字，多則長篇巨構，文義晦澀難讀，從而使文字考釋、文義通讀難以疏釋明通，欲以金文考索文字之源流、古制之沿革、典籍之正僞，甚或作器者之姓氏、事蹟，實非易事，令人望而生畏。故歷來研治金文諸家，均以研究方法爲首要。楊氏長於訓詁考據，其金文研究之特色便在充分運用其在文字、聲韻、訓詁方面之深厚學養與專長，以此考字探源，串講銘文，復與傳世典籍互證，詮釋文義，以較爲全面之角度探討金文，故能超越前人訓解而屢有創獲，於我國金文研究開創新局。楊氏於《積微居金文說・自序》言其研究方法爲：

> 余受性椎魯，不自揣量，妄欲用王氏校書之法治彝銘，每釋一器，
> 首求字形之無牾，終期文義之大安，初因文字以求義，繼復因義而
> 定字。義有不合，則活用其字形，借助於文法，乞靈於聲韻，以通
> 叚讀之。〔註5〕

觀楊氏之語，蓋知其金文研究方法乃以釋字爲首要，釋字所考，乃以《說文》所載篆文及其重文、或體爲據，旁及甲骨、金文以爲推演，復據文字音、義加以會通，破其通叚以通讀文義，最終以傳世文獻相互印證，以求金文文字、文義訓解之正確無誤，此即爲楊氏研究古文字之根本之法，今茲以其法做爲條目，概述楊氏金文研究方法如下：

### （一）以《說文》篆、籀及甲文、金文以定字

　　我國系統文字學專著首推《說文》，是書於文字之形、音、義之訓解至爲重要，所載篆文及其重文、籀文亦爲上推甲文、金文之重要依據，歷來舉凡

---

〔註 5〕楊樹達，《積微居金文說・自序》，頁 1。

文字、訓詁之研究，欲考索文字字形本源、本義者，無不奉爲經典。楊氏精於訓詁，精熟於《說文》所載篆、籀，於金文考釋往往多所運用，以《說文》所錄篆、籀字形、本義上推金文以定字，一探文字演變脈絡，以《說文》定字者，如《積微居金文說‧散氏盤三跋》訓「封」爲「奉」，並以《說文》篆文爲據，言：「字從収，丰聲，小篆復加手旁，則與從収義複。」〔註6〕又如〈秦公敦跋〉之「鼏」，楊氏依《說文》「以木橫貫鼎耳而舉之」定爲「鼏」字，復訓爲「迥」〔註7〕；同文之「鸞」，楊氏則以《說文》「業」之古文爲據，定爲「業」之加聲旁字〔註8〕；又如〈敔敦三跋〉之「鼎」，楊氏依《說文》以「晶」爲「星」之初文，定「鼎」即「昴星」〔註9〕；依甲文、金文定字者，如：〈蔡子匜跋〉銘文言：「蔡子分」之「分」，楊氏據甲文「旅」字作「旅」而定爲「旅」〔註10〕；又如〈宀觶跋〉言：「介乍父辛」，楊氏據甲文「家」作「家」形，「向」作「向」形，言「金文從宀之字多作介形」，以「介」爲「宀」〔註11〕；〈杞伯每刃卣跋〉有「刂」字，楊氏據金文「梁」字作「梁」，所從偏旁「刃」作「刂」形，故以「刂」爲「刃」字〔註12〕；〈煖姬彝跋〉引銘文「煖姬乍寶尊殷」，以金文「殷」之有省作「殷」形者，故據以言此器「殷」當爲「殷」之「最簡略之形」〔註13〕。凡此皆楊氏據《說文》篆、籀及甲文、金文

---

〔註6〕楊樹達，《積微居金文說》，頁56。

〔註7〕筆者案：《說文》所錄本形本義雖爲考釋文字重要依據，然甲骨、金文大出之後，《說文》若干釋字錯誤仍須多加考證、修訂，不可盡信。楊氏以《說文》考釋文字仍有因《說文》產生誤釋之情形，但本節舉例之重點乃在明楊氏據《說文》所釋形、音、義訓解金文之方法，故此處對其引用字例錯誤不加論辯，相關問題將於本章第四節再行討論。

〔註8〕楊樹達，《積微居金文說》，頁67、68。

〔註9〕同上註，頁118。

〔註10〕楊樹達，《積微居金文說‧新釋字之由來》，頁7。筆者案：此字與「旅」字字形有所差異，然楊氏原文如是。楊氏自云其字來源爲葉玉森《殷墟書契前編集釋》壹卷貳葉六版，然核對葉書，終卷一第二葉未見此字，莫知楊氏所據爲何。

〔註11〕同上註，頁276。

〔註12〕同上註，269～270。

〔註13〕楊樹達，《積微居金文餘說》（上海：上海古籍出版社，2013年9月《積微居金文說》本），頁390。

字形考定銘文字形，據文字古今演變脈絡定字求義，以達訓解銘文「因文字以求義，繼復因義而定字」之釋字要求。

　　楊氏金文研究，除運用《說文》篆籀字形及甲、金文字形分析金文形構以識字之外，亦有根據《說文》所錄字音因聲求義，識讀定字，或以聲訓破讀銘文文例中之通叚字，以通讀文義，以《說文》所錄音訓以定字者，如：〈𤮍龢鎛跋〉言「𤮍」字從「陶」聲，「陶」從「匋」聲，「匋」又從「勹」聲，因定「𤮍」爲《說文》「鞄」字之或作〔註14〕；又〈喪叟釶跋〉據《說文》「賞」從尙聲，言銘文之「𧵽」字爲「賞」之異文。又其以音讀破其通叚者，如：《積微居金文說・頌鼎跋》以《說文》「紵」字爲據，言〈頌鼎〉之「貯」當讀爲「紵」，以「貯」爲「紵」之通叚〔註15〕；又如〈小臣𣪘跋〉言銘文「休于小臣貝二朋」之「休」爲賜予之義，以爲當爲「好」之假借，並引《說文》「薅」從「好」省聲之例，言「此休與好古同音之證」以證「休」爲「好」之通叚〔註16〕。凡此皆楊氏引《說文》所錄古音，或因聲求義以定字，或破讀通叚以通讀銘文之例，即楊氏所謂「乞靈於聲韻，以通叚讀通之」之法。

　　由上引諸例可見楊氏研治金文於《說文》及古文字之運用，其優點在於充分發揮《說文》所錄篆、籀形、音、義各方材料，復以其做爲橋樑，援引甲文、金文識讀字形，考定文字音、義，進而考索文字，破讀通叚，以全面之角度考釋金文，故時而跳脫前人桎梏與窠臼，於金文研究屢有創獲，成果斐然。然吾人欽佩楊氏研考金文成就之時，仍須注意楊氏偶有過於依賴《說文》，致使訓解金文爲其所限，考釋失當之處，此爲參研楊氏金文研究著作不可不察之事，相關楊氏因《說文》產生之誤釋與缺失，因不在本節討論範圍，故暫時擱置，於本章第四節再行討論。

### （二）以義爲要，通讀銘文

　　楊氏研究金文，於銘文義訓通讀亦十分重視，往往於識字之後，以文字義訓爲先，以通讀文義爲研考金文之首要，其云：

　　　治彝銘者必先識字，此自然之理也。識其字矣，彝銘之能通讀與否，

---

〔註14〕楊樹達，《積微居金文說》，254。

〔註15〕同上註，頁34。

〔註16〕同上註，頁128。

> 猶未可必也。何者？古人之用字，有用其形即用其義者，亦有如今
> 人之寫別字，用其形不用其義，但取其音者。如用其形即用其義，
> 則字識又可通。如用其形不用其義而但借其音，則雖識其字而文之
> 不可通如故也，於是通讀尚焉。蓋釋字者，辨形之事也，而通讀則
> 求義之事也。二事絕不相同，釋字固重要，而通讀則尤要也。〔註17〕

觀楊氏之語，可見其於銘文義詁之重視。楊氏考釋銘文，雖以釋字為先，然尤以義訓通讀為要，故往往能不受文字形體侷限，以銘文文義、詞性、語境多方考量通讀文義，故多有創獲之論，為楊氏金文研究之重要法門之一。如《積微居金文說·甫人匜跋》引銘文有「萬人」一詞，楊氏以金文常見「萬年」一語，作「萬人」字雖可解，但字不可通，故楊氏云：「萬人用語雖可解，衡之事理，乃不可通，人乃假為年字也。」〔註18〕「萬年」為金文祝嘏語，至為常見，而「萬人」之例僅見於五器，當為特例，然「萬人」於銘文實難通讀，當從楊說作「萬年」義方足順。又如〈小子𥃲段跋〉有「鄉事」一語，吳大澂釋作「饗事」，楊氏則以「饗事」義不可通，當作「卿士」，並舉《尚書·微子》、《詩·假樂》之「卿士」以為旁證，言〈毛公鼎〉、〈多父段〉之「鄉事」亦當作「卿士」，方可通讀文義。〔註19〕又楊氏於〈虢季子白盤三跋〉釋銘文「是以先行」一句，以銘文上下文義推求，復與〈不娶段〉「來歸獻禽」一句與此器互證，言「盤銘所謂先行者，即段銘之『來歸獻禽』也」〔註20〕，說亦甚是。又如〈庳壺跋〉釋銘文「庳大門之」之「門」，為「攻門」〔註21〕；《積微居金文餘說·己侯貉子段跋》云銘文「己侯貉子分己寶姜」之「分」義當作「頒」〔註22〕，併言「古人文法名動往往相因也」，則以詞性考量文義，通讀銘文。上舉之例皆楊氏據義以求，通讀銘文之例，由銘文上下文義、詞性及語境推求，不受文字形體拘牽，此即楊氏所謂「字形之無㫋，終期文義之大安」之妙法。楊氏金文研究觀點較前人全面、宏觀，同時可見以訓詁方法考釋金文之功效，於我國金文

---

〔註17〕楊樹達〈彝銘與文字〉，《積微居小學述林》，頁 255。

〔註18〕楊樹達，《積微居金文說》，頁 102。

〔註19〕同上註，頁 126。

〔註20〕同上註，頁 232。

〔註21〕同上註，280。

〔註22〕楊樹達，《積微居金文餘說》，233。

研究有相當程度之貢獻。

### （三）擅以文獻比對考釋金文

楊樹達精於考據訓詁，復博覽群籍，其金文研究除在識字、考義方面有其優勢外，另一最大特點即在引證豐富，書證繁多。楊氏十分善於運用傳世文獻與銘文字、詞或上古制度加以比對，時能於傳世文獻尋得妥切文證以證成其說，使其金文考釋立論信而有據，詳實可信。如〈毛公鼎跋〉一文言銘文「楚賦」一詞，楊氏據《詩・緜》「予曰有疏附，予曰有先後，予曰有奔走〔註23〕，予曰有禦侮」之文言〈毛公鼎〉銘文之「楚賦」即《詩》文之「疏附」，即「大小臣工」，以駁孫詒讓訓「楚賦」為「胥賦」之說〔註24〕，不僅合於銘文文義，較孫說為長，且於文獻有所佐證，至為可信。又如〈散氏盤跋〉引《周禮・封人》所言：「掌設王之社壝，為畿封而樹之，凡封國，設其社稷之壝，封其四疆，造都邑之封域者亦如之」為據，以證古人有封樹之制，言〈散氏盤〉銘文所言「邊柳」、「楮木」者，即為《周禮・封人》所謂之「為畿封而樹之」之制〔註25〕，亦甚允當。又如前舉《積微居金文餘說・己侯貉子殷跋》據《尚書》、《左傳》、《國語・魯語》等書所云「分器」，以證「分」於金文作動詞有「頒」義，言之有物，信而有據。又〈大鼎跋〉引《尚書・酒誥》「大使友」、「內史友」、《左傳・文公七年》「同官為寮」等文獻例證，證〈大鼎〉「大以厥友守」之「友」為同僚之義〔註26〕，說亦甚確。由楊氏引用典籍文獻考釋金文之例，可見楊氏為學之勤，考據之精，同時將其廣博之學識與金文研究相互為證，引證詳盡，書證豐沛，以此考證金文，不僅為楊氏金文研究之特色，同時善用載集文獻比對、佐證，除可補上古史料之缺乏，亦可適度修正、商榷前人研究成果，於金文研究有卓越貢獻。

楊氏金文研究著作主要集中於《積微居金文說》、《積微居金文餘說》二書中，其金文研究體例、方法大致如上所述，吾人可見楊氏長於訓詁考據，嫻熟

---

〔註23〕筆者案：「奔走」今本《詩・大雅・緜》作「奔奏」。阮校本引《釋文》言：「奏，本又作走。」楊氏引作「奔走」或據阮校本而來，非其筆誤。其後引文亦同。

〔註24〕楊樹達，《積微居金文說》，頁49。

〔註25〕同上註，頁54。

〔註26〕楊樹達，《積微居金文餘說》，435。

《說文》與傳世經典文獻之優勢，故能將其對文字形、音、義之深厚學養充份運用於金文研究之上，同時旁徵博引，以傳世文獻補充、修正前人研究成果，取得超越前人之成就，其學力之深，考證之精，令人欽佩。以下即以楊氏金文研究所論善者加以探討，並舉實例爲其證補、疏證，一探楊氏金文研究之精要。

## 第二節　楊樹達金文研究證補

出土鐘鼎銘文是古代之原始史料，通過對其文字的探究，可以拓展古史資料、補足傳世文獻之不足，其價值非是歷經傳鈔迻錄之經傳可以比擬。中國青銅時期之商、周王朝共綿延一千餘年，理當有數以萬計之彝器傳世，然今世可見彝器卻寥若晨星，不過鳳毛麟角，不能盡窺全貌。此蓋因傳世彝器歷代屢遭劫難；據清人潘祖蔭《攀古廔彝器款識・序》所言，歷代青銅傳世彝器曾經歷經七次劫難：

> 顧古器自周秦至今，凡有七厄：章懷《後漢書注》引《史記》曰：
> 「始皇鑄天下兵器爲十二金人。」……秦政意在盡天下之銅，必盡
> 括諸器可知，此一厄也；《後漢書》：董卓更鑄小錢，悉取洛陽及長
> 安鐘虞飛廉銅馬之屬以充鑄焉，此二厄也；《隋書》開皇九年四月：
> 毀平陳所得秦漢三大鐘、越三大鼓。十一年正月丁酉，以平陳所得
> 多爲禍變，悉命毀之，此三厄也；《五代會要》周顯德二年九月：
> 敕除朝廷法物、軍器官物及鏡，并寺觀內鐘、磬、鈸、相、輪、火、
> 珠、鈴、鐸，外應兩京諸道州府銅像器物諸色，限五十日內并須毀
> 廢送官，此四厄也；《大金國志》海陵正隆三年：詔毀平遼、宋所
> 得古器，此五厄也；《宋史》紹興六年：斂民間銅器二十八年，出
> 御府銅器千五百事付泉司，大索民間銅器得二百餘萬斤，此六厄
> 也；馮子振序楊鈞《增廣鍾鼎篆韻》曰：「靖康北徙，器亦并遷，
> 金汴季年，鍾鼎爲崇，宮殿之玩，毀棄無餘，此七厄也。〔註27〕

苟依潘氏所言，傳世鐘鼎彝器遭逢此七次劫難，著實流傳不易。可知今日吾人可見之鐘鼎彝器雖逾千計，仍不過商、周時期銅器所遺百萬之一而已。傳

---

〔註27〕〔清〕潘祖蔭撰，《攀古廔彝器款識》（香港：明石文化國際出版有限公司，2004
　　　　年12月，《金文文獻集成》本），頁560。

世銅器之銘文內容，或爲顯揚宗族先祖，彰顯孝心；或爲記功載德，流傳後世，此即《禮記・祭統》所言之：「夫鼎有銘，銘者自名也，自名以稱揚其先祖之美，而明著之後世者也。」〔註28〕是知前人作器載銘，主要功能在於昭示功勳，顯揚前人，同時傳之於子孫後世，使美名不墜。今日吾人研讀鼎銘，若能通其文義，不僅可明古史之源，對於傳世文獻，亦能有所增補，得其正詁。可見傳世鐘鼎彝銘之價值與意義自是十分重要。

自宋以降，研治金文者如林，其中各有千秋，名世之作亦多有之，近人楊樹達所撰《積微居金文說》亦爲翹楚之一。是書論鐘鼎銘文凡314器，考定制度、尋求文義，索理字形，除對前人考釋有所增補，亦多有新解，且大多內容詳實，信而有據，爲近人研治鐘鼎彝銘必讀之作品。本節擬擇楊樹達《積微居金文說》中考釋精要之例進行討論，一窺楊氏考釋金文之精妙。討論時依卷目舉例，首先略舉銅器銘文，再述楊氏考釋，最後盡可能爲楊氏考釋提出旁證，以見其說對金文研究之價值，其例如下：

# 一、卷一〈毛公鼎〉：

1、鼎銘曰：「龥龥大命」、「龥夙夕」，楊氏曰：

> 案龥字兩見，不可確識，以意求之，蓋愙之假音字也。《說文》十篇下心部云：「愙，敬也，从心，客聲。」經傳通作恪。……《說文》九篇下豸部云：「貘，似狐，善睡獸也。从豸，舟聲。」引《論語》曰：「狐貘之厚以居。」……許引《論語》作貘，今《論語》作貉者，今《論語》假貉爲貘。貉可假爲貘，知龥亦可假爲愙矣。然則龥龥大命，猶《書・盤庚》篇之言「恪謹天命」，龥夙夕猶〈追段〉及本銘上文之言「虔夙夕」，〈克鼎〉之言「敬夙夕」也。〔註29〕

案：金文「龥」字除此器之外，尚見於〈甈鐘〉（《集成》260）、〈甈段〉（《集成》4317）、〈番生段〉（《集成》2326）等器，歷來說者眾多，徐同柏、吳大澂以《說文》「造」古文作「艁」爲據釋「龥」爲「造」；董作賓以《詩・閔予小子》「遭家不造」爲據義訓爲「造」，讀爲「成」；周法高以〈令段〉「用饗王逆

---

遊」(《集成》4300)一句之「遊」爲據，亦釋爲「造」；孫詒讓釋「遯」讀爲「循」；吳寶煒據《說文》言其爲「遂」之古文而釋「遂」；郭沫若據《說文》以爲古文「貌」字；高田忠周、楊樹達、周名煇則據《說文》「豿」字義訓引《論語》「狐豿之厚以居」而釋「豿」爲「憲」之通叚〔註 30〕。上舉諸家說解或釋「造」，釋「遯」，釋「遂」，釋「貌」，各有所據，然則將其所釋之字置於〈毛公鼎〉銘文「䜌圝大命」、「圝夙夕」例句之中均無法通讀，其說均有未逮，李孝定便言：

> 字當隸定作「圝」，不可確識。徐同柏氏釋造；郭沫若氏已辨其非。孫詒讓氏釋遯，讀爲循，張之綱氏从之。按字从舟甚明，釋遯於字形不合。郭氏釋貌讀爲繆，於文義雖順適，然亦苦於字形無據。皃契文有之作郭謂此从爲面之省，且引〈毛公鼎〉一文从者証之。按乃之殘泐，不能據以証字，且謂字从豿聲，當即貌之異文，其說亦有可商。〔註 31〕

由李氏之言觀之，則知徐同柏、吳大澂、董作賓、周法高等釋「造」，乃受《說文》所錄「造」之古文作「艁」字形之影響，郭沫若云：「舊釋造乃因與䑼（廟）艁（造）形近。」〔註 32〕孫詒讓釋「遯」、吳寶煒釋「遂」，則明顯與銘文之「圝」及其所從之「豿」形或「舟」形無涉，所釋不足爲信。郭氏釋「貌」，以「頌儀」〔註 33〕之義爲訓，然於字形、字音皆與「圝」、「豿」不符，其說亦不可信。是知諸家各有所據，然或爲字形、字音所限，其說均有未逮，於銘文識讀皆不可信。

高田忠周、楊樹達則注意到文獻中有「豿」、「貉」互作之例，改以音聲求之，楊氏乃謂：「蓋憲之假音字也。」據〈毛公鼎〉銘文字作「圝」，從口，豿聲，應爲「豿」字之異體，與「貉」於文獻有互作之例。「貉」，《說文》言：「北方貉。豸穜也。从豸，各聲。」〔註 34〕「貉」之本義爲獸，即《詩・豳風・七

---

〔註 30〕筆者案：以上諸家之說詳見《金文詁林・附錄下》所錄各家之說。周法高編，《金文詁林・附錄下》（京都：中文出版社，1981 年 10 月），頁 2883～2884。

〔註 31〕同上註，頁 2884～2885。

〔註 32〕同上註，頁 2883。

〔註 33〕〔漢〕許愼，《說文解字》（臺北：洪葉文化事業有限公司，1998 年 10 月），頁 410。

〔註 34〕同上註，頁 463。

月》所言：「一之日于貉」〔註35〕、《論語・子罕》：「衣敝縕袍，與衣狐貉者立」、〈鄉黨〉：「狐貉之厚以居」〔註36〕、《周禮・考工記》：「貉逾汶則死」〔註37〕上述文獻皆以其爲獸名，是知「貉」之本義爲獸。又「貈」，《說文》云：「似狐善睡獸也。从豸，舟聲。」〔註38〕「貈」亦爲獸名，似狐，與「貉」當爲同類之獸〔註39〕，則「貈」、「貉」當爲一字，而上引〈考工記〉：「貉逾汶則死」一句，賈《疏》云：「貉，戶各反，獸名，依字作貈。」〔註40〕《淮南子・原道訓》引同句而作：「貈渡汶則死」，可見「貈」、「貉」於文獻有通作之例〔註41〕。《說文》分「貈」、「貉」爲二字，應爲誤分。

　　「貈」、「貉」一字，「貉」既爲獸名，置於〈毛公鼎〉銘文「🔲🔲大命」、「🔲夙夕」二句中便與文義不協，無法通讀。則此「貉」字當從楊氏之說假爲「愙」字，「貉」、「愙」均由各得聲，鐸部疊韻可通。「愙」，《說文》言：「敬也。」〔註42〕以「愙」爲敬，則此器鼎銘所云「🔲🔲大命」、「🔲夙夕」即可釋爲「🔲敬大命」、「敬夙夕」之謂，乃周宣王望毛公勤敬助其理政之語。楊氏於此銘文之訓解跳脫字形限制，以「貈」、「貉」通作之例以求，通叚爲「愙」之說，爲其高明之處，此即楊氏所謂「乞靈於聲韻，以通叚讀之」之法。

　　然「貈」、「貉」於文獻中有通作之例，故楊氏以其爲一字，「貉」可通叚爲「愙」，並於銘文通讀無礙，但細審字音，卻仍有未合之處；考「貈」古音在匣母幽部，「貉」古音屬明母鐸部，二字音韻遠隔，似無同音之理。故楊氏之說雖於銘文通讀無礙，李孝定仍對楊氏訓解之音韻關係仍有疑慮：「舟、各二字音韻均遠……楊樹達氏謂爲愙之叚借於銘義亦諧適然所據僅《說文》貈下許引『狐貉之厚以居』而今本作貉，因謂从舟得聲者得諧各聲。據上引貈

---

〔註35〕〔漢〕毛亨傳、〔漢〕鄭玄箋、〔唐〕孔穎達疏，《毛詩正義》，頁 500。

〔註36〕〔魏〕何晏注、〔宋〕邢昺疏，《論語注疏》頁 121。

〔註37〕〔漢〕鄭玄注、〔唐〕賈公彥疏，《周禮注疏》（北京：北京大學出版社，1999 年 12 月，《十三經注疏》本），頁 1060。

〔註38〕〔漢〕許愼，《說文解字》，頁 462。

〔註39〕案《說文》此字下段玉裁注言：「凡狐貉連文者，皆當作此貈字。」「貈」、「貉」均爲狐類之獸，字又互通，其當爲同類之獸。

〔註40〕〔漢〕鄭玄注、〔唐〕賈公彥疏，《周禮注疏》，頁 1060。

〔註41〕何寧，《淮南子集釋》（北京：中華書局，1998 年 10 月），頁 41。

〔註42〕〔漢〕許愼，《說文解字》，頁 510。

下段注文，則此項論據亦嫌薄弱。」〔註43〕李氏之疑確有理據，「貃」、「貉」二字音、韻遠隔，又僅據《說文》引錄《論語》材料爲據，不論於字音、立論證據上均有不足，此爲楊氏以「窓」訓「圛」之一大問題。對此，近年於山東嶧城棗莊徐樓村出土之〈宋公鼎〉銘文載器主之名爲「宋公圛」，或可解決楊氏訓解之困境。李學勤於〈棗莊徐樓村宋公鼎〉一文由楊氏通叚之論點出發，重新審視「圛」、「窓」通叚之問題，並提出新解：

> 徐樓村鼎銘的宋公圛，以通叚求之，無疑是宋平公的上一代共公，《左傳》記他名固，《史記・宋世家》則說名瑕。……1942年楊樹達先生作〈毛公鼎跋〉，分析「圛」字從「貃」聲，而「貃」通「貉」，故「圛」當讀爲「窓」即「恪」字。這一見解儘管有學者反對，但已被有關學界多數人接受，如《殷周金文集成》便予采用。現在徐樓村鼎名宋公名「圛」與「固」、「瑕」相通，「固」古音見母魚部，「瑕」匣母魚部，「貃」匣母鐸部，證明楊樹達先生的識讀是正確的。……附帶說一下，「圛」字在一些金文中，最好也讀爲「固」，例如：〈訣簋〉：龠（中）圛皇帝大魯命；〈訣鐘〉：用龠圛先王受天大魯命；〈毛公鼎〉：用仰紹皇天，龠圛大命；〈番生簋〉：用龠圛大命，粤（屛）王位。所說的都是皇天上帝授周的大命，「圛」應讀「固」，訓爲安定，可參看《詩・皇矣》：「天立厥配，受命既固」及《書・君奭》：「今汝永念，則有固命。」〔註44〕

李氏站在肯定楊氏以「圛」、「窓」通叚之說，藉由新出銅器器主「宋公圛」之名與傳世文獻互證，修訂楊說，以「圛」訓「固」，有「安定」義，其說不僅可於〈毛公鼎〉銘文通讀，證之他器亦可通讀無礙，且於《詩經》、《尚書》尋得文證，其說信然，詳實可信，亦可見楊氏以通叚識讀銘文之法確有獨到之處，金文研究甚有貢獻。

　　2、鼎銘曰：「父厝。雩之庶出入事於外，敷命敷政，執小大楚賦。」楊
　　　樹達言：

> 樹達按孫、王說楚賦即《書》之胥賦，是矣，然楚賦何義，王君

---

〔註43〕周法高編，《金文詁林・附錄下》，頁2885。
〔註44〕李學勤，〈棗莊徐樓村宋公鼎與費國〉，《史學月刊》2012年第1期，頁128。

未能質言，孫君從伏生之説，認胥賦爲賦税，尤非是。余謂胥賦、小大、多政皆指臣工言之。《詩·大雅·緜》云：「予曰有疏附，予曰有先後，予曰有奔走，予曰有御[註45]侮。」疏附、先後、奔走、御侮，皆目文王之臣爲言。金文之楚賦，〈多方〉之胥賦，即《詩》文之疏附也。銘文小大楚賦，即《書》文之胥賦小大多政，銘文之敊，即〈多方〉克枲之枲也。敊小大楚賦，猶言治大小臣工矣。[註46]

案：孫詒讓《籀𤴙述林》一書釋〈毛公鼎〉「楚賦」一詞嘗謂：

楚賦義難通，楚疑與胥通，楚胥並从疋得聲。《困學記聞》引《尚書大傳》云：「古者十税一，多於十税一，謂之大桀、小桀；少於十税一，謂之大貉小貉，王者十一而税，而頌聲作矣。」故《書》曰：「越惟有胥賦小大多政。」今《書·多方》胥賦作胥伯，文義並異。依《伏傳》則胥賦之賦爲賦税，……敊小大胥賦，謂小大賦税當以常法制之也。[註47]

孫詒讓據《尚書》以「楚賦」爲賦税，言「敊小大楚賦」即謂大小賦税皆須以賦税常法行之。然〈毛公鼎〉銘文乃周宣王爲圖振興，命叔父毛公協理政事，上下文爲宣王布政之事於毛公，所言內容俱爲邦國政教之事，全無涉及賦税，此突言賦税，便於上下文義不協，且有違常理邏輯。孫詒讓之推測雖有其理論依據，但與銘文實際狀況有所差異，其說確有可商之處，結論並不可信。故楊氏批評「孫君從伏生說，認胥賦爲賦税，尤非是」，確有其理。

又「胥」與「楚」字皆從「疋」得聲，「胥」古音在心母魚部，「楚」在清母魚部，聲韻可通，「胥」可通叚爲「楚」，故王國維言：「《尚書大傳》作『越惟有胥賦，小大多正。』楚與胥皆疋聲，楚賦即胥賦也。」[註48]「胥」，《說文》云：「蟹醢也。」段注曰：「蟹者多足之物，引申假借爲相與之義。」[註49]據段注可知「胥」之有相與之義者，乃源於蟹爲多足之物，故而引申出

---

[註45]　筆者案：楊氏原文如是。今本詩文作「禦」。

[註46]　楊樹達，《積微居金文説》，頁49。

[註47]　孫詒讓，《籀𤴙述林》，（臺北：廣文書局，1971年4月），頁318。

[註48]　王國維，〈毛公鼎考釋〉，《觀堂古今文考釋》（臺北：大通書局有限公司，1975年7月《王國維先生全集初編》本），冊11，頁4887。

[註49]　〔漢〕許愼著、〔清〕段玉裁注，《說文解字注》，頁177。

相與之義，故《尚書‧大誥》言：「惟大艱人，誕鄰胥伐于厥室」〔註50〕、《公羊‧桓公三年》：「胥命者何？相命也」〔註51〕、《方言》：「胥，輔也」〔註52〕、《廣雅‧釋詁》：「胥，助也。」〔註53〕上引文獻之「胥」均有相與之義。又西周銅器有〈才盉〉，其銘文云：「才敢乍姜盉，用萬年楚保眔叔。」（《集成》9436）之「楚」，於銘文中即言相與之義，即假作「楚」字，由此器銘文為例，可證王國維所說不誤。「胥」既有相與之義，則相與協助王事、政事之人，亦可稱「胥」，是知楊氏云：「胥賦、小大、多政皆指臣工言之」不誤，「胥」正可指官吏之稱，如《周禮‧天官‧冢宰》言：「胥十有二人，徒百有二十人。」〔註54〕「胥」、「徒」俱為官府中給役之官，可為「胥」作官吏名之一證。後又泛指朝中之眾輔弼臣工，《尚書‧多方》：「越惟有胥伯小大多政。」〔註55〕由此可知，楊氏引王國維之說言「胥伯」即「胥賦」與〈毛公鼎〉之「楚賦」，則「楚賦」一詞即泛指輔弼政事之小大官員，與《詩‧緜》：「予曰有疏附」所言相同，楊氏肯定王氏之說，附加以舉證，以明孫詒讓釋「楚賦」為「賦稅」之失，甚為得當。又〈毛公鼎〉鼎銘云：「埶小大楚賦」，考「埶」即「執」，《說文》云：「穜也，从丮土，丮持穜之。《詩》曰：『我埶黍稷。』」〔註56〕「執」據《甲骨文編》所錄作「𡊅」、「𡊅」等形，《金文編》所錄作「𡊅」、「𡊅」等形，徐中舒謂「象以雙手持艸木會樹埶之意」〔註57〕，觀其字形，其字從「屮」從「𡊅」，有種植之義，郭沫若云：「執者樹也」〔註58〕，正言其字本義，則知

〔註50〕〔漢〕孔安國傳、〔唐〕孔穎達疏，《尚書正義》（北京：北京大學出版社，1999年12月，《十三經注疏》本），頁351。
〔註51〕〔漢〕公羊壽傳、〔漢〕何休解詁、〔唐〕徐彥疏，《春秋公羊傳注疏》（北京：北京大學出版社，1999年12月，《十三經注疏》本），頁77。
〔註52〕〔漢〕揚雄撰、華學誠匯證《揚雄方言校釋匯證》（北京：中華書局，2006年9月），頁427。
〔註53〕〔清〕王念孫，《廣雅疏証》，頁51。
〔註54〕〔漢〕鄭玄注、〔唐〕賈公彥疏，《周禮注疏》，頁9。
〔註55〕〔漢〕孔安國傳、〔唐〕孔穎達疏，《尚書正義》，頁464。
〔註56〕〔漢〕許慎，《說文解字》，頁114。
〔註57〕徐中舒，《甲骨文字典》（成都：四川辭書出版社，1990年9月），頁269。
〔註58〕郭沫若，《兩周金文辭大系圖錄考釋》（北京：科學出版社，2002年10月《郭沫若全集》本），頁291。

「埶」爲種植之義，爲後世「藝」之本字〔註59〕。以「埶」有種植之義，故又引申而有治理之義，唐蘭曰：「埶讀若藝，《廣雅・釋詁》三：『藝，治也。』」〔註60〕其說是。據此，則知鼎銘所謂「埶小大楚賦」者，即周宣王命毛公輔政，治理朝中大小臣工之謂。此銘當從楊氏考釋，孫氏舊說所謂賦稅者，則與銘文實際狀況不符，不可信。

## 二、卷一〈散氏盤〉

銘文曰：「自瀗涉，以南，至於大沽，一 ![字], 以涉，二 ![字]，至於邊柳。」、「陕以西，![字] 于敫城楮木。」、「自根木道左至于井邑 ![字]，道以東一 ![字]，還，以西一 ![字]。」楊樹達考釋曰：

> 以下 ![字] 字屢見，舊誤釋爲表，《金石萃編》卷式引吳穎芳說釋爲封，劉心源亦釋爲封，是矣。惟劉謂 ![字] 即封字，則未諦。以字从収从丰核之，蓋奉之初字也。……奉、封音同，銘文假 ![字] 爲封耳。〔註61〕

又曰：

> 按文曰邊柳，曰楮木，說者大都認爲地名。而〈格伯敦〉云：「格伯安及旬殷，乒勿雺谷杜木，還谷旂桑。」杜木、旂桑，說者亦以爲地名。今按諸詞果皆爲地名，不應以木爲號，而如敫城楮木、雺谷杜木、還谷旂桑，又不應四字之中上二皆地，下二皆木也。余熟思之，此蓋所謂封樹也。《周禮・地官・封人》云：「掌設王之社壝，爲畿封而樹之，凡封國，設其社稷之壝，封其四疆，造都邑之封域者亦如之。」……按〈封人〉所指及鄭、孔所釋，雖不必指田之界畔爲言，然百年喬木，往往矗立於阡陌之間，爲遠近所矚目，古人劃定田疆，於凡有木之所藉以爲標識，固事理之所宜也。〔註62〕

案：楊說確是。〈散氏盤〉銘文之「![字]」，字形從廾從丰，即《說文》所謂「承

---

〔註59〕李旭昇，《說文新證》（臺北：藝文印書館，2004 年 11 月），頁 182。

〔註60〕唐蘭，〈論周昭王時代的青銅器銘刻・上編〉，《古文字研究》第二輯（北京：中華書局 2005 年 2 月），頁 86。

〔註61〕楊樹達，《積微居金文說》，頁 56。

〔註62〕楊樹達，《積微居金文說》，頁 54。

也」〔註63〕之「奉」字。然〈散氏盤〉銘文所載，爲周厲王時矢、散兩國重新劃定疆界一事，若「奉」字訓承，置於銘文中則不辭。此盤銘文中出現之「𡉚」字，當從楊說爲「封」之通叚字，「奉」古音在並母東部，「封」在幫母東部，聲近疊韻可通。

「封」，《說文》云：「爵諸侯之土也。从之、从土、从寸，守其制度也。公侯百里，伯七十里，子男五十里。」〔註64〕其字於《甲骨文編》所錄作「𡉚」、「𡉚」〔註65〕等形，金文〈康侯丰鼎〉作「𡉚」（《集成》2153），字形與甲文相同，或從「𢎥」形，如〈六年召伯虎𣪘〉作「𡉚」（《集成》4293）。又「封」之字形，各家釋「封」無誤，然於其本義則各有見解：高田忠周謂其字從「邦」會意，訓爲「保有」；林義光則謂「封」字「从又持土丰聲」，而爲「聚土爲封」之義；商承祚則謂「豐」之本字〔註66〕。高田氏、林義光之說皆由《說文》本訓出發，高田氏所言其字爲「邦」，乃受《說文》「爵諸侯之土也」之影響而生，其說仍有待檢驗；林義光云「封」爲「从又持土丰聲」，然以「封」之字形觀之，「丰」爲所持種植之物，非爲聲符，林氏之說亦有未確。郭沫若則據《周禮・地官・封人》之職言：「古之畿封實以樹爲之也，其習於今猶存。其事之起迺遠在太古，太古之民多利用自然林木，以爲族與族之間之畛域。……𡉚即以林木爲界之象形。」〔註67〕郭說甚是，李孝定肯定郭氏釋義，亦主此說：「封之本義爲封疆，爲聚土，《左傳》：『古者王者伐不敬，取其鯨鯢而封之，以爲大戮。』誅其不敬，聚土爲冢，樹之標識以示顯戮也。……封疆即所以顯別畛域者也。」〔註68〕由郭氏、李氏之言，可知「封」之本義當爲「封疆」，其字作「𡉚」者，即象樹木栽植之形，其後金文增「𢎥」作「𡉚」，示其「封土成堆，植木其上」之形〔註69〕，則知「封」之本義爲「封疆」，《說

---

〔註63〕〔漢〕許慎，《說文解字》，頁104。

〔註64〕〔漢〕許慎，《說文解字》，頁694。

〔註65〕孫海波，《甲骨文編》（北京：中華書局，1965年9月），頁275。

〔註66〕高田忠周、林義光說見《金文詁林》下引文。周法高編，《金文詁林》，頁1949。

〔註67〕郭說見《甲骨文字集釋》引文。李孝定，《甲骨文字集釋》，頁3994。

〔註68〕李孝定，《金文詁林讀後記》（臺北：中央研究院歷史語言研究所，1992年2月），頁449。

〔註69〕徐中舒，《甲骨文字典》，頁689。

文》所錄「爵諸侯之土也」者乃爲引申義，故知高田忠周、林義光以《說文》所錄本訓釋「封」者爲誤，當以郭氏、李氏之說爲正。

　　由「封」之本義爲「封疆」，即《周禮・大司徒》所言：「而辨其邦國都鄙之數，制其畿疆而溝封之」〔註70〕、《周禮・小司徒》言：「凡建邦國，立其社稷，正其疆畿之封。」〔註71〕故知《周禮・大司徒》、〈形方氏〉、《禮記・月令》所謂之「封疆」〔註72〕及《左傳》所謂「封略」、「封畛」、「封內」之名〔註73〕。此皆爲古時封疆之制。

　　又《周禮・大司徒》云：「而辨其邦國都鄙之數，制其畿疆而溝封之，設其社稷之壝而樹之田主，各以其野之所宜木，遂以名其社與其野。」〔註74〕又云：「然則百物阜安，乃建王國焉，至其畿方千里而封樹之。」〔註75〕所謂「所宜木」、「封樹」者，乃言植樹領土之上，以劃定其疆界，此與楊氏所引〈封人〉：「爲畿封而樹之」相同，是知古人封疆之制確有以樹木爲地界之情形。〈大司徒〉言「所宜木」者，賈注曰：「所宜木，謂若松、柏、栗也。若以松爲社者，則松社之野，以別方面。」〔註76〕由此可知，〈散氏盤〉銘文中所言之「邊柳」、「楮木」，正爲《周禮》所載之「封樹」之制，因矢、散兩國重新劃定疆界，故以封樹爲界，劃定其國土疆界。楊氏釋此器以「奉」通叚爲「封」，明古人封疆之制，同時修正前人以「邊柳」、「楮木」爲地名之說，其說甚是。

---

〔註70〕〔漢〕鄭玄注、〔唐〕賈公彥疏，《周禮注疏》，頁242。

〔註71〕同上註，頁285。

〔註72〕《周禮・大司徒》云：「凡建邦國，以土圭土其地而制其域：諸公之地，封疆方五百里，其食者半；諸侯之地，封疆方四百里」；〈形方氏〉言：「掌制邦國之地域，而正其封疆。」〔漢〕鄭玄注、〔唐〕賈公彥疏，《周禮注疏》，頁254、884。又《禮記・月令》言：「王命布農事，命田舍東郊，皆修封疆，審端經。」〔漢〕鄭玄注、〔唐〕孔穎達疏，《禮記正義》，頁464。

〔註73〕「封略」見《左傳・昭公七年》：「封略之內，何非君土？」「封畛」之名見於〈定公四年〉：「封畛土略，自武父以南及圃田之北竟」、〈哀公十七年〉：「封畛於汝。」「封內」之名見於〈成公二年〉：「必以蕭同叔子爲質，而使齊之封內盡東其畝。」

〔註74〕〔漢〕鄭玄注、〔唐〕賈公彥疏，《周禮注疏》，頁242。

〔註75〕同上註，頁253。

〔註76〕同上註，頁242。

## 三、卷二〈秦公殷〉

銘文曰:「嚴龏夤天命,保龑㽙秦。」楊樹達考釋言:

> 按龑字从古文業,去蓋加聲旁字。保業者,《書・康誥》云:「往
> 敷求于殷先哲王,用保乂民。」〈多士〉云:「亦惟天丕建保乂有
> 殷。」〈君奭〉:「率惟茲有陳,保乂有殷。」〈康王之誥〉云:「則
> 亦有熊羆之士,不二心之臣,保乂王家。」《詩・小雅・南山有臺》
> 云:「樂只君子,保艾爾後。」〈克鼎〉云:「天子其萬年無疆,保
> 辥周邦,畯尹四方。」業與辥、乂、艾皆同聲,銘文保業,猶《書》
> 云保乂,《詩》云保艾,〈克鼎〉諸器云保辥也。《爾雅・釋詁》云:
> 「艾,相也。」凡言「保業」、「保乂」、「保艾」、「保辥」者,皆
> 爲相保也。〔註77〕

案:楊說是也,「龑」即「業」字。「業」,《說文》言:「大版也,所以飾縣鐘
鼓,捷業如鋸齒。以白畫之。……《詩》曰:『巨業維樅。』」〔註78〕甲骨文
目前未見「業」字,金文可見字形有《金文編》所錄之「業」作「 業 」;《殷
周金文集成》所錄〈九年衛鼎〉(《集成》2831)、及此器〈秦公殷〉之「龑」
等形。林義光謂「業」爲「象全虡上有版飾之形」;高田忠周言「加於枸上之
大版」;朱芳圃則謂「業」爲「象辛燃燒時光芒上射之形。」〔註79〕季旭昇《說
文新證》則謂「業」之本義爲:「盛大地出擊」或「从大从丵,會人出擊出意,
引申爲治理、事業、保護、盛大等義。」〔註80〕考《說文》訓「業」爲「大
版」,並舉《詩・靈臺》章句「虡業維樅」〔註81〕爲例,以見「業」之本義爲
「大版」。《詩・靈臺》:「虡業維樅,賁鼓爲鏞」,毛《傳》注云:「業,大版
也。」鄭《箋》謂:「虡也、枸也,所以懸鐘鼓也。設大版于上,刻畫以爲飾。」
〔註82〕由毛《傳》、鄭《箋》之說,則可知「業」實爲裝飾鐘虡之版,故《說

---

〔註77〕楊樹達,《積微居金文說》,頁68。

〔註78〕〔漢〕許慎,《說文解字》,頁103。

〔註79〕上舉諸家之說見《金文詁林》「業」字下引文。周法高編,《金文詁林》,頁 412～
413。

〔註80〕季旭昇,《說文新證》,頁156。

〔註81〕筆者案:《詩》作「虡」爲本字,《說文》作「巨」當爲假借。

〔註82〕〔漢〕毛亨傳、〔漢〕鄭玄箋、〔唐〕孔穎達疏,《毛詩正義》,頁1043。

文》云「以白畫之」，或又因裝飾形象不一，形狀參差，故言「捷業如巨齒」。是知「業」之本義當依《說文》所訓爲是，林義光、高田忠周所言爲是；朱芳圃「象辛燃燒時光芒上射之形」一說乃因「業」字上方形構影響所發，其說恐非。季旭昇以「業」所從之「丵」爲「鑿擊」，故釋「業」「盛大地出擊」，其說新穎，但「丵」是否爲「鑿擊」之義，尚有待證明，且由金文字形觀之，似亦不從大形，故僅錄其說於此，可備一說。

〈秦公𣪘〉銘文作「𤇈」者，與《說文》所錄「業」古文「𤖅」字形近，「𤇈」、「𤇈」應爲「業」之繁體，「業」之本義爲「鐘虡之裝飾」，則〈秦公𣪘〉銘文言「保𤇈氒秦」者，若以「業」之本義「大版」釋之，便與銘文不合，無以成文，則本句之「𤇈」當依楊說讀如「乂」，有治理之義。又「保」，據《廣雅・釋詁》所載：「保，定也。」〔註83〕可知「保」亦有治義，「保業」爲一同義複合詞，銘文所謂「保𤇈氒秦」，即言金文之「保叒」，即楊氏所引《尚書》之「保乂民」、「保乂有殷」、「保乂王家」之義，惟「保乂」之本字當從段注所言作「叒」爲是〔註84〕。則此器銘文所言之「保𤇈氒秦」，即「安治秦國」之義。「業」、「乂」、「艾」、「辥」諸字古聲皆在疑母，有聲轉之條件，故「保業」即通《尚書》之「保乂」，《詩經》之「保艾」與西周金文中之「保辥」，皆有安治、相保之義，楊說確是。

## 四、卷二〈甫人匜〉〔註85〕

匜銘曰：「甫人父乍旅匜，萬人用。」楊樹達曰：

> 銘文云：「甫人父乍旅匜，萬人用。」按萬人用語雖可解，衡之事理，乃不可通，人字乃假爲年字也。《說文》年字從禾千聲，千字從十人聲，年爲人聲之孳乳字，故古與人同音，可通用也。〔註86〕

又言：

---

〔註83〕〔清〕王念孫，《廣雅疏證》，頁109。

〔註84〕《說文》「乂」字下，段玉裁注云：「叒部云：『叒，治也。』引《唐書》：『有能俾叒。』則叒爲正字。」〔漢〕許慎著、〔清〕段玉裁注，《說文解字》，頁633。

〔註85〕此器或名〈甫人父匜〉，以器銘觀之，作器者當爲甫人父，故有此別稱。

〔註86〕楊樹達，《積微居金文說》，頁102。

余觀金文年字大多从禾从人，蓋其字實從人聲，不如許君從千聲之
說也。〔註87〕

案：楊說是也。此器銘文作「萬人」於文義不可通讀，當作「萬年」義方足
順。「萬年」為金文極常見之祝頌之詞，蓋作器者期望己身福祚至極，並能長
壽永保之謂，徐中舒〈金文嘏辭釋例〉便言：「故金文中最為普遍之嘏辭，即
為壽考。所謂眉壽、壽老、黃耇，皆壽考之異辭。萬年、萬壽、無疆、無期，
即所冀壽考之極致。」〔註88〕故此器銘文「萬人」之義於銘文實不可通，當為
「萬年」之假借。「人」與「年」古音同為泥母眞部字，同音可通。除此器之
外，金文器銘中有作「萬人」一詞者，尚可見於〈竈乎段〉、〈成伯邦父壺〉、〈季
姛夆罍〉諸器〔註89〕，諸器之「萬人」均當解作「萬年」，方與銘文文義相協。

「年」於甲骨文作「𥝢」，西周金文作「𥝤」等形，其字形皆從禾從人，朱
歧祥謂：「年字从禾从人，示豐收……取象人頂戴著收割的農作物形。」〔註90〕
其說可從。「年」《說文》訓為「穀熟」〔註91〕，則知「年」字乃由人、禾二文
會意，穀物一年一熟，復引申而有「年」義。「年」至東周字形譌變，東周金
文始見於「人」上加一橫筆，如〈鄀公平侯鼎〉作「𥝥」（《集成》2772）、
〈東周左師壺〉作「𥝦」（《集成》9640）、〈楚嬴匜〉作「𥝧」（《集成》10273）
等形，後為小篆所本而作「�」，云「從禾，千聲」。然由甲骨、金文字形觀
之，「年」屬會意，若為「年」形聲，則無從見其「穀熟」之義。是知許氏以

---

〔註87〕同上註。

〔註88〕徐中舒，〈金文嘏辭釋例〉，《徐中舒歷史論文選輯》（北京：中華書局，1998 年 9
月），頁 522。

〔註89〕據《殷周金文集成》所錄，器號 04158〈竈乎段〉共二器，銘文相同，其言：「其萬
人永用。」器號 09609〈成伯邦父壺〉銘文云：「成伯邦父乍叔姜萬人壺。」器號
09827〈季姛夆罍〉，器銘云：「萬人子子孫孫寶用。」筆者案，諸器中除〈季姛夆罍〉
為西周中期之器以外，其餘諸器與〈甫人父匜〉均為西周晚期之器，且除〈竈乎段〉
載明出土地為北京山縣蘇家壠之外，其餘諸器皆未記載何地出土。則「萬人」一
詞之書寫究竟為何原因，暫無從由出土地之地緣關係探知，僅先列出，待日後有
更多材料，再行考辨。

〔註90〕朱歧祥，〈也談「釐」字——兼說殷人以首戴物之習〉，《朱歧祥學術文存》（臺北：
藝文印書館，2012 年 12 月），頁 21～22。

〔註91〕〔漢〕許慎，《說文解字》，頁 329。

「年」為千聲，或據東周金文「年」字下方人形之衍筆而來，致使文字析形、釋音產生誤差，楊氏此言「年字大多從禾從人，蓋其字實從人聲」，仍以形聲視之，恐仍受《說文》誤導，其說可商。

又此器「萬人」字形作「」，容庚《金文編》〔註92〕、周法高《金文詁林》〔註93〕皆將其視為「萬年」之合文，即將下方之人形視為「 」之省筆。然觀此器拓片（見附圖1：《集成》10267），銘文「 」之間似未連筆，且「萬」、「人」二字筆勢觀之，「人」字之形未有與上字相連之狀，故筆者疑此仍當釋讀為「萬人」，恐非「萬年」；《金文編》、《金文詁林》以「 」為「萬年」之合文，將該版銘文「萬」下一字釋為「年」字，然考量《金文編》、《金文詁林》所錄字形為描摹之字，是否能完整呈現銅器字形實況，尚有待確認；而由此器拓片檢視，「萬」字左下方確有一類似筆畫之痕跡，然其是否確為「年」字之「禾」形，或因銅器本身有所脫範、鏽蝕影響拓片，故於拓片「萬」字左下形成看似筆畫之情形，仍未能準確判斷、辨識。則此器之「 」究竟應釋為「萬年」或「萬人」，恐仍需由銅器本身實際檢視，方可定奪，故今僅將所見問題一併提出，留待日後有幸目睹原器，再下定論。

附圖1：〈甫人父匜〉

10206-7

---

〔註92〕容庚，《金文編》（北京：中華書局，1998年11月），頁506。

〔註93〕周法高主編，《金文詁林》，頁1205。

## 五、卷三〈敌段〉

段銘曰:「隹王十月,王在成周。南淮夷遷殳,內伐洍、鼎、參泉、裕敏、陰陽洛。王令敌追御於上洛、惄谷,至于伊。」楊樹達言:

> 銘文有晶字,從晶從卯,此昴星之初字也。晶爲星之初文,故曐、曑、晨諸字皆從晶。曐省爲星,晨省爲晨,故晶亦省作昴。《說文》日部收昴字,訓白虎宿星,而晶部無晨字,得其流而昧於源矣。昴爲星名,何緣當從日乎?若非銘文,此疑千載不能決矣。[註94]

又云:

> 按《左傳》哀四年記楚左司馬眅起豐析與狄戎以臨上雒,左軍師於菟和,右軍師於倉野,使謂晉陰地之命大夫士蔑云云,《水經·丹水篇》引《竹書紀年》云:「晉烈公三年,楚人伐晉南鄙,至於上雒。」上雒及上洛也。春秋時上洛爲晉地,三家分晉地屬於魏。《國策》載魏與楚戰,以上雒許秦,是也。漢於其地至上雒縣,屬弘農郡,今地爲陝西商縣治。此器在春秋以前,上洛地猶屬周。故敌追禦淮夷於其地也。[註95]

案:楊說是也。據《甲骨文編》所錄,星在卜辭中作「𤊫」,亦有以生爲聲符作「𤽥」者,「𤊫」、「𤽥」除葉玉森釋「坐」、商承祚釋「電」、張秉權釋「品」外,各家如、孫海波、郭沫若、楊樹達、董作賓、屈萬里、饒宗頤、李孝定等均釋「星」,較無疑義[註96]。「𤊫」字象夜空星斗眾多之形,故重疊「日」字作「𤊫」,當釋爲「星」,葉玉森釋「坐」乃將形當作「予」之省體作「厶」,又爲《說文》「坐」字字形所影響,故而有此一說,然「星」字所從之「口」形與「厶」全然不類,葉說並不可信;商承祚釋「電」,乃受《說文》「電」之古文作「靁」之影響,亦爲字形所累,其說亦非;張秉權釋「品」,以爲殷代祭祀名稱,姚孝遂乃言其誤「星」所從之「日」形爲「口」形,因以致誤[註97]。「𤊫」當釋爲「星」,則《說文》以星宿名爲訓之「昴」字,

---

[註94] 楊樹達,《積微居金文說》,頁118。

[註95] 同上註,頁117。

[註96] 各家說法詳見《甲骨文字詁林》。于省吾主編,《甲骨文字詁林》(北京:中華書局,1999年12月),頁1106～1109、1326。

[註97] 同上註,頁1109。

本當作「鼂」，從「日」應為「OO」之省形，故楊氏言：「昴星之初字」，其說確是。「晶」、「生」古音聲近韻同，故由「晶」孳乳而有「曐」字，此於卜辭時已可見，而此器之「昴」作「🐚」形，則更可證楊氏「昴星之初字」之推論，亦可證明「晶」即為「星」字。《說文》錄「昴」之字形為從「日」之字，乃因未見更早文字，不知「昴」為「鼂」之省體，故將「昴」字歸於「日」部，因此於析形有所誤差；然《說文》於「昴」本義訓為「白虎宿星」，則與〈堯典〉〔註98〕、〈小星〉〔註99〕等傳世文獻相同，則知《說文》因未見更古文字，使其析形雖有所誤差，然於釋義方面，仍保存「昴」字之義，未失其字本義。

　　「昴」之本義雖為星宿之名，但於此器銘文之中，則當釋作地名。敐銘所載之「滄、昴、參泉、裕敏、陰陽洛」者，均為當時周王畿為南淮夷入侵之地。「昴」地之詳細位置今未可確知，推估「昴」地當在洛水流域一帶。徐中舒謂「昴」為洛水之源泉，但據《水經注》所載，洛水發源當在上洛：「昴三泉當是洛水所自出的源泉，昴六星，參三星，泉以星宿為名，這和長江上源稱星宿海也是一樣的。」〔註100〕然據《水經・洛水注》所言：「洛水出京兆上洛縣讙舉山，東北過盧氏縣南，又東北過蠱城邑之南，又東過陽市邑南，又北過於父邑之南，又東北過河南縣南，又東過洛陽縣南，伊水從西來注之，又東過偃師縣南，又東北過鞏縣東，又北入于河。」〔註101〕可知洛水應發源於今陝西省境內，與長江之發源地仍相去甚遠，徐說仍有可商，未能盡信。而銘文之「陰陽洛」則指洛水之南北兩岸；又王命敐率師追淮夷至「上洛」，「上洛」即在陝西，楊氏據《左傳》、《戰國策》、《水經》等文獻所推甚是，考證不誤。又銘文中之「陰陽洛」應指洛水之南、北面，其地應與「上洛」同處在成周與宗周之間，為周王屬地，可見南淮夷入侵之深，以及西周中晚期周王室勢力之逐漸衰弱。〈敐殷〉

---

〔註98〕《尚書・堯典》：「日短，星昴，以正仲冬。」孔《注》言：「昴，白虎之中星，亦以七星并見，以正冬之三節。」〔漢〕孔安國傳、〔唐〕孔穎達疏，《尚書正義》，頁30。

〔註99〕《詩・召南・小星》：「嘒彼小星，維參與昴。」〔漢〕毛亨傳、〔漢〕鄭玄箋、〔唐〕孔穎達疏，《毛詩正義》，頁96。

〔註100〕徐中舒撰，《先秦史論稿》（成都：巴蜀書社，1992年8月），頁169。

〔註101〕〔北魏〕酈道元撰，《水經注》（臺北：臺灣商務印書館，1975年6月《四部叢刊初編》本），頁210～217。

銘文所記之事不見於傳世典籍書傳，文獻失載，而此器銘文正可補缺典籍之缺，可見周代此時與南方淮夷之戰爭與勢力等關係，而由楊氏精細之推論與考證，更可謂銅器銘文提供有力證據，於擴展古史資料實有甚大之貢獻。

## 六、卷四〈楚公鐘〉

鐘銘曰：「楚公賓自乍寶大 🔲 鐘，孫孫子子其永寶。」楊樹達考釋曰：

🔲 字下所從不識，上從 🔲，爲古文亩字。按此字鐘文屢見，而形各不同。〈叚鐘〉云：「乍朕文考釐伯龢𧀎鐘。」〈虢叔旅鐘〉云：「用乍朕皇考惠叔大𧀎龢鐘。」〈士父鐘〉云：「乍朕皇考叔氏寶𧀎鐘。」〈井人妄鐘〉云：「肆妄乍龢父大𧀎鐘。」〈分仲鐘〉五器，第三器云：「分仲乍大𧀎鐘。」以上凡五器，字皆从林从亩作𧀎。〈克鐘〉云：「用乍朕皇且考伯寶劚鐘。」字作劚。〈分仲鐘〉第四器字作鎗，字从金从亩，第一器作鎗，字从金从稟，〈吳生鐘〉云：「用乍△公大𣂪鐘。」〔註102〕𣂪字筆畫不全，左上从古文亩，則無可疑。自來釋者或釋林，或釋鑄，或釋龢，分歧不一。近代孫君仲容精於古文，著《古籀餘論》，跋此鐘據《周禮·小胥》王宮縣，諸侯軒縣，及《周書·大匡篇》樂不牆合文，謂𧀎字當讀爲牆。牆爲宮縣軒縣之通稱，又謂特鐘編鐘同縣於虡，故並謂之牆，其說甚辨。故余有疑者：……按據司農注，宮縣四面有牆，知《周書》云牆合者，乃據天子之禮而言，蓋牆非四面則不得云合也。故盧文弨釋《周書》以宮縣是牆合，與司農注正相符，是也。由此言之，軒縣三面，或云曲縣，曲古文作「🔲」，正象四方缺一之形。既是三面，即不得云牆，以宮室無築牆三方之理也。而孫君乃云牆爲宮縣軒縣之通稱，豈可信也！孫君亦云：「《周書·大匡篇》云：『樂不牆合即文王在程時侯國制也』」亦爲強說。果如孫說，〈楚公鐘〉尚可以諸侯爲說，其他如叚、如虢叔旅、如分仲、如士父、如井人妄、如吳生、如克，豈皆諸侯，而可

---

〔註102〕筆者案：此器爲《集成》105：〈吳生殘鐘〉，公前一字甚爲模糊，故楊氏以缺字號「△」替代，作殘字處理。然觀銘文拓片，其字旁之「禾」旁仍清晰可見，此字當爲「穆」字，《殷周金文集成》釋文便以此字作「穆公」，當從其說，銘文作「用乍穆公大林鐘」當無可疑。

以諸侯軒縣爲解乎？至云特鐘編鐘同縣於虡，故並謂之牆，尤爲臆說，不足憑信矣。……考〈虘鐘〉云「龢鑫鐘」，〈虢叔旅鐘〉云「大鑫龢鐘」，鑫與龢並言，釋龢之誤顯然，孫君已加糾駁矣。釋鏄者，乃由誤認古文靣之 爲甫字，其謬亦不待辨。由余觀之，不獨從林之鑫當從舊説釋林，即罍、鐱、鐴、鐯諸文亦當釋林。必然知者，罍、鐱、鐴、鐯皆從靣得聲，靣與林古韻同屬覃部，聲亦相同，二字同音，故可爲釋。此從聲音言之知其當爾者一也。《國語·周語》曰：「景王鑄無射而爲之大林。」〔註103〕觀虢叔旅、士父、井人妾及兮仲之第三器稱大鑫，楚公稱大罍，吳生稱大鐯，兮仲第一器稱鐴，第四器稱大鐱，皆即大林也，此從古書文證言之知其當爾者二也。蓋大林之鑄造，乃一時之風尚使然，故周景王鑄之，楚公鑄之，魯季武子鑄之，而虢叔旅、士父、兮仲、井人妾、吳生輩亦皆鑄之。……夫林從二木，義爲森林，靣象倉形，義爲倉靣，《國語》作林，金文作鑫，皆非鐘名本字，必求本字，鎬、鎛殆爲近之。〔註104〕

案：「鑫」、「罍」、「鐯」、「鐱」、「鐴」諸字，「鑫」從林聲〔註105〕，其餘諸字皆從「靣」聲，「林」與「靣」古音同屬來母侵部，同音可通。「鑫」、「罍」、

---

〔註103〕筆者案：此段文字原文與楊氏所引有所落差，原文當作：「王將鑄無射，而爲之大林。」無言「景王」，此當楊氏誤引，當據原文。上海師範大學古籍整理組點校，《國語》，頁123。

〔註104〕楊樹達，《積微居金文説》，頁151～153。

〔註105〕筆者案：近人劉釗以爲「鑫」字爲：「『林』字上追加聲符『靣』聲而成。」以爲從林「靣」聲字。劉釗，《古文字形構學》（福州：福建人民出版社，2006年1月），頁85。又「林」與「靣」古音俱在來母侵部，故又可能爲裘錫圭所謂之「兩聲字」、何琳儀所言之「雙重標音字」，即指「林」、「靣」均爲聲符。裘錫圭，《中國文字學概要》（臺北：萬卷樓圖書有限公司，1994年3月），頁131、何琳儀，《戰國文字通論》（北京：中華書局，1989年4月），頁202～203。陳偉武〈雙聲符字綜論〉亦有討論此一論題。陳偉武，〈雙聲符字綜論〉，《中國古文字研究·第一輯》（長春：吉林大學出版社，1996年6月），頁328～339。然筆者以爲，「鑫」字〈師㝅鐘〉假「稟」形作「鑫」，且從「金」之「鑫」字或有省「林」作「鎬」者，足見「靣」爲有實物可象之形符；且以文獻觀之，《國語》、《左傳》所載「大林」一詞，文獻亦未可見有作「大靣」者，亦可證該字之「林」爲聲符，故雖「林」、「靣」同音，有雙聲符字之可能性，然筆者仍傾向於認定「鑫」字當從林聲。

「劃」、「盦」、「鬶」諸字歷來論者眾多，各有所據，主要論點爲：阮元、吳式芬、徐同柏以其爲古「林」字，即以其爲《左傳》、《國語》之「大林」，容庚亦承此說，以「林」爲「林鐘」之專字；方濬益釋爲「鎛」，劉心源從之，又釋爲「槁」；孫詒讓釋爲「牆」；郭沫若以其爲「林聲」，「鈴」爲其後起字；于省吾則謂其字爲「虜」之古文〔註106〕。諸家於金文若干鐘類樂器銘文之「龠」字說解各異，阮元、吳式芬、徐同柏以「龠」爲十二律之律名「林鐘」者，以銅器銘文、形制檢驗，眾多銘文有「林鐘」一詞之器，與樂律「林鐘」之規制仍有差異，其說可商，詳見下文討論；方濬益、劉心源以其字作「鎛」者，楊氏已言乃因誤認「龠」「熹」、「劃」、「盦」、「鬶」諸字所從之「㐁」爲「甫」所致，其說確是。出土青銅樂器鐘類銘文中，如〈叔鐘〉、〈士父鐘〉等器有所謂「龠鐘」，及楊氏所言《左傳·襄公十九年》魯季武子所鑄之「林鐘」〔註107〕；〈虢叔旅鐘〉、〈楚公鐘〉等器有所謂「大龠」，即楊氏所引《國語》所言之「大林」〔註108〕。杜預注《左傳》與韋昭注《國語》引賈侍中語併言「林鐘」與「大林」爲律名〔註109〕，阮元亦承此說，《積古齋鐘鼎彝器款識》言：

> 韋昭注謂大林爲無射之覆。無射陽聲之細者，大林陰聲之大者，據
> 此知大林爲逾常之大鐘，景王鑄之，當日必有效之者，此虢叔鐘是
> 也。〔註110〕

是阮元亦以「大林」爲律名，吳式芬、徐同柏、容庚從之，此與杜預注《左傳》、韋昭注《國語》看法相同，當由此而來。但青銅器中的「林鐘」或「大林」並

〔註106〕諸家說解見《金文詁林》「龠」字條下所引。周法高編，《金文詁林》，頁 1043～1049。

〔註107〕《左傳·襄公十九年》載：「季武子以所得齊之兵，作林鐘而銘魯功焉。」〔明〕左丘明傳、〔晉〕杜預注、〔唐〕孔穎達正義，《春秋左傳正義》，頁 958。

〔註108〕〔漢〕許慎，《說文解字》，頁 123。

〔註109〕《左傳·襄公十五年》杜預注曰：「林鐘，律名。鑄鐘，聲應林鐘，因以爲名。」〔明〕左丘明傳、〔晉〕杜預注、〔唐〕孔穎達正義，《春秋左傳正義》，頁 958。又韋昭注《國語》引賈逵之語言：「無射，鐘名，律中無射也。大林，無射之覆也。」上海師範大學古籍整理組點校，《國語》，頁 123。

〔註110〕〔清〕阮元，《積古齋鐘鼎彝器款識》（香港：明石文化國際出版有限公司，2004年 12 月《金文文獻集成》本），冊 10，頁 102。

非律名，其原因如下：首先，若以「林鐘」或「大林」爲律名，則當知古音十二律之律名各有其定制，以《淮南子・天文訓》所言之：「黃鐘爲宮，宮者，音之君也，故黃鐘位子，其數八十一，主十一月，下生林鐘。林鐘之數五十四」〔註111〕觀之，知古時於古音十二律已有規範，以《史記》所記之「三分損益法」爲制，以「黃鐘」之數八十一爲基礎，「三分損一」則爲「林鐘」，「林鐘」之制長爲六寸，即五十四分〔註112〕。所依阮元、吳式芬、徐同柏、容庚之說，銅器銘文之「𦫼」爲律名「林鐘」，則出土青銅鐘器皆應以此爲制。但觀《殷周金文集成》所錄鐘類樂器，其銘文中出現「大林」或「林鐘」一詞諸鐘〔註113〕，其大小、型制各有不同，與律名「林鐘」之定制不符，則知「林鐘」應非古十二律之律名。

再者，銘文有記「大林龢鐘」、「大林協鐘」等語，可見「林鐘」二字非必連讀成詞，且〈南宮乎鐘〉鐘銘曰：「司徒南宮乎乍大林協鐘，茲鐘銘曰無射。」（《集成》00181）由此器觀之，「林鐘」分讀，且與「無射」同文，可知「無射」當爲律名，而「林鐘」不爲律名。其三，古十二律中除「林鐘」一律，尙有黃鐘、太簇、南呂、姑洗、應鐘、蕤賓、大呂、夷則、夾鐘、無射、仲呂等律〔註114〕，若「林鐘」爲律名，出土銅器不應只有大量記載「林鐘」一律，而於其餘十一律鮮少記錄，此與事理亦不相符。綜上所述，可知青銅鐘器所謂之「大林」與「林鐘」非指古音十二律中「林鐘」之律。故楊氏云：「林从二木，義爲森林，𠆢象倉形，義爲倉㐭，《國語》作林，金文作𦫼，皆非鐘名本字」、「今以林爲釋者，第以古書證古器，非謂正字當作林也。」楊氏所言極是，由是觀之，則知杜預《左傳注》與韋昭《國語注》以「林鐘」、

〔註111〕何寧，《淮南子集釋》，頁247～248。

〔註112〕筆者案：以「黃鐘」爲九九八十一之數，長爲九寸，即八十一分，依三分損益法計算之，下生「林鐘」，則 $9 \times 2/3 = 6$；$81 \times 2/3 = 54$，即得出「林鐘」之數長爲六寸，即爲五十四分。

〔註113〕以《殷周金文集成》一書所錄之青銅鐘器，其銘文有「林鐘」或「大林」一詞之器，計有〈虤仲鐘〉、〈楚王領鐘〉、〈兮仲鐘〉、〈叔鐘〉、〈遲父鐘〉、〈吳生殘鐘〉、〈井人妄鐘〉、〈雁侯見工鐘〉、〈柞鐘〉、〈師史鐘〉、〈鮮鐘〉、〈士父鐘〉、〈克鐘〉、〈虢叔旅鐘〉、〈瘨鐘〉、〈南宮乎鐘〉等器。

〔註114〕何寧撰，《淮南子集釋》，頁247～250。

「大林」爲律名之說顯爲有誤，阮氏、吳氏、徐氏、容氏之論出於附和臆測，以時代較晚之文獻求證時代較早之銅器，仍有未確之處，其說非是。

又楊氏所引孫詒讓言編鐘懸於虡上，並稱作「牆」，將「䆆」釋作「牆」，其言曰：

> 至䆆字在鐘文則當讀爲牆，牆即宮縣、軒縣之通稱。《周禮・小胥》「王宮縣，諸侯軒縣」注，鄭司農云：「四面象宮室，四面有牆固謂之宮縣。」若然軒縣雖不四合，而三面環列，亦得取牆形。《周書・大匡篇》云「樂不牆合」即文王在程時候國制也。特鐘、編鐘同縣於虡，故並謂之牆。〔註115〕

孫氏援引《周禮・小胥》、《周書・大匡》之說，將銅器之「䆆」字釋爲「牆」爲諸侯之禮；其云：「大林自是極大特縣之鐘，今虢叔編鐘亦有大䆆語，則義不相應。」〔註116〕欲將「䆆」與「林」區隔。然其說仍有諸多謬誤之處：其一，孫氏以「䆆」爲「牆」字之省，以其爲宮懸，乃諸侯之制。楊氏則據《周禮・小胥》鄭《注》：「軒縣三面，其形曲，故《春秋傳》曰：『請曲縣繁纓以朝。』諸侯禮也。」〔註117〕指出諸侯之禮當爲三面，三面不得言「牆」；其次孫氏以「䆆」字釋「牆」，言其爲諸侯之禮，然眾多銘文有「䆆鐘」之語者，並非全爲諸侯之器，故楊氏云：「〈楚公鐘〉尚可以諸侯爲說，其他如叡、如虢叔旅、如兮仲、如士父、如井人妄、如吳生、如克，豈皆諸侯，而可以諸侯軒縣爲解乎？」此又可證孫說不合理之處，楊說所言甚是。且「䆆」與「牆」之古音一在來母侵部，一在從母陽部，無法互通，字形亦不相類，顯然不爲一字，是知楊氏駁孫氏之說甚確，孫詒讓之論乃牽合文獻而發，不足爲信。

既然「林鐘」不爲律名，又不當釋「牆」，則該作何解？于省吾言：「䆆乃倉廩之廩的古文，典籍中廩也作稟，《說文》訓向爲：『谷所振入』〔註118〕，或體作廩。金文中大䆆鐘之䆆也作鑬，是䆆與鑬并以向爲基本音符，故通用。倉廩用以藏谷米。」〔註119〕于說是，「䆆」、「㐭」、「劙」、「盦」、「鑬」諸字均從

---

〔註115〕孫詒讓，《古籀餘論》（香港：崇基書店，1968 年 7 月），頁 47～48。

〔註116〕同上註。

〔註117〕〔漢〕鄭玄注、〔唐〕賈公彥疏，《周禮注疏》，頁 605。

〔註118〕筆者案：《說文》作「穀」，字當從《說文》作「穀」，下文亦同。

〔註119〕于省吾之說見《金文詁林》引文。周法高編，《金文詁林》，頁 1048～1049。

「向」構字，且或有省「林」之偏旁，卻無省「向」之形者，可見「向」為諸字主要形構，以《說文》所訓「穀所振入」之「倉廩」義，則引申而有「聚集」之義，正象編鐘懸掛展示之狀，于說可從。唐蘭〈關於大克鐘〉一文即引《廣韻・釋詁》所載：「林，聚也」；「林，眾也」之義為說，云：「大𡎰即大林，是許多鐘，也就是一群或一組鐘的意思，等於《周禮・春官・磬師》所說的編鐘。」〔註120〕其說得之，則可知「𣛗」、「𡻭」、「𪔛」、「𪔙」、「𪔨」諸字之本字當為「向」，其餘均為通叚字。至楊氏所言：「林从二木，義為森林，向象倉形，義為倉向，《國語》作林，金文作𡎰，皆非鐘名本字，必求本字，鎘、鏄殆為近之。」筆者以為，楊氏以「鎘」、「鏄」為本字，恐仍因受限於鐘為銅器之限制，故以二從「金」之字為本字，其說恐有待修正。

## 七、卷五〈守宮尊〉〔註121〕

銘文曰：「隹正月既生霸乙未，王才周，周師光守宮事，祼周師，不囂。」楊樹達曰：

> 按周師光守宮事，余疑光當讀為貺。《詩・小雅・彤弓》云：「中心貺之。」《毛傳》云：「貺，賜也。」周師光守宮事，謂周師與守宮職事也。《愙齋集古錄》拾壹冊載〈宰甫𣪘〉〔註122〕銘云：「王姎宰甫貝五朋。」姎字从火从女，古文从女與从人同，即光字也，其字亦當讀為貺，與此銘正可互證也。〔註123〕

案：「光」字卜辭作「𤉡」、「𤉢」等形，金文作「𤉡」、「𤉢」等形，各家如羅振玉、葉玉森、李孝定〔註124〕、高田忠周、林義光、楊樹達、高鴻縉〔註125〕等均釋字形為「光」，即《說文》所言：「明也」之義〔註126〕。金文字形或可見從

---

〔註120〕唐蘭，〈關於大克鐘〉，《出土文獻研究》（北京：文物出版社，1985年6月），頁122。

〔註121〕筆者案：本器又名〈守宮盤〉，為盤類水器，舊錄大多誤認為尊，是以稱為〈守宮尊〉，現今著錄均已改稱〈守宮盤〉。

〔註122〕筆者案，此器當為卣，非為食器𣪘之一類。

〔註123〕楊樹達，《積微居金文說》，頁211。

〔註124〕以上諸家見《甲骨文字詁林》引文。于省吾編，《甲骨文字詁林》，頁352。

〔註125〕以上諸家見解見，《金文詁林》引文。周法高編，《金文詁林》，頁1579。

〔註126〕〔漢〕許慎，《說文解字》，頁490。

女作「姿」者，如〈宰甫毁〉「光」字作「🔆」形。《說文》「光」字下訓「从火在儿上」，「儿」即爲古文奇字人，古時從人與從女之字因形近常有互通之情形，如「好」之異體作「仔」；「奴」之異體作「伇」；「娹」之異體作「侑」，此皆爲古時從人與從女之偏旁互通之證，是知楊氏釋字不誤，〈宰甫毁〉從女作「姿」亦是「光」字，應是出於一字之異構。

「光」之本義爲「明」，《說文》曰：「光，明也。从火在儿上，光明意也。」此義在金文與文獻中至爲常見，如〈毛公鼎〉：「亡不覲于文、武耿光」（《集成》2841）、〈禹鼎〉：「敢對揚武公不顯耿光。」（《集成》2834）此皆以「光」爲光明之義，與《書・立政》所言之「以覲文王之耿光」〔註127〕文義相同，皆謂先祖之德光明之義；復引申爲「光耀」、「榮耀」之義，如〈麥方彝〉：「辟井侯光辥正吏」〔註128〕、〈虢季子白盤〉：「孔顯有光」（《集成》10173）、《詩・小雅・南山有臺》：「邦家之光」〔註129〕；又有「顯揚」、「發揚」之義，如〈矢令方彝〉：「用光父丁」（《集成》9901）、〈召卣〉：「召萬年永光。」（《集成》5416）然以上諸義於〈守宮盤〉銘文均無法通讀，此器「周師光守宮事」之「光」當從楊說讀爲「貺」，「貺」古音在曉母陽部，「光」古音在見母陽部，聲近韻同可通。《爾雅・釋詁》言：「貺，賜也。」〔註130〕是知「貺」於文獻之中有「賜予」之義，銅器中亦可見此種用例，如〈中方鼎〉：「王令大史貺鷊土」《集成》2785）即以「貺」爲「賜」義。以「光」假爲「貺」，除此器外，於他器亦可見其用例，如〈叔夷鐘〉：「夷用又敢再拜頴首膺受君公之易光」（《集成》275）、〈宰甫卣〉：「王光宰甫貝五朋」（《集成》5395）、〈𠂤乍父辛尊〉：「子光賞子啓貝，用乍文父辛尊彝」（《集成》5965），是皆假「光」爲「貺」，用作「賜予」之義，是知楊氏所言不誤，以「光」之本義無法通讀，當以通叚釋以「貺」作「賜」解，方可通讀文義。惟「貺」雖有「賜」義，但於金文之用法似與「賜」有所不同；彭裕商於〈保卣新解〉一文即據金文「貺」字出現之銅器銘文考察，言「貺」雖有「賜」義，然非直接賜予，而均爲「轉

---

〔註127〕〔漢〕孔安國傳、〔唐〕孔穎達疏，《尚書正義》，頁478。

〔註128〕馬承源主編，《商周青銅器銘文選》（北京：文物出版社，1988年4月），頁38。

〔註129〕〔漢〕毛亨傳、〔漢〕鄭玄箋、〔唐〕孔穎達疏，《毛詩正義》，頁615。

〔註130〕〔晉〕郭璞注、〔宋〕邢昺疏，《爾雅注疏》，頁12。

賜」：

> 凡是用貺字的，都不是上對下的直接賜與，而是命人轉交賜物。如
> 上舉諸銘〔註131〕賜與者爲商王、周王、和王姜。而奉命轉交者則爲
> 卯其、師櫨酤、公尹伯丁父、南宮、太史、作冊折等人。這就可以
> 看出貺和賜的區別了。貺主要是指轉交賜物，而賜則是指上對下的
> 賜與。故貺雖可訓爲賜，但在金文中二者還是有明顯區別的。此爲
> 貺字在晚殷和西周時期的古義，以不見於後世典籍。〔註132〕

彭說確是，檢視其所引銅器銘文，如〈二祀邲其卣〉銘文作：「王令邲其貺麗殷
于牵田」（《集成》5412）、〈保卣〉作：「王令保及殷東國五侯，延貺六品」（《集
成》5415）、〈中方鼎〉作：「王令大史貺福土」（《集成》2785）、〈作冊夨令殷〉
作：「公尹伯丁負貺于戍」（《集成》4300）、及本文所論之〈守宮尊〉作：「王才
周，周師光守宮事。」（《集成》10168）可見諸器銘文中賞賜物品者確爲轉賜賞
物，知彭說確實不誤，「貺」於金文爲「轉賜」之義，而《毛傳》、《爾雅》均作：
「貺，賜也。」〔註133〕可見漢代已失「貺」之古義，而銅器所見古義仍存，此
又銅器銘文可補文獻之缺之一例也。此器楊氏以通叚釋之，於銘文解讀甚有貢
獻，彭氏之說又可補充楊說未盡之處，貢獻良多。

## 八、卷五〈虢季子白盤〉

盤銘曰：「折首五百，執訊五十，是以先行。」楊樹達考釋言：

> 先行應作何解釋，折首執訊何以必需先行，前人考釋者皆未之及，
> 余前此亦不解也。項以〈不娶殷〉授諸生，乃始恍悟。殷銘曰：「白
> 氏曰：『不娶！馭方玁狁廣伐西俞，王令我羞追于西，余來歸獻禽，
> 余命女御追于畧。』」蓋盤銘所謂先行者，即殷銘之「來歸獻禽」也。

〔註131〕 筆者案：彭氏所引爲〈二祀邲其卣〉（《集成》5412）、〈保卣〉（《集成》5415）、〈中
方鼎〉（《集成》2785）、〈作冊夨令殷〉（《集成》4300）、〈中觶〉（《集成》6514）
等器。

〔註132〕 彭裕商，〈保卣新解〉，《考古與文物》，1998年第4期，頁70。

〔註133〕《詩・彤弓》：「中心貺之」一句下，《毛傳》訓「貺」爲「賜也」。〔漢〕毛亨傳、
〔漢〕鄭玄箋、〔唐〕孔穎達疏，《毛詩正義》，頁626。《爾雅・釋詁》亦言：「貺，
賜也。」〔晉〕郭璞注、〔宋〕邢昺疏，《爾雅注疏》，頁12。

　　因子白有折首執訊之功，當歸來獻禽於王，故先行也。〔註134〕

案：金文之「先」之本義，歷來諸家均以《說文》所錄「前進也」一義爲訓，較無疑義〔註135〕。以「先」爲「前進」之義，引申而有「先後」之「先」義，如〈令鼎〉銘文有「先馬走」一詞（《集成》2803），郭沫若引《荀子・正論》：「先馬」楊倞《注》言「導馬」一詞爲訓；〈中觶〉銘文有「用先」一詞（《集成》6514），郭沫若言：「王隨後又賜中以馬匹，命超軼南宮而先之。」〔註136〕是皆以「先」爲「先後」之「先」。本器〈虢季子白盤〉銘文「是以先行」一句，其用法與前舉之「先馬走」、「用先」之義看似相同，故或有認爲「先行」即爲先導之義者，馬承源《商周青銅器銘文選》釋文便作如是解：

　　是以先行：是以成爲全軍的前驅。這是指虢季子白搏伐玁狁極爲勇

　　猛。〔註137〕

馬氏認爲「先行」即「先導」、「前驅」之義。此說固可與《詩・小雅・六月》：「以先啓行」〔註138〕、《周禮・夏官・太僕》：「自左馭而前驅」〔註139〕等傳世文獻之說法結合，但若就該器銘文前後對照，則又不可通讀。〈虢季子白盤〉銘文於此句「是以先行」之前敘述虢季子白「搏伐玁狁」、「折首五百，執訊五十」之作戰過程；其後又言「趩趩子白，獻馘于王」，即謂威武勇猛之子白向王奏報功勳。據此，以銘文前後文義觀之，若將「先行」解釋爲全軍之「前導」或「前驅」，則銘文前後文義便不相連貫，無法通讀。故楊氏言：「折首執訊何以必需先行」，甚感疑惑。是知本器「是以先行」之「先行」與《詩》之「以先啓行」、《周禮》之「前驅」等義仍有差異，似不可以「先導」之義爲訓，馬承源之說仍有可商，其說恐非。

---

〔註134〕楊樹達，《積微居金文說》，頁232。

〔註135〕筆者案：各家如：劉心源、孫詒讓、林義光、高田忠周、楊樹達等，均從《說文》以「先」之本義爲「前進」，詳見《金文詁林》「先」字下引文。周法高編，《金文詁林》，頁1435。

〔註136〕郭沫若，《兩周金文辭大系考釋》（北京：科學出版社，2002年《郭沫若全集》本），頁79、54～55。

〔註137〕馬承源主編，《商周青銅器銘文選》，頁309。

〔註138〕〔漢〕毛亨傳、〔漢〕鄭玄箋、〔唐〕孔穎達疏，《毛詩正義》，頁636。

〔註139〕〔漢〕鄭玄注、〔唐〕賈公彥疏，《周禮注疏》，頁829。

本器「先行」之義，當從楊說，即〈不嬰殷〉所謂「來歸獻禽」，爲向王奏報戰功之意，與〈敔殷〉之「告禽」、《詩・魯頌・泮水》之「在泮獻馘」〔註140〕、《左傳・莊公三十一年》之「齊侯來獻戎捷」〔註141〕相同，均爲奏報戰功，獻馘於王之動作，非所謂「前導」、「前驅」之義。

## 九、卷六〈大豐殷〉〔註142〕

銘文曰：「乙亥，王又大豐，王凡三方。王祀于天室，降。天亡又王，衣祀于王，丕顯考文王，事糦上帝。」楊樹達考釋曰：

> 《逸周書・度邑解》記武王之言曰：「王曰：『旦，予克致天之明命，定天保，依天室，志我其惡，貶從殷王紂，日夜勞來，定我于西土，我惟顯服吉德之方名。』」《史記・周本紀》文略同。按依天室，孔、晁及註《史記》諸家皆無訓說，今以此銘證之，知即此銘之「祀于天室，王衣祀于王丕顯考文王」也。彼文爲武王自述當時之事，而此銘與彼同，則此器作于武王時明矣。銘文作衣，《周書》、《史記》作依，通用字。衣、殷一聲之轉，衣祀即殷，孫仲容已言之矣。〔註143〕

案：金文「豊」、「豐」二字，舊多視爲一字〔註144〕，然二字形、音、義有別，爲不同二字，不可一概而論。徵之字形，「豊」甲骨文作「𧯜」，金文作「𧯜」等形；「豐」甲文作「𧯜」，金文作「𧯜」等形，「豊」、「豐」字下方均從「𧯜」，然上部構件有所差異；「豊」字上方或作「𢆉」形，或作「𢆉」形；「豐」字上方則從「𢆉」形，「豊」、「豐」字形有所區別，當爲二字。又「豐」古音在滂母東部，「豊」古音在來母脂部，聲韻遠隔，亦可爲二字有別之證。林澐曰：「豊豐二字雖均從壴，但豊本從珏，豐本從𢆉，在先秦古文字中已得到證實，

---

〔註140〕〔漢〕鄭玄箋、〔唐〕孔穎達疏，《毛詩正義》，頁1402。

〔註141〕〔明〕左丘明傳、〔晉〕杜預注、〔唐〕孔穎達正義，《春秋左傳正義》，頁296。

〔註142〕又名〈天亡殷〉、〈朕殷〉。

〔註143〕楊樹達，《積微居金文說》，頁252。

〔註144〕容庚、馬敍倫、李孝定等人均以「豊」、「豐」古爲一字，說見《古文字詁林》「豊」字條下引文。李圃主編，《古文字詁林》（上海：上海教育出版社，2004年10月），冊5，頁106～112。

而且，豐是會意字，豐是形聲字。不顧豐豐二字在形、音、義三方面的明顯區別，而把二字混爲一談，肯定是不對的。」〔註145〕其說可從。此器之字當爲「豐」，「豐」爲「禮」之初文，「大豐」即言「大禮」，爲乘舟行於辟雍之祭儀，如〈麥方尊〉：「在辟雍，王乘于舟爲大豐，王射大鴻，禽。」（《集成》6015）可爲「大豐」行於辟雍之證。「天室」爲古時天子祀天之所，此銘「王祀于天室，降。天亡又王，衣祀于王丕顯考文王，事糦上帝」乃言王於天室祀天之祭，天亡在王側助祭，並以「殷祭」祭祀文王、上帝。銘文既言「衣祀丕顯考文王」，且與〈周本紀〉記載相似，則當時行「大豐」祭祀文王之王當爲周武王，楊氏之說補足前人訓解不足之處，亦在傳世文獻中尋求佐證，使銘文訓解更加完備，貢獻卓著。

又此器銘文之「衣祀」，舊釋如孫詒讓、王國維、孫海波、饒宗頤、吳其昌等均釋爲「衣」〔註146〕，楊氏亦主此說，故釋此器「衣祀」爲「殷祀」，以「衣」爲「殷」之借字，言「衣、殷一聲之轉」。考「衣」古音在影母微部，「殷」古音在影母文部，二字聲母同紐，韻母對轉可通，具古音通叚之條件。「殷」，《說文》訓曰：「作樂之盛偁殷。《易》曰：『殷薦之上帝。』」段《注》言：「引申爲凡盛之偁，又引申之爲大也。」〔註147〕故舊釋以「衣」通叚爲「殷」，乃取其「盛」義，即《禮記·曾子問》所言：「君之喪服除，而後殷祭，禮也。」〔註148〕〈喪大記〉：「主人具殷奠之禮，俟于門外，見馬首，先入門右。」〔註149〕對彼此器銘文所言之「衣祀于王」，即言「盛祭文王」之義。

又學界尚有以「衣」釋爲「卒」者，持此論者如王襄、郭沫若、丁山、唐蘭、李孝定、裘錫圭、季旭昇等人〔註150〕，其主要論點乃以甲骨文有字形

---

〔註145〕林澐，〈豐豐辨〉，《古文字研究》第十二輯（北京：中華書局，2005年6月），頁184～185。

〔註146〕王國維、孫海波、饒宗頤說見《甲骨文字詁林》「衣」字下。于省吾編，《甲骨文字詁林》，頁1903～1910。吳其昌說見《金文詁林》。周法高編，《金文詁林》，頁1383。

〔註147〕〔漢〕許愼著、〔清〕段玉裁注，《說文解字》，頁392。

〔註148〕〔漢〕鄭玄注、〔唐〕孔穎達疏，《禮記正義》，頁598。

〔註149〕同上註，頁1276。

〔註150〕以上諸家說法見《甲骨文字詁林》「衣」下引文。于省吾主編，《甲骨文字詁林》，

作「[字形]」者，字從「衣」形，但中有線條筆畫，故主張與「衣」字有別，裘錫圭云：

> 「初」字從「衣」從「刀」會意，因爲在縫製衣服的過程裏，剪裁是初始的工序。「卒」字也從「衣」，其本義應與「初」相對。這就是說，士卒非它的本義，終卒才是它的本義。甲骨文在「衣」形上，加交叉線的「卒」，大概是通過交叉線來表示衣服已經縫製完畢的，交叉線象徵所縫的線。〔註151〕

依裘氏之言，可知裘氏對「衣」與「卒」二字之分別之依據；釋「衣」爲「卒」之諸家學者乃以甲骨文「[字形]」爲「衣」；而以「[字形]」形中有線條之「[字形]」字爲「卒」。裘氏以「卒」之本義爲「終卒」，李學勤從之，以爲〈大豐段〉銘文中「衣祀」之「衣」當釋爲「卒」，且屬上讀，釋爲「王卒祀」，其云：「『卒』字與『衣』形同，也爲卜辭金文常見。『卒祀』指終結對天的祀事。」〔註152〕李氏此將本器銘文「衣」字釋爲「卒」字，或可於銘文通讀無礙，然筆者以爲，以「衣」爲「卒」訓爲「終卒」之義，並非全無問題；首先，甲骨文中「衣」與「[字形]」是否可分爲「衣」、「卒」二字，便爲首要。姚孝遂於《甲骨文字詁林》「衣」字條按語言：「其作[字形][字形][字形]諸形者，舊釋卒，實亦衣字。……《丙》〔註153〕圖版三一、三二、三三、三四、三五爲同文，其三三版云：『貞王[字形]窀翌日』；其三五版云：『貞王[字形][字形]翌日。』此[字形][字形]同字之鐵證，張秉權即均隸定作衣。……要之，『衣』與『卒』乃後世所分化，卜辭猶未區分。」〔註154〕姚氏舉實際辭例證明，甲骨文中「[字形]」、「[字形]」爲同一字，甲骨文中未分作二字，此亦可由西周金文中未見「卒」字爲證，其說可信。再者，「衣」字古音在影母微部，「卒」音在精母物部，雖韻母對轉可通，但聲母一屬喉音，一屬齒頭音，若以「衣」通叚作「卒」，聲音條件尚有隔閡，且傳世文獻亦未見有「衣」、「卒」通作之例，其說仍有可商，不足爲信。且依此器銘文：「衣

---

頁 1903〜1910。

〔註151〕裘錫圭，〈釋殷墟卜辭中的「衣」和「𧘝」〉，《中原文物》，1990 第 3 期。

〔註152〕李學勤，〈天亡簋試釋及有關推測〉，《中國史研究》，2009 年第 4 期，頁 5。

〔註153〕筆者案：此指《小屯第二本・殷墟文字丙編》。

〔註154〕于省吾編，《甲骨文字詁林》，頁 1910。

衣祀于王，丕顯考文王，事糦上帝，文王德在上」，先云「衣祀于王」，後言「事糦上帝，文王德在上」，則此句所言即指殷祀文王，並以文王之德配天，即《詩・文王》所言：「文王在上，於昭于天」之義〔註155〕，由此觀之，文王之祭顯然仍未結束，若依以「衣」爲「卒」之說，便與銘文文義不協，無法通讀。是筆者以爲上舉諸家以「衣」爲「卒」之論點仍待確認，未足爲信。

此器銘文所記乃周武王祭祀文王一事，銘文言：「天亡又王，衣祀于王，丕顯考文王，事糦上帝」，「衣祀」仍當依王國維、楊樹達等以「衣」爲「殷」之通叚爲是。所謂「衣祀于王」即「殷祀于王」，祭於文王，並以文王配于上帝之謂〔註156〕。以此觀之，李學勤以「衣」字屬上讀，以「王卒祀」釋之，則於銘文文義不協，其說非是。此處當以舊釋叚「衣」爲「殷」，楊氏之說甚是。

## 十、卷六〈剌鼎〉

鼎銘曰：「唯五月，王在衣。辰在丁卯，王禘，用牡於大室禘邵昭王。剌卸。王易剌貝卅朋，天子萬年。剌對揚王休，用乍用作黃公尊鼎彝，其孫孫子子永寶用。」楊樹達曰：

> 按銘文云「剌卸」，御字劉體智如字書之，方濬益無釋，吳大澂誤釋爲邵，近人多釋爲御，是也。吳闓生云：「此器在穆王時，穆王好御，故〈剌〉及〈遹毁〉之皆以御得錫。」樹達按吳氏讀御爲御車之御，其說非也。余謂：御者，侍也。《禮記・月令》記孟春天子躬耕帝籍之禮云：「反，執爵于大寢，三公九卿諸侯大夫皆御，命曰勞酒。」《鄭注》云：「御，侍也。」又仲春之月云：「是月也，玄鳥至，至之日，以大牢祠於高禖，天子親往，后妃帥九嬪御。」《鄭注》云：「御謂從往侍祠。」按仲春記祠祀，故鄭特言從往侍祠，此銘文禘昭王而云剌御，正鄭君所謂侍祠也。……古文記僕御之事，其上文必有記人行動之辭。……此銘記王用牡禘祭昭王，

〔註155〕〔漢〕毛亨傳、〔漢〕鄭玄箋、〔唐〕孔穎達疏，《毛詩正義》，頁957。

〔註156〕筆者案：楊氏〈詩大雅文王篇釋〉嘗言：「文王陟降，在帝左右者，以其配上帝，故曰陟降在帝左右。」楊樹達，《積微居小學述林》，頁342。

〈遹𣪘〉記王饗酒，忽若記某人御車，則文爲顛倒失次，唐突無理矣。吳氏名治古文，乃不知此義，何邪？〔註157〕

案：甲骨文「御」作「🔣」、「🔣」，金文作「🔣」、「🔣」等形，其字從「🔣」從「🔣」，其字形構，前人多有論述，羅振玉釋「御」，謂：「殆象馬策，人馳策於道中，是御也。」〔註158〕羅氏之言，蓋將「御」、「馭」視爲一字；其後葉玉森釋此字言「馬策有節」〔註159〕、郭沫若言「🔣當是索形，殆馭馬之轡也」〔註160〕、吳其昌謂「『午』爲矢藁，象人執矢藁爲馬策之形，是馭夫也。」〔註161〕綜上所述，各家所論雖有小異，然無論言「午」旁爲「馬策」、「索形」或「矢藁」，大體均承羅氏之說而來，均以「御」、「馭」爲一字。然「御」字從「午」從「🔣」，無以見其所馭之物爲何，且傳世文獻亦多見「御」、「馭」二字有別之例，故聞宥以爲羅說非是，言：「『🔣』不象馬策，🔣與🔣體析離，亦無持意。」並言「御」、「馭」二字「截然兩文。」〔註162〕其說甚是。聞宥以羅氏混同「御」、「馭」二字爲非，乃謂「御」所從之「🔣」當爲聲符，「御」當訓「迓」，以「迎迓」爲本義，其云：「此午實爲聲，🔣象人跪而迎迓形，🔣，道也，迎迓於道是謂御。」〔註163〕李孝定《甲骨文字集釋》從其說，言：「御之本義當訓迓，其訓進、訓用者均由此誼所孳乳。」〔註164〕聞、李二氏均指羅氏等人將「御」、「馭」二字混同爲非，其說得之，然改「御」爲形聲，言「象人跪而迎迓」之說，則猶有未確。考「御」之初形作「🔣」、「🔣」、「🔣」等形，字形初不從「🔣」或「🔣」，無以見其「迎迓於道」之義，是知聞、李

---

〔註157〕楊樹達，《積微居金文說》，頁254〜255。

〔註158〕羅振玉，《增訂殷墟書契考釋》（臺中：文听閣圖書有限公司，2009年10月，《民國時期語言文字學叢書》本），冊1，頁187。

〔註159〕葉玉森，《殷墟書契前編集釋》（臺中：文听閣圖書有限公司，2009年10月，《民國時期語言文字學叢書》本），冊2，頁48。

〔註160〕郭沫若，《甲骨文字研究·釋干支》（北京：中華書局1976年5月），頁205。

〔註161〕吳其昌，《殷墟書契解詁》（臺中：文听閣圖書有限公司，2009年10月，《民國時期語言文字學叢書》本），冊10，頁72。

〔註162〕聞宥說見《甲骨文字詁林》「御」字條下引文。于省吾主編，《甲骨文字詁林》，頁393〜394。

〔註163〕同上註。

〔註164〕李孝定，《甲骨文字集釋》，頁589。

二氏以「迓」訓「御」之說猶有可商，未足盡信。朱歧祥別立新說，據《尙書·金縢》所謂「植璧秉珪」一事，言「御」之字形爲：「从人跪拜於祭器璧琮之前，以示迎神和祭祀之貌。」〔註165〕朱氏之說以字形出發，並以傳世文獻爲證，詳述周代祭祀均有以玉獻祭之行爲，繼而以「御」字所從部件「𧮫」、「𠂤」爲「御」，實爲古人祭祀行爲之證，考證詳實，其說可從。則知「御」之本義應爲「事神」，後引申而有「侍奉」之義，如〈叔㝢父設〉：「牧師父弟叔㝢父御于君」（《集成》4068）、〈遹設〉：「王饗酒，遹御，㠯遺。」（《集成》4207）、〈虢叔旅鐘〉：「御于天子」、「御于垕辟。」（《集成》238、239）《禮記·曲禮》：「御食于君」、〈射義〉：「御于君所。」〔註166〕此皆以「御」作爲「侍奉」之義，與此器同。

　　至吳闓生以「御」作「御車」、「御馬」之義者，則當以「馭」爲本字。「馭」金文作「𩥉」，《說文》所收古文作「𩥉」，「弓」象以手持鞭策馬之形〔註167〕。「御」與「馭」本非爲一字，所以知其然者，於金文中凡言「侍御」、「侍奉」之義者，皆以「御」字爲之；凡言「駕車」、「駕馭」之義者，均以「馭」字爲之，如〈令鼎〉：「王馭，溓仲僕」（《集成》02803）、〈師㝩設〉：「僕馭百工」（《集成》04311）、〈禹鼎〉：「雩禹以武公徒馭至于噩。」（《集成》02833）此皆以「馭」爲「駕車」、「駕馭」之義，是知古時「御」與「馭」乃爲不同二字，不相混雜，《周禮》中「侍御」用「御」，「駕馭」用「馭」，亦可證古時二字有別〔註168〕。後《說文》言：「御，使馬也。从彳卸。馭，古文御从又馬」〔註169〕，其字訓解，將「御」與「卸」分爲二字，因而致使後世「御」與「馭」字產生混淆。吳闓生所論即從《說文》而來，因而不查金文與銅器「御」、「馭」二字不同，使用均有分別，故考釋此器以「事神」之義之「御」爲「駕馭」之「馭」，其說失之，當以楊說爲正。

---

〔註165〕朱歧祥，〈「植璧秉珪」抑或是「秉璧植珪」——評估淸華簡用字，兼釋禦字本形〉，（漢字史研究與方法論前瞻國際學術研討會會議論文，2014年8月）

〔註166〕〔漢〕鄭玄注、〔唐〕孔穎達疏，《禮記正義》，頁65、1644。

〔註167〕〔漢〕許愼，《說文解字》，頁78。

〔註168〕說詳見李孝定《甲骨文字集釋》。李孝定，《甲骨文字集釋》，頁589。

〔註169〕同上註。

## 十一、卷七〈庲壺〉

銘文曰：「齊三軍圍□，冉子執鼓，庲大門之，執者諸，獻于靈公之所。公曰：『甬甬，商之以□嗣衣裘車馬。』」楊樹達曰：

> 庲大門之者，謂攻門也。按《左傳・僖公二十八年》云：「晉侯圍曹，門焉，多死。」《杜注》云：「攻曹城門。」又〈成公二年〉云：「齊侯伐我北鄙，圍龍，頃公之嬖人盧蒲就魁門焉。」《杜注》云：「攻龍門也。」又〈襄公十年〉記晉爲偪陽之事云：「偪陽人啓門，諸侯之士門焉。」《杜注》云：「見門開，故攻之。」按圍人之邑，必攻其城門，城門曰門，攻城門亦曰門，古人文法名動往往相因也。銘文首云：「齊三軍圍□」，繼云「庲大門之」與上舉《左傳》諸事正相類也。銘文曰「門之」，《左傳》曰「門焉」者，此器作於春秋齊靈公時，《左傳》成書較晚，故文法殊異也。
>
> 〔註170〕

案：楊說是也。「門」金文作「𨳿」，象左右二戶之形，金文一般多用本義，指建築物之出入口而言。然此器銘文「庲大門之」之「門」，若以「門」之本義訓解，便與下文「執者諸，獻于靈公之所」文義不符，無法通解。是知此處之「門」當作動詞，指攻門而言，義同於《左傳・莊公十八年》：「巴人叛楚而伐那處，取之，遂門於楚。」〔註171〕《公羊傳・宣公六年》：「勇士入其大門，則無人門焉。」〔註172〕之「門」，與楊氏所舉文獻句法均同，故知楊氏考釋無誤，本器之「門」當爲動詞，指齊軍圍攻某邑，並大攻敵軍城門。

又此壺銘文後有「庲伐寅其王馭□方□艅相乘馬」一句，據《史記・十二諸侯年表》所載，〈齊靈公十二年〉云：「伐吳。」〔註173〕以此爲據，考察與齊靈公同時，且稱王之方國僅吳、越、楚、徐四國，據此可知此器所記當爲齊靈公伐吳一事，然銘文於此邑之名殘缺甚爲嚴重，所攻者爲吳國何邑則無從考證，甚爲可惜。

---

〔註170〕楊樹達，《積微居金文說》，頁280～281。

〔註171〕〔明〕左丘明傳、〔晉〕杜預注、〔唐〕孔穎達正義，《春秋左傳正義》，頁260。

〔註172〕〔漢〕公羊壽傳、〔漢〕何休解詁、〔唐〕徐彥疏，《春秋公羊傳注疏》，頁332。

〔註173〕〔漢〕司馬遷撰，《史記三家注》，頁257。

## 十二、〈積微居金文餘說〉卷一〈己侯貉子餒〉

銘文曰：「己侯貉子分己姜寶，乍餒。」楊樹達言：

> 按古人於頒賜寶器之事多言分。《左傳・定公四年》云：「分魯公以大路、大旂、夏后氏之璜、封父之繁弱，分康叔以大路、少帛、綪茷、旃旌、大呂，分唐叔以大路、密須之鼓、闕鞏、姑洗。」《國語・魯語》云：「古者分同姓以珍玉，展親也。」此皆用分為動字者也。……《左傳・昭公十二年》記楚靈王語云：「昔我先王熊繹與呂伋、王孫牟、燮父、禽父並事康王，四國皆有分，我獨無有。今吾使人於周求鼎以為分，王其與我乎？」又記僕析父之語云：「齊，王舅也，晉及魯、衛王母弟也。楚是以無分而彼皆有？」此皆用分為名字者也。蓋頒與曰分，因而所頒與之物亦曰分，古人名動往往相因也。《書・序》言：「武王既勝殷，邦諸侯，班宗彝，作分器。」〈邾公牼鐘〉：「至于萬年，分器是寺。」分得之器之云分器，此用分為狀字，古動狀二字亦相因也。銘文云：「分己寶姜」，分字作動字用，與定公四年《左傳》、《國語・魯語》用法相同，在彝銘中為僅見之例也。上引《左傳》諸文分字，陸德明《經典釋文》皆音扶問反，讀去聲。〔註174〕

案：「分」作動詞時，於金文有「分配」之義，如〈仉仉從鼎〉銘文所言：「分田邑。」（《集成》2818）此器銘文云「己侯貉子分己姜寶」之「分」為動詞，即「分配」之義，上位者「分配」與下位者，故有頒賜之義。而「分」作名詞時，讀如「奮」，泛指上位者所頒與之珍寶之器而言，如楊氏所引《左傳・昭公十二年》楚靈王言「四國皆有分」一句，杜《注》即言：「分，珍寶之器。」〔註175〕此即以「分」作名詞，故楊氏言「頒與曰分，因而所頒與之物亦曰分」，其說甚是。

惟《書・序》、〈邾公牼鐘〉所言之「分器」，楊氏訓為「分得之器」，則為非。所謂「分器」者，乃指君王、諸侯將邦國之寶器分與下屬與宗親為其顯揚

---

〔註174〕楊樹達，《積微居金文餘說》（上海：上海古籍出版社，2013年9月《積微居金文說》本），頁333。

〔註175〕〔明〕左丘明傳、〔晉〕杜預注、〔唐〕孔穎達正義，《春秋左傳正義》，頁1304。

之物，謂之「分器」。如《左傳·定公九年》曰：「得寶玉大弓。」杜《注》：「弓玉，國之分器，得之足以爲榮，失之足以爲辱。」〔註176〕既然「得之足以爲榮，失之足以爲辱」，則可知「分器」非指「分得之器」，乃指上位者所賜與、頒與之「珍寶之器」而言，楊氏所謂「分得之器」其說未確。〈邾公華鐘〉銘文另有「元器」一詞（《集成》2818），「元」，《易·乾卦·文言》曰：「元者善之長也。」〔註177〕則所謂「元器」者，即指美善之器，當與《左傳·莊公二十年》所言之「寶器」〔註178〕相同。筆者以爲「元器」、「寶器」當與〈邾公牼鐘〉之「分器」相同，俱指「珍寶之器」，而非楊氏所言「分得之器」。此器之「分」當依楊氏作動詞，作「分配」、「頒賜」之義，且「分」於金文中有名動相因之現象，然楊氏解「分器」一詞則有誤差，故特此言之。

## 十三、〈積微居金文餘說〉卷二〈烼姬彝〉

銘文曰：「烼姬乍寶尊⚭。」楊樹達言：

> 吳式芬《攈古錄金文》卷壹之叁載〈烼姬彝〉，銘文爲「烼姬乍寶尊⚭」六字。吳氏云：「⚭當即彝省。」按《說文》謂彝字从系，此字形與系古文⚭相似，故吳氏認爲彝字之省。然金文彝字屢見，無从系者，知吳氏說非也。余疑⚭者殷字之省也。〈大豐殷〉末句云：「每揚王休于尊⚭」，⚭字陳介祺《簠齋金石文考釋》釋爲殷文之省，是也。此殷字最簡略之形也。〔註179〕

案：此器「⚭」字即「皀」字之象形，爲「殷」之初文。除此器所見作「⚭」形以外，「殷」一般在金文中皆從「殳」作「𣪘」，或從食作「�」等形。「皀」作爲「簋」之初文，可由字形偏旁與「⚭」有關之「食」、「既」、「即」、「卿」等字之字形來看：如「食」甲骨文作「𩚫」，金文作「𩚫」，字形均從「亼」從「皀」，取象亼殷取食之義；而「既」甲骨文作「𣢼」、金文作「𣢼」等形，從「皀」從「旡」，以會人既食之義〔註180〕；「即」在甲骨、金文中分別作「𣢲」、

〔註176〕同上註，頁1578。
〔註177〕〔魏〕王弼注、〔唐〕孔穎達疏，《周易正義》，頁12。
〔註178〕〔明〕左丘明傳、〔晉〕杜預注、〔唐〕孔穎達正義，《春秋左傳正義》，頁263。
〔註179〕楊樹達，《積微居金文餘說》，頁390。
〔註180〕羅振玉，《增訂殷墟書契考釋》，頁157。

「⿰𠂤⺀」等形，其字皆從「皀」從「人」，以見其人之就食之義〔註181〕；而「卿」字甲骨文作「⿱⿰⿰人皀人」，金文作「⿰⿰人皀人」，字形從「皀」、從「⿰人人」，以會兩人相向對食之義〔註182〕。由「食」、「既」、「即」、「卿」諸字古文字字形觀之，其所從之偏旁「皀」，在古文字中多從「⿱𠂤口」、「⿱𠂤口」、「⿱𠂤口」等形，與本器「⿱𠂤口」之字形相類，則據此可知「皀」即爲「段」之象形，而爲「段」之初文，即楊氏所謂「此段字最簡略之形」，楊氏所說無誤，本器之「⿱𠂤口」字當釋爲「段」，吳式芬釋爲「彝」字，失之。

## 十四、〈積微居金文餘說〉卷二〈大鼎〉

銘文曰：「隹十又五年三月既霸丁亥，王在⿰⿱⿱宮，大以乑友守。王饗醴。王乎善夫馭召大以乑友入孜。」楊樹達曰：

> 此銘兩言「大以乑友」，友字通言朋友，而此則謂同僚或部屬也。「大以乑友守」，謂大率其部屬守衛也。「召大以乑友入孜」，謂召大率其部屬入爲捍衛也。……〈毛公鼎〉云「卿事寮大史寮」，與「大史友內史友」句例同。寮者同官之稱，《左傳·文公七年》所謂「同官爲寮」是也。後世字或做僚。寮謂同僚或僚屬，則友爲同僚或部屬明矣。〔註183〕

案：金文「友」或作「⿱手手」，《說文》云：「同志爲友。」〔註184〕《周禮·地官·大司徒》云：「聯朋友」〔註185〕之義，於金文中作「友」或「朋友」，或爲有血緣關係之同宗身屬或子弟，詳見下文論述。「友」，於〈大鼎〉之銘文則又有「部屬」、「臣寮」之義，孫詒讓《古籀拾遺》論云：

> 庚父鼎：「女率我爻吕事。」阮釋文云：「爻謂臣僚也。」《詩·既醉》鄭《箋》：「朋爻，謂群臣同志好者也。」《書·酒誥》云：「太史友，內史友。」是臣僚得稱朋也。此言嗣乃父官爻，言司乃父之僚屬也。周大鼎「大吕乃爻守。」又云：「王乎善夫馭招大吕乃爻入孜。」可

---

〔註181〕同上註。

〔註182〕同上註，頁81。

〔註183〕楊樹達，《積微居金文餘說》，頁434～435。

〔註184〕〔漢〕許慎，《說文解字》，頁117。

〔註185〕〔漢〕鄭玄注、〔唐〕賈公彥疏，《周禮注疏》，頁262。

與阮說互證。〔註186〕

孫詒讓引阮元之說甚是。〈卥父鼎〉與〈大鼎〉之「友」同，俱指同僚之義，即《左傳・文公七年》所謂「同官爲寮」之義〔註187〕。而同爲臣僚未必官職相同，故「友」亦可指「部屬」、「僚屬」而言，如《詩・大雅・板》所言「我雖異事，及爾同寮」〔註188〕即可爲證，是知此鼎所言「大以乎友守」之「友」，依銘文文義觀之，確有「部屬」、「僚屬」之義，可知楊氏訓解確是；然此器之「友」或雖具僚屬關係，其實際關係或較「同事」、「同僚」更爲親近。《左傳・襄公十四年》云：「天子有公，諸侯有卿，卿置側室，大夫有貳宗，士有朋友，庶人、工、商、皂、隸、牧、圉，皆有親昵，以相輔佐也。」杜《注》云：「側室，支子之官。貳宗，宗子之副貳者。」〔註189〕楊伯峻《春秋左傳注》於此句下言：「桓二年《傳》云『士有隸子弟』，似此『朋友』即指『隸子弟。』以桓二年《傳》『各有分親』及此下文『皆有親暱』推之，朋友一詞，非今朋友之義。或其同宗，或其同出師門。」〔註190〕楊伯峻所說甚是，以《左傳・襄公十四年》一句觀之，「朋友」與「公」、「卿」、「側室」、「貳宗」相對，顯然意義相當。又周代貴族之宗法制度乃以同宗爲基準，再行細分嫡庶與親疏關係而成，故楊伯峻於此處之推論甚有理據，則「朋友」一詞所指當爲有宗族關係之人。朱鳳瀚〈朋友考〉一文亦言：

> 西周青銅器銘文所見「朋友」、「友」是對親族成員的稱謂，其義不同於現代漢語詞彙中的朋友。其實即使在東周文獻中，「朋友」一詞有時仍用來指稱本家族的親屬。〔註191〕

朱氏以西周傳世銅器所載之祭祀、燕饗之內容歸納、分析銅器所見「朋友」一詞所指爲同宗族之人，其說考證詳盡，立論充分，當可信從。由朱氏所指檢視〈大鼎〉銘文所言之「大以乎友守」一句，依其文義雖指「友」爲

---

〔註186〕孫詒讓，《古籀拾遺》（香港：崇基書店，1968 年 7 月），頁 164。

〔註187〕〔明〕左丘明傳、〔晉〕杜預注、〔唐〕孔穎達正義，《春秋左傳正義》，頁 520。

〔註188〕〔漢〕毛亨傳、〔漢〕鄭玄箋、〔唐〕孔穎達疏，《毛詩正義》，頁 1146。

〔註189〕〔明〕左丘明傳、〔晉〕杜預注、〔唐〕孔穎達正義，《春秋左傳正義》，頁 927。

〔註190〕楊伯峻，《春秋左傳注》（北京：中華書局，2005 年 5 月），頁 1017。

〔註191〕朱鳳瀚，〈朋友考〉，《商周家族形態研究》（天津：天津古籍出版社，2004 年 7 月），頁 293～296。

「部屬」、「僚屬」之義，其或亦指以「大」為首之宗族而言，由此可知楊氏於銘文識讀不誤，則朱氏之論亦補充楊氏之說，使其完備。

又「攼」字從「攴」從「干」，當為「干」之孳乳字。以「干」之本義為盾〔註192〕，引申而有持盾禦敵、護衛之義，經典多作「扞」字為之。如：《左傳・文公六年》：「親帥扞之。」杜《注》曰：「扞，衛也。」〔註193〕此器銘文所言「大以氒友守」、「大以氒友入攼」二句所指，均謂大與其僚屬為王守衛，而其所率之僚屬，即「友」，則或為大之同宗之親屬或子弟。魯實先《周金疏證》則又補充：「以下文『召大以氒友入攼』證之，則大蓋居虎賁氏之職。」〔註194〕以大為天子守衛一事看來，魯氏之推論甚有根據，據《周禮・夏官》所記虎賁氏一職之執掌為：

> 虎賁氏掌先後王而趨於卒伍。軍旅、會同亦如之。舍則守王閑。王
> 在國，則守王宮。〔註195〕

「虎賁氏」掌王之守衛，可謂王之禁衛，下轄徒眾甚多，據魯氏所引證之〈夏官・敘官〉所記：「虎賁氏，下大夫二人，中士十有二人，府二人，史八人，胥八十人，虎士八百人。」〔註196〕以其人數眾多，故〈大鼎〉銘文云「大以氒友守」、「大以氒友入攼」之「友」，俱指大為王守衛所率其僚屬而言，而此僚屬為「友」，則當為大之同宗之子弟。是知楊氏所證不誤，楊伯峻、朱鳳瀚、魯實先之補充，更使楊氏之論證更臻完善。

本節通過對《積微居金文說》若干條例之疏證，可見楊氏據金文考制度、求文義，同時索理字形之源流，不僅能對前人考釋有所修正與增補，亦多有所新解，且所論金文內容詳實豐富，信而有據，其學力之深，用功之勤，令人敬佩。本節僅舉出部分精要之例證加以論述、證補，以標示楊樹達《積微居金文說》在金文研究上的價值與重要性，以供有志學人參考。然而，智者千慮，必有一失，楊氏《積微居金文說》考釋青銅器，仍存有許多值得深入討論與商榷

---

〔註192〕郭沫若，《金文叢考》（北京：科學出版社，2002 年 10 月《郭沫若全集》本），402。

〔註193〕〔明〕左丘明傳、〔晉〕杜預注、〔唐〕孔穎達正義，《春秋左傳正義》，頁 516。

〔註194〕魯實先講授、王永誠編輯，《周金疏證》（臺北：臺灣商務印書館，2011 年 4 月），頁 406。

〔註195〕〔漢〕鄭玄注、〔唐〕賈公彥疏，《周禮注疏》，頁 823～824。

〔註196〕同上註，頁 749。

之問題，對於此類問題，本文將在下節擇取楊氏考釋需再商榷之部分，做更進一步之討論。

## 第三節　楊樹達金文研究商榷

　　經由上節之討論，吾人可見楊樹達以自身豐厚之學養，將其對金文研究之成果著成《積微居金文說》一書，不僅在傳統訓詁學之訓解方法上有所發揮，更能跳脫傳統考釋之限制，善用文獻比對、銘文上下文脈與句型上之歸納，將出土青銅器與傳世文獻融會貫通，使金文之考釋與解讀更加完備，對近代金文研究有極大的價值與貢獻。然而楊氏於《積微居金文說》中考釋之作並非全無問題，若干對青銅器之考釋或因時代限制，或因所見銅器不多，或因誤讀銘文文義等因素，造成楊氏對青銅之考釋仍存有許多有待商榷之處。出土銅器年代歷時漫長，加以古制艱澀難考，銅器銘文大多簡約等等因素，欲針對青銅器之文字、制度進行深入之研究，本就是一項艱難之挑戰，故楊氏對於青銅器之考釋存有部分考釋失誤之處，亦是在所難免。本節擬就楊樹達《積微居金文說》考釋青銅器有待商榷之例為討論範圍，依楊氏原書卷數為次，先舉銅器銘文於前，再述楊氏之說，最後以案語方式提出筆者對楊氏說法之商榷，期能為楊氏指瑕，修正《積微居金文說》考釋上之疵謬，以對出土青銅器有更充分、完整之瞭解，茲舉例如下：

## 一、卷一〈頌鼎〉

　　鼎名曰：「王曰：『頌，令女官𤔲成周，貯廿家，監𤔲新造，貯用宮御。』」楊樹達曰：

> 余謂貯當讀為紵。命女官𤔲成周紵廿家，監𤔲新造紵，用宮御者，王命頌掌治成周織紵之户廿家，監司新造紵之事，以備宮中之用也。《楚辭・涉江》云：「腥臊並御。」王《注》云：「御，用也。」《荀子・大略》云：「天子御廷，諸侯御荼，大夫服笏。」楊《注》云：「御服皆用器之名，尊者謂之御，卑者謂之服。」知御有用義也。《周禮・天官・典枲》云：「掌布緦縷紵芝麻草之物，以待時頒功而受賚。」《說文》糸部云：「紵，檾屬，細者為絟，粗者為紵。」蓋紵本麻檾之名，……或云麻，或云紵，其義一也。取紵

之爲布，亦名曰紵。……織紵者廿家但云紵廿家者，古人語簡，
名動不別也。新造紵者，新織紵布也。〔註197〕

案：〈頌鼎〉銘文「官嗣成周，貯廿家，監嗣新造，貯用宮御」一句之「貯」
該當何解？歷來論者眾多，未及一一引述，此處僅引述爲歷來學者討論較多
之說法，其餘各家之說，詳見《金文詁林》所錄〔註198〕。此器之「貯」，鼎
銘作「𧶠」，阮元釋「貯」，訓爲「積貯」；王國維從阮元釋「貯」〔註199〕，
假借爲「予」，以「賜」義爲訓，魯實先從之亦以「賜」義爲訓〔註200〕；郭
沫若訓「貯」爲「賦」、「租」，言「頌」乃爲王收賦之官；楊樹達亦從阮氏釋
「貯」，通叚爲「紵」，然於跋〈格伯敦〉時將「貯」通叚爲「賈」，言其爲「價
值之價」〔註201〕；李孝定從阮元說，以「貯」爲「積」義，並以時代相近之
〈兮甲盤〉銘文爲證；李學勤從楊氏通叚爲「賈」之說，認爲「貯」即「賈」
字〔註202〕。

　　頌鼎銘文「官嗣成周，貯廿家，監嗣新造，貯用宮御」一句，楊氏在此將
「貯」與上句連讀，將銘文文句變爲「監嗣新造貯，用宮御」，以「貯」爲「紵」
之假借，釋「御」爲用，故「監嗣新造貯，用宮御」即言王命頌監制新紵一事，
以爲宮中所用。「貯」與「紵」古音同屬定母魚部，同音可通。楊氏此說雖言
之鑿鑿，且頗有新意，但仔細推求，卻仍有不合理之處。「貯」與「紵」二字
同音，當無可議。然此器之器主爲「頌」，據郭沫若之考證，與稍早共和時期
之〈史頌鼎〉、〈史頌敦〉、〈史頌盤〉諸器器主應爲同一人〔註203〕，其說可信。
既稱「頌」爲「史頌」，則其官職當爲史官，周代史官之執掌甚多，除記事以

---

〔註197〕楊樹達，《積微居金文說》，頁34～35。

〔註198〕筆者案：後文引述各家之說，除個別加註以外，均參看《金文詁林》。周法高編，
《金文詁林》，頁1086～1087。

〔註199〕王國維，《觀堂別集‧頌壺跋》（臺北：大通書局有限公司，1975年7月《王國維
先生全集》本）冊4，頁1320。

〔註200〕魯實先講授、王永誠編輯，《周金疏證》，頁345。

〔註201〕楊樹達，《積微居金文說》，頁43。

〔註202〕李學勤，〈魯方彝與西周商賈〉，《史學月刊》1985第1期。

〔註203〕筆者案：郭沫若考〈史頌敦〉謂：「史頌即頌鼎之頌。」又考〈頌鼎〉時又云：「本
銘與史頌敦之日辰相差僅十八日。」據此以二器之「史頌」與「頌」爲同一人，
其說可從。郭沫若，《兩周金文辭大系圖錄考釋》，頁159、163。

外，尚掌王之冊命、賞賜、王命、代王巡狩等等。而〈史頌鼎〉諸器銘文言：
「王在宗周，令史頌省蘇，瀸友里君百姓率偶盩于成周，休有成事。」（《集成》
2787）此器又言「令女官嗣成周」、「監嗣新造」，可見「頌」不僅曾代王巡狩
蘇地，執行任務，同時還出入王命，前往成周「監嗣新造」，則頌之官職當爲
史官，應無可議。然若依楊氏之論，以「貯」爲「紵」，「頌」爲史官，往成
周「監嗣新造」乃監司造紵，似不甚合理，對此，魯氏便提出質疑：「古者百
工各有專司，《周禮・考工記》是其證，不應以官守成周之大吏，而有監治宔、
紵之事，則此說亦難通也。」〔註204〕魯氏之言確有其理，吾人以《周禮》一
書所記，可推知周代官職類別甚多，分工精細，官職各有執掌，不相襍廁；
若以楊氏之說，此器「頌」之職爲「監司造紵」，其職當即《周禮・天官》之
「典枲」，「典枲」之執掌爲：「掌布緦、縷、紵芝麻草之物，以待時頒工而受
齎。」〔註205〕筆者以爲，「頌」既爲史官一類，「典枲」則爲微末小吏，以周
代官職各有執掌，史官當無掌行婦功之官職事之理，此不僅與周代禮制不合，
亦無法於文獻資料獲得佐證，於銘文更無法通讀。是知此器銘文楊氏以「貯」
爲「紵」之假借之說實有悖於事理，所得之結論雖別具新意，但仍缺乏穩固
之佐證，故不足探信。

又楊氏嘗於〈格伯殷跋〉一文以「貯」讀爲「賈」，訓爲「價」，其言云：
「貯疑讀爲賈，即今價值之價。」〔註206〕然楊氏將「貯」改訓爲「價」，做爲
名詞，於〈格伯殷〉銘文雖可通讀，然〈頌鼎〉銘文「貯廿家」、「貯用宮御」
二句之「貯」顯爲動詞，若依楊氏之說，以「價」爲訓，則詞性不符，無法
通讀，則知楊氏隨文釋義，依銘文文義訓解之說，仍有未逮，其說可商。李
學勤則據楊氏以「貯」讀爲「賈」之說出發，以爲銅器銘文之「貯」皆當讀
爲「賈」字〔註207〕。李氏受楊氏所論啓發，進一步以「貯」即爲「賈」，從而
解決楊說受限於銘文詞性不同之限制，較受現今學界接受，然亦引起諸多討
論，大體而言「貯」與「賈」是否爲一字，即爲李說備受考驗之處；張世超
〈「貯」「賈」考辨〉一文即採李氏論點，然認爲「貯」與「賈」之分別是由

〔註204〕魯實先講授、王永誠編輯，《周金疏證》，頁347。
〔註205〕〔漢〕鄭玄注、〔唐〕賈公彥疏，《周禮注疏》，頁201。
〔註206〕楊樹達，《積微居金文說》，頁45。
〔註207〕李學勤，《青銅器與古代史》（臺北：聯經出版社，2005年5月），頁364。

於方言不同所產生，至秦國統一文字，方以秦系文字中的「賈」取代西周金文之「貯」。然而，張氏於文中同時亦論及：「戰國秦系文字以另造的『賈』代替從西周傳來的『貯』寫商賈、物價等義的詞，但同時又保留了『貯』表示積貯義。在秦系文字中，『貯』『賈』已是意義不同的二字。而且『賈』本是為了方音不同而造的字。所以，嚴格說起來，『貯』『賈』不能算是一個字。」〔註208〕

　　劉宗漢〈金文貯字研究中的三個問題〉便主張「貯」、「賈」二字不為一字，認為「貯」字引申而有「商賈」義，「貯」、「賈」二字僅於買賣為同義，不論於形、音、義各方面均無為一字之理〔註209〕。筆者以為劉氏之說可從，「宁」甲骨文作「𤖻」，羅振玉謂：「上下及兩旁有揩柱，中空可貯物」，「貯」甲骨文作「𤖻」，羅振玉言「象內貝於宁中形，或貝在宁下，與許書作貯貝在宁旁義同。」〔註210〕由羅氏之說可知「貯」本為儲物之容器，「貝」在其中，即象財物儲存於容器中貌，故又引申有「積貯」之義。「賈」不見於甲骨金文，簡帛文字作「𧵑」，小篆作「賈」，其字形上方構件與「宁」字中空之形象似有不同，是否可視為一字，仍有疑慮。且「賈」不見於甲骨、金文，用晚出簡帛文字規範早期文字之字形、字義，反推西周金文之「貯」即為春秋、秦篆之「賈」，此法亦有可商。又「貯」古音在定母魚部，「賈」在見母魚部，韻母雖同，但聲母一為舌頭音，一為牙音，發聲部位相隔甚遠，亦無法構成音同通叚之條件，故劉氏以為：「綜合形、音、義三方面的因素，我們以為『貯』與『賈』雖然同義，但不是一個字。」〔註211〕其說確是，筆者以為，李學勤以「貯」與「賈」為一字，雖廣為學界認同，然在未有充分出土材料及文獻證明之下，以晚期且系統不同之文字規範早期文字，是否恰當仍有待思量；不當以後世有此一字，便假定早期亦有此字，或某字為某義，方為正道。故筆者仍傾向認定「貯」、「賈」為不同二字，於李氏之說暫予保留。

---

〔註208〕張世超，〈「貯」「賈」考辨〉，《中國古文字研究‧第一輯》（長春：吉林大學出版社，1996年6月），頁74～81。

〔註209〕劉宗漢，〈金文貯字研究中的三個問題〉，《古文字研究》第十五輯（北京：中華書局，1986年6月），頁211～227。

〔註210〕羅振玉，《增訂殷墟書契考釋》，頁72。

〔註211〕劉宗漢，〈金文貯字研究中的三個問題〉，《古文字研究》，頁223。

又王國維言此器銘文「官𤔲成周，貯廿家」、「貯用宮御」之二「貯」字通叚爲「予」，以爲「賜予」之義訓之，其云：

> 按貯予古同部字，貯廿家猶云錫廿家也；貯用宮御，猶云錫用宮御也。〔註 212〕

考「貯」與「予」古音同屬定母魚部，二者同音可通。以王氏之言，銘文「貯廿家」當爲「予廿家」，賜與廿家臣僕之義，魯實先亦從王氏之說，言：「周代多有賜臣僕之事，凡賜臣僕，多以『家』爲計。」〔註 213〕實際檢視傳世銅器所載，金文賜予臣僕之銘文，均以「家」爲單位計算，如〈乍冊夨令毀〉：「姜賞令貝十朋，臣十家，鬲百人」（《集成》4300）、〈易旁毀〉：「趞叔休于小臣貝三朋，臣三家」（《集成》4042）、〈不嬰毀〉：「賜女弓一矢束，臣五家」（《集成》4328）、〈令鼎〉：「余其舍女臣十家」（《集成》2803）、〈耳尊〉：「侯休于耳，賜臣十家」（《集成》6007）、〈麥方尊〉：「夕侯賜諸𧊒臣二百家」（《集成》6015）等等，是知王氏、魯氏所言確有依據，以銅器上舉銅器銘文文例觀之，至此則王氏、魯氏釋此器所言「貯廿家」、「貯用宮御」者，似當通叚爲「予」，以「賜」爲訓，其義也較楊樹達、李學勤之說爲長，且於銘文通讀無礙，看似可信，然李孝定云：

> 金文貯字或爲人名，王國維氏以「予」訓「貯」，解爲動詞，說亦可通，惟〈頌壺〉銘：「命女官司成周貯廿家」，〈兮甲盤〉銘：「王令甲征治成周四方責（積），至於南淮夷」。一言成周貯，一言成周四方積，語法相同，則貯、積當同義，似以解爲名詞，訓爲貯積，於義爲長。〔註 214〕

李氏此說先以「」字爲例，言其爲「置貝宁中」，證「貯」爲儲物之器，繼而援引同時器銅器〈兮甲盤〉銘文「成周四方積」一句，以語法角度類比二器之文，言「貯」仍當以「貯積」爲訓，「貯積」有積累之義，又可引申而有財物之義，所謂「征成周四方積」，即言「往成周掌管成周一帶之財務」，正與〈頌鼎〉銘文「官司成周貯廿家」句法相當，是知李說不誤，其說不僅

---

〔註 212〕王國維，《觀堂別集・頌壺跋》，頁 1320。

〔註 213〕魯實先講授、王永誠編輯，《周金疏證》，頁 339。

〔註 214〕李孝定，《金文詁林讀後記》，頁 251。

於銘文文義通讀無礙，且例證亦較楊樹達、王國維、魯實先等說爲佳，當從此說。本器銘文兩處「貯」字，皆當從李孝定說，作「貯」字讀，依其「貯積」之義爲訓，非楊氏所謂「名動不別」之「紵」字，楊說非是。

## 二、卷一〈王孫遺諸鐘〉 〔註215〕

鐘銘曰：「余圅龑矯屖，歔婯趡趡。肅恣聖武，惠于政德，淑于威義，誨猷不飾。闌闌龢鐘，用匽台喜，用樂嘉賓父兄，及我朋友。余㤱訌心，延永余德，龢泆民人，余敷旬于國。龛龛趣趣，萬年無期，葉萬孫子，永保鼓之。」楊樹達言：

> 此文銘辭字體與〈沇兒鐘〉同，彼爲徐器，明見於銘文，知此鐘亦
>
> 徐器也。 〔註216〕

案：以〈王孫遺者鐘〉爲徐器者，楊氏之前已有此說，鄒安《周金文存》言此鐘：「文與〈沇兒鐘〉如出一手，疑邿制也。」〔註217〕吳闓生《吉金文錄》曰：「㿝與猷同。吳云即荊舒之舒，舒又與徐通。……時荊舒皆僭稱王，此王孫亦徐之王孫，故云「弘恭㿝辟」也。文與諸徐鐘相似，非周之王孫。」〔註218〕楊氏承鄒、吳二氏之說，更進一步指出此鐘文辭字體與徐國之〈沇兒鐘〉相同，

---

〔註215〕又名〈王孫鐘〉、〈王孫遺者鐘〉，今日學界統一稱爲《王孫遺者鐘》，本爲除徵引楊氏原文作《王孫遺諸鐘》外，一律稱作《王孫遺者鐘》。林清源言：「此鐘與〈王孫誥鐘〉比較，無論是器形、紋飾，或者銘文書體、辭例，都非常相似，年代應該接近。『王孫遺者』是誰？孫啟康、劉翔都主張是楚公子追舒，他曾在楚康王時出任令尹。」林清源，《楚國文字形構演變研究》（臺中：私立東海大學中國文學系博士論文，1996 年），頁 269。筆者案：〈王孫遺者鐘〉爲楚器，於今日已爲學界公認：孫啟康，〈楚器王孫遺者鐘考辨〉一文亦多所舉證，指明此器爲楚器，孫啟康，〈楚器王孫遺者鐘考辨〉，《江漢考古》，1984 年第 4 期。由前人討論明顯可知楊氏對此器之認識爲非，本欲略過不談，然筆者此章乃以楊氏《積微居金文說》爲研究對象，即便楊氏此論於今日已不合時宜，仍予以保留、略爲討論，以見楊氏《積微居金文說》寫作時代研究資料不足所產生之侷限。

〔註216〕楊樹達，《積微居金文說》，頁 62。

〔註217〕鄒安，《周金文存》（香港：明石文化國際出版有限公司，2004 年 12 月《金文文獻集成》本），頁 46。

〔註218〕吳闓生，《吉金文錄》（香港：萬有圖書公司，1968 年 4 月），頁 133。

故將此鐘歸類爲徐國所做之器。然細觀〈王孫遺者鐘〉與〈沇兒鐘〉二器，文辭字體雖多有雷同，但在內容上卻有極大之差異；首先，在作器者自稱之方式，〈沇兒鐘〉銘文自謂：「郐王庚之淑子沇兒」（《集成》203），此種自稱方式在徐器中常見，如〈⿰攵戈桐盂〉：「郐王季糧之孫⿰攵戈桐」（《集成》10320）、〈庚兒鼎〉：「郐王之子庚兒」（《集成》2716）、〈徐王子旃鐘〉：「郐王子旃擇其吉金」（《集成》182）等等，凡此皆諸徐器器主自稱之例。然〈王孫遺者鐘〉銘文則言：「王孫遺者擇其吉金」，器主自稱「王孫」，其與徐器習見「某人之子、孫」之例顯然有別，難以爲判斷國別之依據，論者以其爲徐器，則仍有所疑，未可盡信。

再者，鄒安、吳闓生與楊氏均謂〈王孫遺者鐘〉與〈沇兒鐘〉字體文辭多相似，考此二器均出現「用匽台喜，用樂嘉賓父兄」、「鉈鉈趣趣」、「萬年無期」等語，故鄒、吳二氏與楊氏皆以〈王孫遺者鐘〉爲徐國之器。然徵之銅器，春秋時期鄰近地區各國所作之器辭語相似者至爲多見，如越國之〈姑馮勾鑃〉：「以樂賓客，及我父兄」（《集成》424）、許國〈子璋鐘〉：「用匽以喜，用樂父兄諸士，其眉壽無期」（《集成》113）、〈鄬子㸶師鎛〉：「用匽以喜，用樂嘉賓大夫及我倗友，鉈鉈趣趣，萬年無期」（《集成》153）、邾國〈邾公牼鐘〉：「台樂其身，以宴大夫，以喜諸士，至於萬年」（《集成》149）、〈邾公華鐘〉：「台樂大夫，台宴士庶子」（《集成》245）、〈邾公釛鐘〉：「用樂嘉賓，及我正卿。」（《集成》102）由上述辭多相似，且國別不同之器觀之，可見「用匽台喜，用樂嘉賓父兄」、「鉈鉈趣趣」、「萬年無期」諸辭並非徐器之專門用語，以〈王孫遺者鐘〉與〈沇兒鐘〉對比，僅可見該時期南方諸國交流頻繁，故於文化上有所交流、影響，無法查知〈王孫遺者鐘〉爲何國之器。

其三，在字體特色方面，〈王孫遺者鐘〉與〈沇兒鐘〉確有十分相似之情況，然〈王孫遺者鐘〉之字體特色除與徐器相近之外，與許多春秋時期他國所做之器在字體方面亦有許多相似之處，如〈楚嬴匜〉（《集成》10273）、〈楚王酓章鐘〉（《集成》84）、〈曾侯乙鐘〉（《集成》286）、〈蔡侯紐鐘〉（《集成》210）等等，凡此亦僅可證明春秋時期南方諸國於字形書寫彼此影響，形成字體相近之情形，倘以此作爲判斷國別之標準，仍不精確。綜合以上三點，知鄒安、吳闓生與楊氏判定〈王孫遺者鐘〉爲徐器之論點皆有瑕疵，〈王孫遺者鐘〉未必爲徐器，楊氏諸家之說有待商榷。

　　既〈王孫遺者鐘〉未必爲徐國所作，則其爲何國之器？今學界以一致公認〈王孫遺者鐘〉爲楚器，其理由有二：首先爲銅器出土地望之問題，方濬益《綴遺齋彝器考釋》引周懋琦《荊南萃古編》言：「器出荊州宜都，據《荊南萃古編》摹入。錢唐周子瑜觀察定爲楚王孫器。」〔註219〕此說信然，據方氏所言，知此器出土於湖北荊州宜都，春秋時期此地爲楚國勢力範圍，〈王孫遺者鐘〉既出土於此，則其爲楚器之機率甚高，且徐國地望與楚地相去甚遠，大大降低〈王孫遺者鐘〉爲徐器之可能性。或言徐器〈沇兒鐘〉亦出土於荊州〔註220〕，何以證明〈王孫遺者鐘〉不爲徐器？知者，春秋時期徐國國力已不如西周時強盛，且夾於齊、楚之間，頻受此二大國攻伐、侵略，徐國所作之器或因被當時大國所敗，銅器被視爲戰利品而掠奪，流入徐國以外地區，亦不無可能，如徐器〈沇兒鐘〉出土於荊州、〈徐王義楚盤〉出土於江西（《集成》10099）、〈庚兒鼎〉出土於山西（《集成》2716），均不爲古代徐國之地望，可看出徐器確實有外流之情況，此仍不足以證明〈王孫遺者鐘〉爲徐器。

　　再者，作器者自名方面，前已提及，徐器常見作器者自稱爲某人之子、孫之例，與〈王孫遺者鐘〉自名方式不同。〈王孫遺者鐘〉作器者自稱「王孫遺者」，形式與諸多楚器如〈王孫霝簋〉（《集成》4501）、〈楚王孫漁戈〉（《集成》11152）、〈王孫誥鐘〉〔註221〕、〈王孫誥戈〉〔註222〕、〈王子嬰次鐘〉（《集成》52）、〈王子嬰次盧〉（《集成》10386）、〈王子午鼎〉（《集成》2811）自稱「王子」、「王孫」等方式相同。此亦與傳世文獻中楚國貴族慣以「王子」與「王孫」自稱之情況相合〔註223〕，此又爲〈王孫遺者鐘〉爲楚器更進一步之證據。

　　綜上所述，可知〈王孫遺者鐘〉當爲楚器無疑，非楊氏等人所言之徐器。

---

〔註219〕〔清〕方濬益，《綴遺齋彝器考釋》（香港：明石文化國際出版有限公司，2004年12月《金文文獻集成》本），頁50。

〔註220〕〔清〕方濬益《綴遺齋彝器考釋》言：「器出荊州。」同上註，頁49。

〔註221〕鍾柏生、陳昭容等編，《新收殷周青銅器銘文暨器影彙編》（臺北：藝文印書館，2006年4月），器號418，頁293。

〔註222〕同上註，器號465，頁335。

〔註223〕筆者按：《左傳・定公四年》有「王孫由于」、〈哀公十六年〉有」「王孫燕」；《國語・楚語》中亦有「王孫啓」、「王孫圉」等人。

鄒安、吳闓生與楊氏等人因受限於時代與銅器、文獻資料不足等因素，因而未能就〈王孫遺者鐘〉之諸多細節加以考證，故做出錯誤判斷，將其定爲徐器，此爲考據青銅器時難以避免之盲點，故今將其提出討論，以正〈王孫遺者鐘〉之國別。

## 三、卷二〈不嬰段〉

段銘曰：「戎大同， 追女」；「易女弓一、矢束、臣五家、田十田、用  乃事。」楊樹達曰：

> 迷即永字，〈憲鼎〉云：「子子孫孫迷寶。」〈麥尊〉云：「迷命。」皆以迷爲永，是其證也。惟永字在此文殊無義理，余以聲義求之，永蓋假爲用；用，以也。「戎大同永追女」，謂戎大合以追女也。下文又云：「易女弓一、矢束、臣五加、田十田、用迷乃事。」此迷字亦當讀爲用。知者，〈頌鼎〉云：「錫女玄衣、黹純、赤市、朱黃、縊旂、攸勒，用事。」〈師虎段〉云：「錫女赤舄，用事。」〈利鼎〉云：「錫女赤環、縊旂，用事。」他器於錫物之下言用事者至夥，此銘之用迷乃事，即他器之用事也。不云用用乃事而云用迷乃事者，避複變文也。……尋永字古音在唐部，用字在鐘部，古文唐部字往往與鐘部字通用。……迷字吳式芬、劉心源及近日王靜安皆釋爲永，而不言其義，于思泊亦釋永，而訓用永乃事之永爲長，則爲誤說。
>
> 徐同柏、吳闓生並釋爲從，則皆以不得永字之讀而誤釋也。〔註224〕

案：〈不嬰段〉銘文作「 追女」、「用  乃事」二句之「」，楊氏將之楷定爲從辵永聲之字，作「迷」，通段爲用，言：「永字在此文殊無義理，余以聲義求之，永蓋假爲用；用，以也。『戎大同永追女』，謂戎大合以追女也。」又下段銘文云：「用  乃事」者，楊氏亦以其爲「迷」通段爲「用」，言：「用迷乃事。此迷字亦當讀爲用。」並舉本器「用永乃事」之「永」仍當作如字讀，「用永」即「永用」之反，即金文時見之「用事」，故言「用永乃事」即「永久用爲汝之事」之義。案二句之「迷」，楊樹達均讀如「用」，以「永」爲「用」之通段，然此字楊氏楷定爲「迷」，乃是出於對字形之誤判，楷定字形不可從，

〔註224〕楊樹達，《積微居金文說》，頁87。

而楊氏釋義亦有可商。

考〈不嬰設〉共分器、蓋二件，即《殷周金文集成》所錄 4328、4329 二件，楊氏楷定爲「逃」之字，於器銘作「⿰」、「⿰」二形，而同字於蓋銘字形稍變，作「⿰」、「⿰」二形，今實際由《集成》二件銅器拓片所載字形，於金文「永」字作「⿰」、「⿰」等形相近而略有不同，且〈不嬰設〉銘文末段有「永純靈終」一句，其「永」字作「⿰」形，與上舉從「止」之字形不同，似有差距，將此字釋爲「永」字仍有未妥。細審比對器、蓋二器拓片所載字形，則〈不嬰設〉銘文「⿰追女」、「用⿰乃事」之「⿰」，當釋爲「從」，金文「從」字作「⿰」、「⿰」等形，字形與「永」相近易混，且〈不嬰設〉器、蓋二件字形略有不同，器銘拓片字形清晰可辨其字爲「從」，而蓋銘拓片所見字形與器銘則有不同，亦與「永」字相混，筆者疑楊氏所見銘文乃爲〈不嬰設〉蓋銘，或未見器銘，故而楊氏誤釋其字爲「逃」，讀爲「用」。吳闓生《吉金文錄》便言：「從舊釋永誤，永、從金文多相亂。」〔註 225〕吳說是，此銅器銘文之「⿰追女」與下文之「用⿰乃事」依其字形所示，皆當以「從」字爲釋。《說文》云：「從，隨行也。」〔註 226〕「從」之本義爲「隨行」，引申而有「逐」義，《詩·齊風·還》：「並驅從兩肩兮。」毛《傳》云：「從，逐也。」〔註 227〕正爲此義，是知本器銘文所謂「追女」者，乃謂不嬰爲敵所追，非楊氏所謂「用追女」之謂也。

又銘文云「用⿰乃事」一句，楊氏舉〈頌鼎〉、〈師虎設〉、〈利鼎〉爲例，言「用永」即「用事」者，亦非。此句之「⿰」亦爲「從」字，爲「遵循」之義，所謂「用從乃事」，乃期望不嬰繼續「遵行職務」之義，非楊氏所謂之「用事」。且楊氏所舉〈頌鼎〉、〈師虎設〉、〈利鼎〉諸器雖亦云賜物一事，且均於銘文賜物之後言及「用事」一語，然細審其賞賜物如「玄衣」、「黼純」、「赤市」、「朱黃」等皆爲服制之物，與〈不嬰設〉所記內容爲戰功，受賜之物「弓」、「矢束」、「臣」、「田」爲兵器不同，不可混爲一談無法相爲類比。本器「追女」、「用從乃事」二句之字，皆當作「從」字，《殷周金文集成》釋文

〔註225〕吳闓生，《吉金文錄》，頁 181。

〔註226〕〔漢〕許慎著、〔清〕段玉裁注，《說文解字注》，頁 575。

〔註227〕〔漢〕毛亨傳、〔漢〕鄭玄箋、〔唐〕孔穎達疏，《毛詩正義》，頁 331。

已更正爲「從」，甚是。楊樹達釋「迯」讀如「用」者，其或因字形判斷失準致誤，或因寫作此文時值抗戰時期，參考資料不豐所致，其說非是。

## 四、卷三〈眉鼎〉〔註228〕

鼎銘曰：「**兄**乎師眉薦王，爲周客，錫貝五朋，用爲寶器，鼎二、殷二，其用喜于乎帝考。』」楊樹達曰：

> 按吳氏釋此銘讀恖爲《詩・周頌・有客》之客，疑爲微子之器，是也。惟釋「兄乎師眉」四字爲「启乃師眾」，謂启爲微子之名，則非是。兄字作**兄**，確是兄字，非启字也。師下一字作**眉**，以龜甲文證之，是眉字也。尋眉字古與微通，《儀禮・少牢饋食禮》云：「眉壽萬年。」注云：「古文眉爲微。」《左氏傳・莊公二十八年》云：「築郿」，《公》、《穀》二傳作「築微。」然則此文眉字蓋爲微子。兄當讀爲貺，賜也。師眉者，《書・微子篇》云：「微子若曰：『父師少師。』」《鄭注》謂父師少師爲箕子、比干，微子與箕子、比干同列，豈亦任師之官職，與箕子、比干相同歟？要之銘文既云眉，又云爲周客，文雖不能全解，要爲微子之器，殆無疑也。〔註229〕

案：吳大澂《愙齋集古錄》與楊氏均將〈師眉鼎〉定爲宋微子所作之器。吳大澂之說乃出於字形之誤判，楊氏已駁其誤，故不贅述。而若以楊氏之說，雖「眉」與「微」二字古音明母疊韻，脂、微旁轉可通，文獻中亦有互通之例，然以作器者爲宋微子之說，於銘文仍無法通讀，且與周代禮制不合，似有可商之處；魯實先便對楊氏此說提出質疑，魯氏以爲微子爲殷商之後，受封爲爵爲公，不應有僅賜貝五朋之理，且周代用鼎制度十分嚴密，不同名位用鼎之數皆有定制，以合於禮，然此器銘文所記爲「鼎二，殷二」，明顯與微子爵位不符，故魯氏以爲此器之「眉」絕無爲宋微子之可能。〔註230〕魯氏推論確有其理，周代禮制嚴密，若此器器主爲宋微子，其爲公爵，受貝不應僅有「五朋」之理，此與禮制規範相去甚遠；且據《公羊傳・桓公二年》何休

---

〔註228〕又名〈師眉鼎〉。

〔註229〕楊樹達，《積微居金文說》，頁123。

〔註230〕魯實先講授、王永誠編輯，《周金疏證》，頁549～554。

《注》言：「禮，祭，天子九鼎，諸侯七，卿大夫五，元士三也」〔註231〕所言，可見周實用鼎制度亦有制式規範，若此器器主爲宋微子，賜鼎之數爲「鼎二、段二」，不僅與傳世文獻所記禮制不合，於事理邏輯亦難詮解，是知楊氏僅以「眉」、「微」二字具音韻關係，而定〈師眉鼎〉之器主爲宋微子，實與周代禮制有諸多不合之處，同時缺乏有力之證據，故其說不可信。

本器銘文所記「師眉」者，依周人記名慣例，師當爲其官名，「眉」蓋其私名。此人於本器銘文所記乃爲「周客」，其或爲從某諸侯朝或外邦晉見周天子之從屬，故亦得周王之賞賜，故作器以記其榮寵，以享孝于先人，楊氏以其爲微子之器，乃出於主觀臆測，說不可從。

又本器銘文首句「兄巫師眉」一句，舊多釋爲「兄」〔註2329〕，容庚《金文編》亦歸入「兄」字條下，言：「孳乳爲貺。」〔註233〕楊氏亦釋「兄」字，言：「兄字作兄，確是兄字」、「兄當讀爲貺，賜也。」「兄」字亦見甲文作「祝」，孫海波《甲骨文編》依字形從「示」與否，分別歸入「祝」及「兄」字條下〔註234〕；《甲骨文字詁林》則歸入「祝」字。然觀此字形，其字形下方人形之一撇處尚有二處線條，與甲骨、金文常見之「兄」或「祝」字均有不同，前人已有留意此字形之別，羅振玉言：「象手下拜形。」〔註235〕；商承祚則謂「祝」字爲：「或有省作祝。」亦以其爲「祝」字〔註236〕；姚孝遂則於《甲骨文字詁林》「祝」字下按語云：「作『祝』者，突出手掌形以區別於『兄』字，金文則以『兄』爲兄，已混。」〔註237〕是姚氏亦以其爲「祝」字。今人徐在國〈說聑及其相關諸字〉一文以簡帛文字爲據，言：「不管釋爲『祝』，還是釋爲『兄』，都有問題。是否有手掌形，應當是有區別的。甲骨文、銅器銘文中單獨的『兄長』之『兄』，形體都沒有手掌形。我們認爲凡是有手掌形

---

〔註231〕〔漢〕公羊壽傳、〔漢〕何休解詁、〔唐〕徐彥疏，《春秋公羊傳注疏》，頁74。

〔註2329〕　詳見《金文詁林》「兄」字下。周法高編，《金文詁林》，頁1428～1432。

〔註233〕容庚，《金文編》，頁615。

〔註234〕孫海波，《甲骨文編》，頁10、365。

〔註235〕羅振玉，《增訂殷墟書契考釋》，頁77。

〔註236〕商承祚，《殷墟文字類編》（臺中：文听閣圖書有限公司，2009年10月，《民國時期語言文字學叢書》本），冊7，頁10。

〔註237〕于省吾編，《甲骨文字詁林》，頁390。

者，不管是站立的還是跪坐的，都應釋爲『畁』，字形像人拱手行禮形。」徐氏並指此字當楷定「𠬝」作「畁」，讀爲「益」：「『益』亦訓『賜』。」〔註238〕徐氏之說乃由簡帛文字考察而來，將「𠬝」釋爲「畁」，讀爲「益」之說實不可通。知者「畁」古音在清母緝部，「益」在影母錫部，聲紐一爲喉音，一爲齒頭音，韻母遠隔，讀音不通，以此爲訓，實難以立論。筆者以爲，「𠬝」字究竟爲何義，今日雖無法確指，然其字形與一般「兄」字確有差異，似不應以「兄」字視之。楊氏及舊釋皆以其作「兄」，通作「貺」，或釋爲「祝」、「畁」皆不確，然其字究竟爲何，則或有待日後可見更多出土材料，方可定奪。此字既不爲「兄」，則楊氏將此句釋爲「貺人師眉」者，仍有可商，未可盡信。且銘文首句先言「貺」于師眉，再言「師眉薦王」，今日可見眾多金文文例之中，實爲特例，頗難索解，或需有待來日更多銅器之出土，方得驗證，然「𠬝」似不應釋「兄」通作「貺」，當無可疑。

## 五、卷五〈宗周鐘〉

鐘銘曰：「王肇遹眚文、武堇彊土，南或及子敢臽虐我土，王敦伐其至，戲伐氒都。及子迺遣閒來逆邵王，南夷、東夷俱見廿又六邦。」楊樹達曰：

> 邵王郭沫若釋爲昭王，其說甚碻。按昭王南征之事見於僖公四年《左傳》、《楚辭・天問》、《呂氏春秋・音初篇》及《竹書記年》諸書。《初學記》卷七漢水下引《竹書記年》二事，其一云：「周昭王十六年，伐楚荊，涉漢，遇大兕。」其二云：「周昭王十九年，天大曀，雉兔皆震，喪六師於漢。」據此言之，昭王於十六年及十九年兩次南征也。……鐘銘記王伐及子，戲伐氒都，及子遣間來逆，南夷、東夷廿六邦來見，功成之後，鑄器銘勳，此記十六年之事也。惟《紀年》記昭王十六年伐楚荊，楚荊是大名，今以銘文核之，實伐楚荊之及子也。然則及子爲何人乎？以音求之，及蓋經傳之濮也。《書・牧誓》曰：「庸、蜀、羌、髳、微、盧、彭、濮人。」……濮或稱百濮，《左傳・文公十六年》曰：「楚大饑，戎伐其西南……又伐其東南，……庸人率群蠻以叛楚，麇人率百濮聚於

〔註238〕徐在國，〈說畁及其相關諸字〉，《簡帛文獻網》2005 年 3 月。

選，將伐楚。」〔註239〕

案：〈宗周鐘〉所言「邵王」，郭沫若《金文叢考》言其即周康王之子昭王〔註240〕，楊氏從之，並舉《左傳》、《竹書紀年》等書昭王南征一事為證，言此器所言「邵王」為周昭王。然郭、楊二氏之說，卻無法滿足銘文文義之順讀，筆者以為，此器之「邵王」實與周昭王毫無關連，郭、楊二氏所主昭王之說，其說非是。

〈宗周鐘〉銘文所言「反子迺遣閒來逆邵王」一句，「遣」，即「縱」〔註241〕，即有派遣之義。「閒」於金文作「閒」，與篆文作「閒」同，本鐘作「閒」，亦「閒」也。「閒」即《史記·越世家》所謂云「請閒行言之」之「閒」，即今使者之謂也。銘文所謂「遣閒」者，即派遣使者之謂，當為反子不敵周師，而遣使者為中間調停之人。「逆」，乃迎之謂，《說文》言：「逆，迎也。」〔註242〕「邵」通「昭」，即，《爾雅·釋詁》所言：「顯、昭、覲、釗、觀，見也」〔註243〕之「見」。此鐘銘文所謂「逆邵王」者，乃謂反子不敵周師，遣使來迎覲周天子求和之義。唐蘭便云：「邵王若為名詞，則迎之何處，或迎之何為，否則其辭未足。今無一說明，知邵必動詞也。凡他器之稱王號者，皆於文中初見時稱之，此銘於上王已兩稱王，而於此始出王號，非制也。」〔註244〕唐說甚是，則此句銘文之「邵」當從《爾雅》之訓，釋作「昭」解，「逆邵王」即「迎見王」之義，郭、楊二氏以「邵」為周昭王之說實因誤讀文義而來，苟如其說，以「邵王」為「昭王」，則銘文下句之「南夷、東夷俱見廿又六邦」一句，無法與本句銜接，於文義上便無法通讀；且依〈宗周鐘〉全鐘銘文文例來看，此句前通篇銘文皆云「王」，此句獨言「昭王」，亦甚突兀，則由文例觀之，知郭氏、楊氏釋「昭王」實有未確。郭、楊二氏以銘文之「邵王」為周昭王，乃意欲與傳世文獻昭王南征之事與此鐘連結，然與銘文文義、文例均不相合，

---

〔註239〕楊樹達，《積微居金文說》，頁 213～214。

〔註240〕郭沫若，《金文叢考》，頁 642。

〔註241〕〔漢〕許慎，《說文解字》，頁 73。

〔註242〕同上註，頁 72。

〔註243〕〔晉〕郭璞注、〔宋〕邢昺疏，《爾雅注疏》，頁 36。

〔註244〕唐蘭，〈周王㝬鐘考〉，《唐蘭先生金文集》（北京：紫禁城出版社，1995 年 10 月），頁 37。

實不足為信。

又以楊氏以「反子」為「百濮」一說，楊樹達以「反」與「濮」音近，並舉《竹書紀年》與《左傳》之文例作為引證，然楊氏所舉《竹書紀年》周昭王南征一事，乃出於其認為〈宗周鐘〉為周昭王時代所鑄之器，欲與傳世文獻作連結相證。而前已明辨〈宗周鐘〉與昭王毫無關連，且「反」與「濮」古音僅聲母同為唇音而相近，其韻母一為職部，一為屋部，韻母遠隔，是否可就此單薄之語音關係即可判定銘文中之「反」國與文獻中之「濮」方有關，仍有相當的討論空間。對此，近人馬承源《商周青銅器銘文選》便採取較保留之說法：「反音近濮，反子可能就是濮君。」〔註245〕楊氏之說雖有理論依據且可與傳世文獻結合，然對〈宗周鐘〉成器的時代尚有誤解，又僅憑「反」與「濮」薄弱之語音關係判定兩者相同，仍是過於輕率，故筆者以為楊氏「反子」為「百濮」之說應暫持保留態度，僅備一說。又此器之「子」字，於銘文作「🔲」，與一般常見「子」之字形不同，故唐蘭釋為「孳」，以為反子之私名〔註246〕，可備一說。

## 六、卷六〈乍冊大鼎〉

鼎銘曰：「公束鑄武王、成王異鼎，隹四月既生霸己丑，公賞乍冊大白馬。大揚皇天尹大保室，用乍且丁尊彝。🔲冊」楊樹達曰：

> 束字自羅振玉《貞松堂集古遺文》以下及近日金文諸家皆釋為束字，於形固合矣，然於義殊不可通。或以公束連讀，認為人名，亦非是。下文云：「公賞乍冊大白馬」此公字與彼義同，不得以公字與下一字連讀也。余謂古人作字與後世經過統一者不同，故字形相近之字，往往彼此混淆無別而不以為意，余疑束乃來字也。〈宰甫𣪘〉云：「王來獸自豆麓」與此句例同。來字〈舀鼎〉作 **来**，中二橫畫略平，則如此器之束字矣。〔註247〕

案：將本器之「**来**」釋「來」非楊氏首創，阮元已先有此說，《積古齋鐘鼎彝

〔註245〕馬承源主編，《商周青銅器銘文選》，頁280。

〔註246〕唐蘭，〈周王𢆶鐘考〉，《唐蘭先生金文集》，36。

〔註247〕楊樹達，《積微居金文說》，頁256。

器款識》即以其爲「來」之或體〔註 248〕，楊樹達之說當由此而來。以本器之「朿」爲「來」字者，吳大澂、孫詒讓、高田忠周、于省吾、周法高諸家皆主此說〔註 249〕。陳夢家《西周銅器斷代》釋〈康侯殷〉時提出不同看法：

> 「王朿伐商邑」朿伐兩字是一動詞組，朿即刺，刺和伐同義。〈樂記〉《注》云：「一擊一刺曰伐」；《詩・皇矣》《箋》云：「伐謂擊刺之」；〈牧誓〉《傳》云：「伐謂擊刺。」由此可知「刺伐商邑」即攻擊商邑。〔註 250〕

案〈乍冊大鼎〉之「朿」與〈康侯殷〉「朿」字，兩短豎明顯與「來」字不同，其非爲「來」字至爲明顯。陳氏將其釋爲「朿」字，所言即是。考「朿」即《說文》所言「木芒」之「朿」，爲「刺」之初文〔註 251〕。陳氏釋「朿」爲「刺」，甚有其理，此器銘文「公朿鑄武王、成王異鼎」之「公朿」即「公刺」，郭沫若謂此字爲「朿」，言：「公朿即下『皇天尹大傒』，康王初年之大保仍是召公，知此公朿即召公君奭也。」〔註 252〕郭氏以「公朿」即「召公」爲人名，其說於銘文可通讀無礙，其說可從。是知〈乍冊大鼎〉之「朿」乃爲「刺」字，銘文所謂「公朿鑄武王、成王異鼎」者，即公刺大行鑄鼎之事。

又此器銘文所言「公朿鑄武王、成王異鼎」之「異」字，楊樹達謂其爲「戴」之初文〔註 253〕，于省吾釋爲「翼」〔註 254〕，陳夢家據《廣韻》、《玉篇》釋作「匴」，言「異鼎」即「大鼎」〔註 255〕，均未確。容庚《善齋彝器圖錄》言：「異孳乳爲禩，《說文》祀或从異，祀鼎即祭鼎。」〔註 256〕容說甚是，由

---

〔註 248〕〔清〕阮元，《積古齋鐘鼎彝器款識》，冊 10，頁 126。

〔註 249〕諸家之說見《金文詁林》「來」字條下所錄。周法高主編，《金文詁林》，頁 976～980。

〔註 250〕陳夢家，《西周銅器斷代》（北京：中華書局，2004 年 4 月），頁 11。

〔註 251〕〔漢〕許慎，《說文解字》，頁 321。

〔註 252〕郭沫若，《兩周金文辭大系圖錄考釋》，頁 84。

〔註 253〕楊樹達釋〈芇伯殷〉時曰：「甲文異字作人頭上戴物，兩手奉之初形，異蓋戴之初字，戴从𢦏者，加聲旁耳。」《積微居金文說》，頁 186。

〔註 254〕于省吾，《雙劍誃吉金文選》（北京：中華書局，2009 年 4 月），頁 184。

〔註 255〕陳夢家，《西周銅器斷代》，頁 167。

〔註 256〕容庚，《善齋彝器圖錄》（香港：明石文化國際出版有限公司，2004 年 12 月《金

此可知，〈乍冊大鼎〉銘文「公束鑄武王、成王異鼎」之「異」即「禩」字，即言公命乍冊大「鑄祭祀武王、成王之祭鼎」之謂。

由以上討論，可知〈乍冊大鼎〉之「𣏟」與〈康侯殷〉之「𣏟」併爲「束」字，銘文作爲「公刺」，乃用作人名。則此器之「𣏟」非《說文》言「周所受瑞麥來麰」之「來」者明矣，楊說非是，說不可從。又楊氏引〈宰甫殷〉「王來狩自豆麓」一句，言其與本器「公束鑄武王、成王異鼎」句例同，然「王來狩自豆麓」，義謂王自豆麓而來狩獵，與本器公刺鑄造祭祀武王、成王祭鼎之文義判然有別，句型亦毫無相似之處，未知楊氏言其同例，所據爲何？然二句文義句型相去甚遠，斷無同例之理，楊說非是。

## 七、卷七〈應公鼎〉

鼎銘曰：「應公乍寶尊彝，曰：𢔤以乃弟，用夙夕鬵㗊。」楊樹達謂：

> 按奄當爲應公之名。《玉篇》中鼎部云：「鬵，式羊切，煮也。」亦作鬵。又高部云：「㽜，式羊切，煮也。」亦作鬵，䰜，同上。按《說文》有㽜，無鬵、䰜二文。〈舀鼎〉云：「乍朕文考宆白鬵牛鼎」，鬵牛正謂煮牛矣。古文㗊字，今分爲亨、享、烹三文，銘文以鬵㗊連文，㗊當作烹字用，與他銘言㗊孝者異義，用夙夕鬵㗊，謂用以夙夕煮烹也。《詩·周頌·我將》云：「我將我㗊，維羊維牛。」將㗊即銘文之鬵㗊，《詩》文謂煮烹羊牛也。〔註257〕

案：本器之「𢔤」，從申從大，舊多釋爲「奄」，主要有以「奄」爲「覆」，或爲應公之名二說：吳式芬《攗古錄金文》訓爲「覆」〔註258〕，徐同柏《從古堂款識學》從之，並舉《儀禮·少牢饋食禮》「主人出迎鼎，除鼏」之說，言「覆」即爲「覆鼎」之「鼏」〔註259〕。然若從吳氏、徐氏之說，以「奄」爲「覆」，其義於銘文「奄以乃弟」一句卻無法通讀，且〈應公鼎〉通篇銘文並

---

文文獻集成》本），頁 478。

〔註257〕楊樹達，《積微居金文說》，頁 300。

〔註258〕〔清〕吳式芬，《攗古錄金文》（香港：明石文化國際出版有限公司，2004 年 12 月《金文文獻集成》本），頁 232。

〔註259〕〔清〕徐同柏，《從古堂款識學》（香港：明石文化國際出版有限公司，2004 年 12 月《金文文獻集成》本），冊 10，頁 357。

未提及「迎鼎」一事，吳氏、徐氏之說於文義不通，且缺乏明證，其說可商，未必可信。

以「奄」爲應公之名者，主要有吳闓生《吉金文錄》，吳氏曰：「，應公名。從申從大，疑即《說文》字。」〔註260〕楊樹達言「奄」爲應公之名，其說或由此而來，惜未說解，莫知其詳。然綜觀金文人名書寫慣例，凡爵位與私名連稱者，必以爵位冠於私名之上，如〈鄂侯馭方鼎〉之「鄂侯馭方」（《集成》2810）、〈己侯鐘〉之「己侯虎」（《集成》14）、〈楚公逆鐘〉之「楚公逆」（《集成》106）、〈虢叔旅鐘〉之「虢叔旅」（《集成》238）、〈邾公華鐘〉之「邾公華」（《集成》245）、〈邾公牼鐘〉之「邾公牼」（《集成》149）等等。若以「」爲應公之名，則其字應書於銘文第一句「應公」之下，作「應公乍寶尊彝」，而觀〈應公鼎〉銘文，「」字書於「曰」字之下，若以其爲應公之名，不僅與金文人名書寫慣例不符，於文義亦無法通讀。今楊氏以「」爲應公之名，且僅以「奄當爲應公之名」數語帶過，不僅於文義不協，且缺乏相關例證，深思熟慮者，當知此說猶有可商，未足爲信。

既本器之「」不當訓「覆鼎」之「鼏」，又不爲應公之名，則「」於銘文中當作何解？高田忠周云：「《說文》：『奄，覆也。大有餘也。從大從申，申展也。』……又爲凡大有義。……《詩·皇矣》：『奄有四方』，《傳》：『大也。』」〔註261〕高田氏所言甚是，，本器之「奄」當從如字讀，訓爲《詩·皇矣》：「奄有四方」之「奄」，取其「涵蓋」之義，則此器銘文所謂「奄以乃弟」一句，即言應公自乍寶器，其福「涵蓋其弟」之謂，非吳式芬、徐同柏以「覆鼎」所謂之「覆」，亦非吳闓生、楊樹達所謂「應公之名」。

又本器之「鬻」字，楊樹達引《玉篇》之說以「鬵」爲本字訓「煮」，「鬻」、「䰞」爲其異體。以《玉篇》所論，「鬻」爲從鼎將聲，然以甲骨、金文之字形考索，《玉篇》此說恐非。「鬻」於卜辭已見，其字作「」，金文作「」、「」等形，亦有從刀單作「」形者。由甲骨、金文之字形觀之，其字乃從鼎將聲，並非如《玉篇》所言「從鼎將聲」之字。「鬻」於甲骨文中爲祭名，王國維曰：

---

〔註260〕吳闓生，《吉金文錄》，頁108。
〔註261〕高田氏之說見《金文詁林》。周法高編，《金文詁林》，頁1591。

余按□字於金文或從匕肉，從爿從鼎；或從肉，從爿，從鼎；或但從匕肉，從爿。殷墟卜辭則或從匕肉，從鼎；或從匕、從鼎；或從爿，從鼎，當即《詩・小雅》「或肆或將」、〈周頌〉「我將我享」之將字。匕肉於鼎有進奉之義，故引申而爲進、爲奉，〈應公鼎〉云：「用夙夕□」，〈曆鼎〉云：「其用夙夕□亯」，皆以□亯並言，與〈周頌〉同。〔註262〕

王說是也，「□」即「將」之異體，以分肉祭祀爲義。《小屯南地甲骨2276版・釋文》亦言：「□，在卜辭中爲祭名。」〔註263〕「□」字從鼎將聲，以「□」爲初形，象於板上分肉之形，故其字又有從刀作「□」者，又因分肉祭祀之故，加手形作「將」，後又加「鼎」形，以象分肉祭祀之義。由此可知王氏所引〈小雅・楚茨〉：「或肆或將」、〈周頌・我將〉：「我將我享」之「將」與「□」爲一字之異體，於甲骨、金文均爲祭名。由「□」於甲骨、金文作爲獻祭之祭名，則「□」又引申而有「奉」義，此即《周禮・春官・小宗伯》所言「受其將幣之齎」之謂〔註264〕，〈應公鼎〉「用夙夕□亯」、〈曆方鼎〉「其用夙夕□亯」（《集成》12614）正與此同。「□」義爲「奉」，「亯」即「祭祀」之義，「□亯」即謂「奉祭」。

王氏此說之後，論者多以王說爲是。今人陳劍則於王說略有修正，其〈甲骨金文舊釋□之字及相關諸字新釋〉一文言：

> 「□」字中『鼎』是形聲字的意符，未必與「□」構成圖型式的表意字。「□」字中的「刀」、「肉」、「爿（俎）」應該同時考慮三者結合構成一整體的圖畫，就象以刀在俎上割肉之形。再結合其讀音考慮，可知「□」就是古書中表示「分割牲體」義的「解肆」之「肆」的本字。「□」字以「鼎」爲意符，而分割肆解牲體確實與烹煮盛放牲體的「鼎」有密切關係，「□」字的用法又與之相同，所以「□」

〔註262〕說見《甲骨文字詁林》「□」字下引文。于省吾主編，《甲骨文字詁林》，頁2731。

〔註263〕中國社會科學院考古研究所編，《小屯南地甲骨》（北京：中華書局，1983年10月），頁996。

〔註264〕《周禮・春官・小宗伯》：「大賓客，受其將幣之齎」鄭玄《注》曰：「謂所齎來貢獻之財物。」由此可知此句之「將」爲「奉」或「獻」之義。〔漢〕鄭玄注、〔唐〕賈公彥疏，《周禮注疏》，頁493。

應該就是「冽」的繁體。〔註265〕

陳氏之說乃由王國維之說略加修正，以「鼏」有進獻之義，並舉《周禮》、《詩經》等文獻為證，言此「鼏」當即為「肆」，即《周禮・春官・大祝》所謂「肆享」〔註266〕，此器銘文所見之「鼏享」，即傳世文獻之「肆享」，其說援引文獻與甲骨、金文互證，論證嚴密詳盡，修正、補充將王氏釋「鼏」為「進奉」之義，以「鼏」訓為「肆」，於字形、字義或文獻均能相合，其說可從。由此可知，〈應公鼎〉銘文所言：「用夙夕鼏言」一句乃應公期望「夙夕以此鼎肆享」之謂，非楊氏所謂「煮烹」之義。楊氏釋此器之「鼏」乃昧於文字聲訓，復欲結合後世字書，致其未對古文字形多加考索，導致結論誤差，甚為可惜。

## 八、〈積微居金文餘說〉卷二〈白孝盨〉

銘文曰：「白孝鼓鑄旅盨，其萬年，子子孫孫永寶用。」楊樹達曰：

> 余謂白孝乃制器者之名，「鼓鑄旅盨」四字當連讀。云「鼓鑄」者，為鼓橐以鑄器也。《淮南子・本經篇》云：「鼓橐吹埵以銷銅鐵。」高《注》云：「鼓，擊也。橐，冶鑪排橐也。」《左傳・昭公二十九年》云：「遂賦晉國一鼓鐵，以鑄刑鼎。」孔《疏》云：「冶石為鐵，用橐扇火勳橐謂之鼓〔註267〕，今時俗語猶然。」按《傳》云一鼓鐵，鼓字似以服虔量名之釋為長，而孔《疏》說鼓字之義，恰可說明此文鼓鑄之義矣。他器多只云鑄，而此器獨言鼓鑄，讀者遂忽焉不之覺察，皆以鼓字屬上白孝讀之，誤矣。〔註268〕

案：「鼓」於金文常見之義有三：其一為樂器之名，如〈大克鼎〉：「靁、簫、鼓鐘」（《集成》2836）、〈洹子孟姜壺〉：「鼓鐘一肆。」（《集成》9730）此皆以「鼓」為樂器之名；其二為「敲擊」之義，如〈沇兒鐘〉：「子孫永保鼓之」（《集成》203）、〈王孫遺者鐘〉：「葉萬孫子，永保鼓之」（《集成》203）；其三則為

---

〔註265〕陳劍，〈甲骨金文舊釋刣之字及相關諸字新釋〉，《復旦大學出土文獻與古文字研究中心》網站論文，http://www.gwz.fudan.edu.cn/SrcShow.asp?Src_ID=281。

〔註266〕〔漢〕鄭玄注、〔唐〕賈公彥疏，《周禮注疏》，頁670。

〔註267〕筆者案：楊氏引文此字作「勳」，然孔氏原文作「動」，當為楊氏誤引，以原文為是。〔明〕左丘明傳、〔晉〕杜預注、〔唐〕孔穎達正義，《春秋左傳正義》，頁1513。

〔註268〕楊樹達，《積微居金文餘說》，頁430。

人名，如本器之「白孝鼓」是也。王國維曰：

> 白古文以爲伯字，伯氏蓋周天子大臣，食邑畿內，而爵爲伯者。伯
> 爵之稱伯氏，猶侯爵之稱侯氏矣。〔註269〕

王說不誤，凡周代名字連言者，均以其封邑或爵位冠於字上，而字又冠於私名之上。如《史記・管蔡世家》記周文王諸子名曰管叔鮮、霍叔處、康叔封等人〔註270〕，管、霍、康皆爲其封邑，叔則爲其字，鮮、處、封爲其私名；《左傳》之共叔段、祭仲足、孫叔敖〔註271〕者亦同，共、祭、孫爲其采邑，叔、仲爲其字，段、足、敖爲其私名，此皆周人名字連稱之慣例。吾人既明周人名字連稱之例，則當知本器「白孝鼓」者，白爲其爵位，孝爲其字，鼓則爲其私名，銘文所言「白孝鼓鑄旅盨」，乃「白孝鼓其人鑄旅盨」之謂，非楊樹達所謂《淮南子》「鼓橐吹埵以銷銅鐵」之「鼓鑄」者也。又楊氏嘗謂：「古人於名字並舉，必先字而後名」〔註272〕，顯見其非不明周人名字連稱之慣例，今將「鑄」上「鼓」字爲器主私名，而言「他器多只云鑄，而此器獨言鼓鑄」以其爲金文之特例，顯然僅爲牽合文獻而發，捨周人名字連稱慣例不顧，亦於事實不符，有以今律古之憾。楊氏此例以後世文獻「鼓橐」之義強加於年代甚早之金文銘文之上，企圖牽合文獻，雖言之鑿鑿，看似成理，實則爲望文生義，刻意曲解銘文以皮傅文獻，其說實難成立，說不可從。

經由上節對楊氏《積微居金文說》考釋金文之討論與商榷，可看出楊氏十分擅長文字聲訓、傳世文獻比對、銘文上下文脈與句型上之歸納考釋金文。然而，楊氏考釋金文失誤之處也往往在此。經由本節之討論，可看出楊氏有時過於強調文字聲訓之推求，以致對字形演變有所忽略或判斷失誤；有時對於傳世文獻或金文相關文例、句型深信不疑，卻忽略銘文文義之推求，以致望文生義，結論過於輕率；又或因時代限制，所見青銅器不多，對於古制不甚瞭解等等問題，而導致楊氏《積微居金文說》對青銅器之考釋、判斷有所

---

〔註269〕王國維，〈不嬰簋蓋銘考辨〉，《觀堂古今文考釋》，頁4926。

〔註270〕〔漢〕司馬遷撰，《史記三家注》，頁616。

〔註271〕共叔段見《左傳・隱公元年》；祭仲足見《左傳・桓公五年》；孫叔敖見《左傳・宣公十二年》。〔明〕左丘明傳、〔晉〕杜預注、〔唐〕孔穎達正義，《春秋左傳正義》，頁50、165、636。

〔註272〕楊樹達，《耐林廎甲文說》，（上海：上海古籍出版社，2013年9月），頁7。

誤差。然以楊氏學養之深，見聞之廣，欲將《積微居金文說》所錄器皿一一考釋，絕非數年可以竣事。故本節礙於篇幅與學識所限，僅針對楊氏若干考釋失誤之條例加以討論、商榷，以爲發軔，徵文於有志同好，共所資取。

## 第四節　楊樹達金文研究之侷限與不足

經由前兩節之論述，吾人可見楊樹達於金文研究之成果與努力，不僅於傳統訓詁訓解方法上有所發揮，亦時能跳脫傳統考釋限制，善用文獻比對、銘文上下文脈與句型上之歸納，將出土青銅器與傳世文獻融會貫通，使金文之考釋與解讀更加完備，用功之深，觀察細微，於近代金文研究有極大價值與貢獻。然而，金文距今已數千年之遠，上古文獻留存不易，周人古制一時難以考證，雖金文銘文不若甲骨文辭例簡約，但欲對金文字形、周人制度進行深入研究，非輕易可以達成。故即便楊氏於金文研究多方考證、觀察細微，亦難避免於考釋訓解上有所失誤，未能盡是。大體而言，楊氏金文考釋偏失之處，或出於時代侷限，因所見銅器不多，對銅器認識尚不深入；或於聲訓、義訓之法過於執著，以致忽視文字形構而判斷失誤；或於傳世文獻過於輕信，以後出文獻比附金文，而有望文生義，結論過於輕率之失，本節承接上節楊氏金文研究考異一端而來，擬於楊氏考釋金文研究失誤實例討論之後，將其歸納，以見楊氏金文研究之缺失與不足，分述如下：

### 一、受限時代，於銅器認識尚不全面

出土金文爲古代原始史料，具有拓展古史資料、補足傳世文獻不足之助益，極具史料價值，然金文文字辨識不易，文辭亦大多艱深，從事金文研究，實非易事。楊氏研究金文雖已至民國，然民國早期金石著錄印刷、傳播不廣，加以楊氏金文研究之時戰亂頻仍，避居湖南，參考資料不豐，又或受限於時，故對銅器之認識尚不全面，若干如地望、斷代、釋讀等細節問題未及留意，從而影響其對銅器之判讀，如卷一所舉之〈王孫遺者鐘〉，楊氏據其銘文詞彙、字體與〈沇兒鐘〉相類，定其爲徐國之器；然以今日研究成果檢視，〈王孫遺者鐘〉經歷來諸多學者考證，其爲楚器已是學界公論，楊氏所據詞例、字體等因素，僅能證明當時南方諸國交流頻繁，於政治、文化諸多層面互有影響，

故於銅器銘文詞彙、字體偶有相近，無法證明〈王孫遺者鐘〉爲徐國所鑄。此器釋讀失誤乃在楊氏因受限於時代與銅器、文獻資料不足所致，故於〈王孫遺者鐘〉諸多細節未及深究，致使對銅器判讀產生失誤。

又《積微居金文餘說・楚王酓章鐘》據薛尚功《歷代鐘鼎彝器款識》言有「穆商商」三字，楊氏將「穆商商」連讀，言「穆」與「繆」通，並引《淮南子・天文篇》「不比正音，故爲繆」一語爲據，言「穆」爲「變徵」。然據《殷周金文集成》所載〈楚王酓章鐘〉摹版觀之，「穆」「商」「商」三字間距甚大，似非一詞，且與楚律相近，大量使用「商」音之〈曾侯乙鐘〉對照，或言「穆」或「穆音」、「穆鐘」、「穆音之商」；或言「商曾」、「徵商」，均未見有「商商」連文者，則「穆商商」三字疑應分讀，不可混爲一詞。楊氏連讀「穆商商」三字，以「穆」爲「變徵」一說，實爲誤釋，論不足信。此又楊氏因對銅器認識不足又無豐富資料參照，故逕據前人引錄加以闡釋，是以致誤。由上述諸例，可見楊氏金文研究雖有卓越成績，然其間亦存有因時代侷限與研究資料缺乏等因素之限制，致使其對出土銅器之認識未臻完備，故未能針對若干問題進行細部考察，致使訓解失誤，故其說未能盡是。

## 二、因義定字，因聲求義，殿究字形

楊氏於《積微居金文說・自序》言其金文研究方法爲：「首求字形之無牾，終期文義之大安，初因字以求義，繼復因義而定字。」〔註273〕《卜辭求義・自序》又言：「治金文，初據字以求義，繼復因義以定字。余於古文字之研究重視義訓如此。」〔註274〕足見楊氏考釋古文字側重義訓一端，且以高郵王氏「就古音以求古義，引申觸類，不限形體」〔註275〕之法爲要，期考釋金文不受形體侷限，以達通讀銘文之效。故楊氏考釋金文於聲訓之法多所運用，時以形聲字聲符兼義角度出發，探求金文音、義關係，復據以定文字之義，或以通叚釋字，以達銘文詮釋「文義大安」之最終目的。然而王氏所謂「不限形體」乃指考釋文字不應爲形體侷限、制肘，其意當非指毋須不顧文字形構；

---

〔註273〕楊樹達《積微居金文說・自序》，頁1。

〔註274〕楊樹達，《卜辭求義・自序》（上海：上海古籍出版社，2013年9月，《楊樹達文集本》），頁1。

〔註275〕〔清〕王念孫，《廣雅疏證・自序》，頁2。

吾國文字形、音、義一體，若不整體觀察，一體考量，不核形構，亦無從考究其音、義。楊氏考釋金文，往往據文字音讀與形聲字聲符之聲訓求其本義，因其深信「形聲字聲中有義」之規律〔註276〕，以形聲字聲符必定兼義，故往往於因聲求義之法過於依賴，從而疏忽文字形構之演變，而易有望文生義、以偏概全之失。如〈不嬰設〉之「永」字作「𣲏」，其字依其蓋、器二件銘文比對，其字乃爲「從」字，非楊氏所楷定之「永」字，楊氏或未全見蓋、器二銘拓片，故未能比對二器銘文於字形之差異，故楷定其字爲從「辵」，「永」聲之形聲字，復以「永」爲「用」之通叚，言「永追」即「用追」。然檢視、比對〈不嬰設〉蓋、器二銘拓片，其字實當爲「從」字，銘文二「從」字，依其文義當爲「追逐」與「遵循」之義，無須換字改讀，楊氏釋字誤差，輕言通叚，實屬不必。究其緣由，其考釋失誤或在於未見銅器全不銘文拓片，故而未能比對字形，致使識讀錯誤，復又以爲形聲字聲符必定兼義之理，以「用」義釋之，未能由字形構考察，而知依銘文原字即可通解，逐行易字改讀，故而訓解有失。

又〈應公鼎〉「用夙夕鼎㐭」之「鼎」，楊氏以其字從「鼎」「將」聲，並以《玉篇》爲據，以爲其字訓煮，即《說文》之「𩰲」，《詩・我將》之「將」。楊氏此說於音、義皆有依據，看似成理，實則爲非。以甲骨、金文審度，「鼎」甲文作「𣇃」，金文字形作「𣇃」、「𣆸」等形，或從刀作「𣂈」，由字形可知，「鼎」字當爲從「鼎」，「朋」聲，「朋」象於板上分肉之形，故其字又從刀作「𣂈」，王國維言其字爲「進奉」之義〔註277〕，後陳劍又進而言其爲「肆享」之「肆」。由此觀之，〈應公鼎〉「用夙夕鼎㐭」之「鼎」當爲「肆」字，其義爲「解肆」，與「烹煮」無涉。楊氏先以「鼎」爲「煮」義爲原則，據《玉篇》因聲求義，疏忽字形演變遞嬗，實爲聲訓所誤，致使訓解產生誤差，若其以爲原則之假說有誤，所推結論自是無法取信於人。

又楊氏於〈彔伯設跋〉論銘文「金甬」一詞時云：「錫物又有金甬。金甬者，余去歲釋〈釋甬篇〉，謂甬爲鐘之象形初文，此云金甬，即金鐘也。此文

---

〔註276〕筆者案：「形聲字聲中有義」爲楊氏考釋文字所依據之理論之一，楊氏考釋文字於此法多所運用，然其缺失爲過於絕對的認爲形聲字聲符必定兼義，而有以偏概全之盲點與侷限。此點將於後文之第六章第三節部分詳述，此不贅論。

〔註277〕說見《甲骨文字詁林》「鼎」字下引文。于省吾主編，《甲骨文字詁林》，頁2731。

皆言車上之物，車上不得有鐘，而云金鐘者，車上有鈴。……〈番生殷〉記王賜諸物與此文略同，此文之金甬，彼文作金童，童爲鐘之省，亦足證明余說。」〔註278〕楊氏釋「甬」爲「鐘」，復據《廣韻》「鈴似鐘而小」一語言銘文「金甬」即「金鐘」、復以音訓，言〈番生殷〉「金童」爲「金鐘」之省。然楊氏釋「甬」爲「鐘」，爲「鐘」之初文，實由楊氏誤訓文字而來，其說非是〔註279〕。考之文字，「甬」之本義即〈考工記〉所言之鐘柄，非楊氏所謂「鐘」之初文；且〈彔伯䧹殷〉銘文「金甬」前後賞賜之物俱爲車器或馬匹，眾多車器之中突以樂器參雜其中，不僅文義不協，同時亦有違邏輯，且以楊氏「車上不得有鐘，而云金鐘者，車上有鈴」觀之，鈴雖與鐘大小有別，然同爲樂器，所謂「車上不得有鐘」又云「車上有鈴」一說顯然自相矛盾，且有違思維邏輯，是知楊氏以「甬」爲「鐘」之說不可信，其說非是。以「甬」之本義爲鐘柄，則性質、構形相近之物亦可比擬曰「甬」，郭沫若便謂銘文所謂「金甬」者，乃指車軛兩端之軛套〔註280〕，爲車器之屬，故其與車器、馬匹同時並列，非言「甬」爲車上之鈴，楊氏此說前提虛假，論述自相矛盾，實不足信。

又楊氏以聲訓言〈番生殷〉「金童」爲「金鐘」之省者，亦非。前已提及，眾賞賜物品俱爲車器，不得以樂器參雜其中，則「金童」必爲車器，不得爲樂器，已至爲明顯。筆者以爲，此器之童當爲「踵」之假借〔註281〕，《周禮・考工記・輈人》言：「五分其頸圍，去一以爲踵圍。」鄭《注》言：「踵，後承軫之處。」賈《疏》云：「踵後承軫之處，似人足附在後，名爲踵，故名承軫處爲踵也。」〔註282〕「踵」古音在端母東部，「童」在定母東部，具通叚條件。據此可知，所謂〈番生殷〉銘文所賜「金童」一物當爲「金踵」之借，亦爲車器，非楊氏所謂「金鐘」之省。由此例觀之，楊氏乃先假定「甬」爲「鐘」之初文爲原則，再據其音、義推求「金甬」、「金童」二詞。然而，楊氏所假定之原則

〔註278〕楊樹達，《積微居金文說》，頁32。

〔註279〕筆者案：「甬」字從「マ」，「用」聲，「用」之本義爲「鐘」，「甬」於「用」字之上增添「マ」形部件，以示鐘類樂器舞上之甬，可掛於虡上，其本義乃爲「鐘柄」，楊氏釋字違誤。筆者於第六章楊氏文字訓解〈釋甬〉篇商榷有詳細論述，此不贅言。

〔註280〕郭沫若，《兩周金文辭大系圖錄考釋》，頁64。

〔註281〕同上註，頁283。

〔註282〕〔漢〕鄭玄注、〔唐〕賈公彥疏，《周禮注疏》，頁1090。

已爲誤釋，據此推求之結論，不僅與銘文所呈現之邏輯形式不合，亦無法提供有力證據佐證其說，僅由音、義推演結論，仍難以立說，令人信從。

聲訓之法，固然可由語言本身之音、義關係加以繫聯、歸納爲理論依據，因聲求義，有跳脫文字形構束縛之優勢，但仍不可泛濫無歸之以聲訓作爲考釋古文字之唯一標準，齊珮瑢《訓詁學概論》便云：「音訓之法只是取相同音近的一字之音，傅會說明一字之義。音同音近之字多矣，自然難免皮傅穿鑿的流弊，此所以音訓之法有待於『右文』及全盤歸納的佐證。」〔註283〕依齊氏所言，吾人可知「就古音求古義，引申觸類，不限形體」之法雖爲訓解古文字之重要法門，仍須留意此法有一定程度之限制，「不限形體」亦非「不顧形體」，考釋古文字若僅僅以此爲定字之優先標準，恐難以立論。是知楊氏以因聲求義之法考釋金文，雖在方法上較前人進步，卓然可取之論亦不在少數，但若干考釋於聲訓之法過於深求，顯然未對字形與相關客觀條件多加考證，故若干金文研究結論仍無法避免臆斷穿鑿、以偏概全之弊病，爲其金文研究較爲遺憾之處。

### 三、比附文獻，臆斷穿鑿

楊樹達博學強記，精於考據訓詁，其金文研究之優勢之一，即在引證豐富，書證繁多，楊氏善於運用傳世文獻與銘文字、詞、制度加以比對，折衷適當以證成其說，於金文研究時能有所創獲，爲其特點之一。然引用傳世文獻作爲引證，除需考量所引文獻正確無誤以外，尚須根據銘文前後文義，及其是否合於事理加以判斷，方可引以爲證。援引文獻若過於輕信，未能多方求證考索，則文獻不僅不足爲證，無法爲其論點提供佐證，同時亦有臆斷穿鑿之弊。楊氏金文研究，雖能旁徵博引，爲其立論提供佐證，然亦有輕信文獻，比附牽合之情形，不僅無益銘文解讀，同時影響其結論之客觀、準確，無法令人信服。如《積微居金文說·宗周鐘跋》「反子迺遣閒來逆邵王」一句之「邵王」，楊氏從郭沫若之說，以《左傳》、《竹書紀年》等文獻載周昭王南征一事與銘文互證，言銘文之「邵王」即「周昭王」。然前已論及，〈宗周鐘〉銘文「邵王」之「邵」乃通「昭」，即「見」之義，「逆邵王」即「見王」之

---

〔註283〕齊珮瑢，《訓詁學概論》（臺北：漢京文化事業有限公司，1985年9月），頁109。

義。楊氏此以「邵王」爲周昭王，蓋因其已先入爲主以文獻昭王南征之事爲假定前提，復以文獻比附銘文，欲證其假說不誤，然此假說卻與銘文文義、文例全然不符，楊氏據文獻推論，然其假設之前提實與銘文呈現之客觀條件相去甚遠，無助銘文判讀，結論不足爲信。

又前舉〈泉伯敢段〉，楊氏以銘文之「金甬」爲「金鐘」，然楊氏已言「車上不得有鐘」，可知其於「金甬」一物爲鐘之說亦疑不能決，無法自圓其說，乃強言「云金鐘者，車上有鈴」，復以《廣韻》「鈴似鐘而小」一語加以比附其說。殊不知楊氏先入爲主以「甬」爲「鐘」之初文，前提已然有誤，所得結論勢必有所偏失，其訓解之眞實、確切與否必定備受檢驗，而引用文獻比附錯誤之原則，企圖自圓其說，然其結論仍與銘文實際狀況不相符合，考釋過於空泛，且缺乏根據，連帶將〈番生段〉之「金童」作出錯誤解讀，忽視銘文呈現之客觀條件，以此爲據，其結論仍過於主觀，無法取信於人。

由上舉兩例，可知楊氏此類訓解均由文獻所載之義爲基準，或延伸闡釋文獻，或連結文獻經典，申發議論，然若楊氏作爲前提與原則論點已然有誤，不論如何援引文獻，創造新解，其結論均無法成立。更有甚者，楊氏有時明知其說恐有謬誤，卻仍以後出文獻強加於時代較早之銘文之上，以爲創見，實則以今律古，有礙銘文釋讀。如〈白孝盨〉銘文云：「白孝鼓鑄旅盨」，「白孝鼓」是爲人名，白爲其爵，孝爲其字，鼓則爲其私名，此爲周人名字連稱之慣例，故銘文所云「白孝鼓鑄旅盨」一句，乃言「白孝鼓其人鑄旅盨」之義。然楊氏卻云：「白孝乃制器者之名，『鼓鑄旅盨』四字當連讀。云『鼓鑄』者，爲鼓橐以鑄器也。」〔註284〕並引《淮南子・本經篇》「鼓橐吹埵以銷銅鐵」一說以爲其證，並云「他器多只云鑄，而此器獨言鼓鑄」以特例視之，置古人命名之例於不顧，考釋甚爲不當。而楊氏亦早知周人命名以封邑、爵位於字上，字又於私名之上之例〔註285〕，若以此考量，則楊氏自當知曉「白孝鼓」爲作器者私名，並無特別之處，不至連讀「鼓鑄旅盨」而有誤訓，楊氏此論顯然爲牽合銅器與《淮南子・本經篇》之記載而發，非由銅器銘文本身而來，將後出文獻之義與時代較早之銅器銘文之義相互混淆，有曲解銘文之失，結論不可輕信。

〔註284〕楊樹達，《積微居金文餘說》，頁430。

〔註285〕詳見上節〈白孝盨〉考異。

　　本章經由楊氏《積微居金文說》與《積微居金文餘說》二書所舉銅器考釋探討楊氏金文研究，由楊氏考釋金文之方法、態度，可見其在訓詁方面之專精，擅長文字聲訓、義訓通讀銘文，重視銘文上下文脈與句型上之歸納，同時以豐富文獻資料引證、考釋金文，於傳統金文研究方法另闢蹊徑，更加專精，故時能發人所未發，屢有創見。然而，受限時代與考釋方法上之運用，楊氏部分金文考釋仍未脫離傳統文字之限制：析形考字，尚未脫離《說文》之侷限與制約，以篆文爲析形定字標準，仍易產生誤差；考釋金文仍多採音訓、義訓，甚以義訓爲先，通讀銘文之餘，疏忽文字形構與其他客觀條件；偶因迷信文獻導致誤釋，常先有定見，方據結論引用文獻，致使結論穿鑿，流於主觀推測、臆斷，失其客觀，爲其遺憾之處。此皆楊氏金文研究之侷限與不足之處，吾人敬佩楊氏金文研究成績斐然之餘，仍當注意楊氏金文研究仍有侷限，不可盡信，以免重蹈覆轍，於訓詁實際操作時產生不符期待之誤釋。